PROTECTOR

by Diana Palmer

Published by Harlequin K.K., Tokyo, 2014

愛の守り人

ダイアナ・パーマー 作

霜月 桂 訳

ハーレクイン・プレゼンツ・スペシャル

東京・ロンドン・トロント・パリ・ニューヨーク・アテネ・アムステルダム
ハンブルク・ストックホルム・ミラノ・シドニー・マドリッド・ワルシャワ
ブダペスト・リオデジャネイロ・ルクセンブルク・フリブール・ムンバイ

ダイアナ・パーマー

シリーズロマンスの世界で今もっとも売れている作家の1人。総発行部数は4200万部を超え、各紙のベストセラーリストにもたびたび登場している。かつて新聞記者として締め切りに追われる多忙な毎日を経験したことから、今も精力的に執筆を続ける。大の親日家として知られており、日本の言葉と文化を学んでいる。ジョージア州在住。

読者の皆さまへ

皆さまの大半がご存じのように、ヘイズ・カーソン保安官はわたしの作品の登場人物の中でも古株のうちのひとりです。彼はこの〈テキサスの恋〉シリーズの中盤から登場していました。悲嘆に暮れるヒロインたちを慰め、悪党どもを捕まえ、殺人事件を捜査し、どんなときにも優しさとユーモアを忘れませんでした。そしてこのたび、彼の孤独な生活にようやく終止符が打たれます。彼の最悪の敵、ミネット・レイナーこそ理想の女性だと気づくのです。『口づけの行方』で彼女がヘイズに敢然と立ち向かうさまは、わたし自身気に入っていました。それに彼女の弟妹への接し方も。ミネットは優しさと勇気をあわせもった女性なのです。ヘイズのような男性にぴったりです。

ここであらすじを明かしはしませんが、ミネットは女性でも女らしさをみじんも失うことなく男性と同様英雄になれるのだと、本書で身をもって証明します。ヘイズとの葛藤や試練にもまれながら、彼女は女嫌いの巨大な爬虫類とも仲よくなっていかねばなりません。

わたしは長年イグアナを飼っています。イグアナはよきペットになる動物で、ともに暮らすのはほんとうに楽しいものです。いまは新しいのを二匹――小さいのが一匹と、大きいのが一匹――飼っており、彼らの健康を保つのに〈バックウォーター・レプタイル〉社のサムの助けを借りながら、あのかわいらしく美しい生き物について自分が忘れていたことを学びなおしています。わが家の二匹は野生ではなく飼育環境下で繁殖されたもので、犬や猫たちにさえ好かれています。

今回ヘイズとミネットがただならぬ不穏な形で危険に直面し、また男と女として互いに正面から向きあうことになるこの物語を、読者の皆さまにもきっと楽しんでいただけることと思います。わたし自身、最初から最後まで楽しんで書くことができました。

バーブ、前作の献辞にあなたの名前がもれてしまったので、この読者へのお手紙の中に書きますね！　あと、オンラインゲームＷｏＷなどのギルド仲間にも感謝を捧げます。ＴＯＲ、わたしをギルドに入れてくださり、またわたしが執筆中ということでイベント開催を見あわせてくださってありがとう。

また、読者の皆さまにも、長年にわたり愛読してくださっているその変わらぬ友情に、言葉に尽くせないほど感謝しています。皆さまがいるからこそ、わたしは書きつづけているのです。ほんとうにありがとう。

皆さまの大ファンより　たくさんのハグと愛をこめて

ダイアナ・パーマー

わたしのいとこ、リンダに、愛をこめて

主要登場人物

ミネット・レイナー……新聞社と牧場の経営者。
シェーン……ミネットの弟。
ジュリー……ミネットの妹。
セーラ……ミネットの大おば。
ヘイズ・カーソン……テキサス州ジェイコブズ郡の保安官。牧場主。
ザック・トルーマン……ヘイズの部下。保安官代理。
コパー・コルトレーン……医師。
キャッシュ・グリヤ……警察署長。
エル・ジェフ……メキシコの麻薬王。
エル・ラドロン……メキシコの麻薬王。
チャロ・メンデス……エル・ラドロンの親戚。
ロドリゴ・ラミレス……麻薬取締局捜査官。
マイク・ヘルム……テキサス州上院議員。

1

　ヘイズ・カーソン保安官は日曜が嫌いだった。宗教や教会やスピリチュアルなものとは関係ない。彼が日曜を嫌うのは、いつもひとりで過ごさねばならないからだ。彼に恋人はいない。テキサス州ジェイコブズビルで女性とデートしたことはあるけれど、それも数えるほどしかなく、軍を除隊した直後、結婚を約束していた女性にもっと金持ちの男へと乗りかえられてからは真剣につきあった女はひとりもいなかった。まあアイヴィ・コンリーとはデートしたこともあるけれど、彼女はヘイズの友人、スチュアート・ヨークと結婚してしまった。ヘイズもアイヴィに気があったのだが、彼女のほうがその気持ちにこたえてくれなかったのだ。

　しかも自分にはアンディがいる、とヘイズは胸の中で苦笑した。うろこのあるあのペットのせいで、ぼくはいまも独り身なのだ。

　いや、それは少し違う。自分の人生に女性が欠けている最大の理由は仕事だ。保安官になってからの七年間で、ヘイズは二度撃たれた。保安官としての彼は有能だった。決選投票もなしで保安官に再選された。これまで彼から逃げきれた犯罪者はひとりもいない。いや、ひとりいた――エル・ジェフと呼ばれる男、メキシコの北部に君臨する麻薬王だ。やつの組織はジェイコブズ郡にまで食いこんでいる。しかし、いつかはこの手でとっつかまえてやる、とヘイズは改めて心に誓った。彼は麻薬が大嫌いなのだ。弟のボビーが麻薬の打ちすぎで死んでいるから。

　それに関して、ヘイズはいまもミネット・レイナーを恨んでいる。確かに世間の人たちは、ミネットは関係ない、ボビーに致死量以上の麻薬を与えたのは一年ほど前に殺されたアイヴィ・コンリーの姉レイチェルなのだ、と言う。だが、じつはミネットだってあの悲劇に無関係とは言いきれないのだ。ヘイズは本心から彼女を憎み、またそれを公言してはばからない。ミネットについて、彼女自身も知らないことを知っているのだ。その秘密はおとなになってからずっと守りつづけてきた。ほんとうは彼女に暴露してやりたい。だが、自分の父親と約束したのだ。彼女には決して言わないと。

ちくしょう。そう心につぶやきながらヘイズはウィスキーをすすった。約束を破らせまいとする邪魔な良心など捨ててしまえたらいいのに。そうしたら、この苦しみもずいぶんやわらぐだろうに。

大きな四角いウィスキーグラスを腰かけているポーチの揺り椅子の横に置き、ヘイズは長い脚を交差させて、草の枯れたさび色の平原の向こうのハイウェーに目をやった。この季節、外は薄ら寒い。十一月中旬ともなればテキサスにも霜がおりる。だが、今日は多少あたたかかった。もう夕食はとったあとなので、アルコールもそれほど効きはせず、ただくつろぐ助けになっているばかりだ。夕日が美しい。あとはこの夕焼けをいっしょに眺められる相手さえいたら。いつもひとりというのは寂しいものだ。

彼が孤独である原因のひとつが、居間のソファーに鎮座してテレビを見ている。ヘイズはため息をついた。うろこのある彼の親友は女性を恐怖に陥れるのだ。ヘイズはアンディの存在を隠そうとして、かつて女性が馬に乗りに来たときには予備の寝室にアンディを押しこんだ。だが、アンディは思いもよらないタイミングでそこから出てきてしまった。清潔なキッチンで彼がコーヒーをいれているとき、アンディは何も知らない女性が座っているソファーの背をのそのそと乗りこえてきたのだ。

絹を裂くような悲鳴に、ヘイズは度肝を抜かれた。コーヒーポットを取り落とし、慌てて居間に行くと、彼女がソファーの上に立ち、背をそらして彼女をにらんでいる二メートル近いイグアナに向かってランプをふりまわしていた。

「大丈夫、そいつは害がない！」ヘイズは叫んだ。そのときアンディが喉袋を広げ、しゅーっと息を吐いて威嚇しながら長い鞭《むち》のような尾で彼女を叩《たた》いた。彼女はソファーから落ちて足首を捻挫した。大きなイグアナは十歳で、人間があまり好きではなかった。というか、人間の女を忌み嫌っている。なぜなのかはヘイズにもわからない。ふだんは冷蔵庫の上か、大きな檻《おり》の中に――檻の天井のヒートランプの下に――いて、毎日ヘイズが用意する新鮮な果物やサラダを食べる。人を困らせるようなことはめったにない。ヘイズの親友スチュアート・ヨークのことは気に入っているらしい。初めて顔をあわせた人にも平気でさわらせ、おとなしく運ばれたりしている――相手が男であるかぎりは。

しかし女性が一歩この家に足を踏みいれると……。

ヘイズは深々と息をついた。アンディを手放すことはできない。アンディは家族同然なのだ。ほんとうの家族はもう誰もいなかった。マクリーディのような遠い親戚が何人かいるだけだ。マクリーディはボディガードとしてサンアントニオに働きに行く前に葬列を迷子にさせてしまったことで、地元の法執行機関では伝説的な存在になっている。彼も遠縁というだけで、ヘイズにはもう近い親戚は残っていなかった。ただひとりの大おじも三年前に死んでしまった。

ヘイズは窓越しにソファーに目をやった。アンディがそこに陣取って、がなりたてるテレビを見ている。イグアナがテレビ好きだとは愉快だ。少なくともこのイグアナは好んでテレビを見ている。ヘイズはアンディが粗相しても大丈夫なように、厚手の防水のカバーをソファーにかけてあった。だが、アンディは一度も粗相したことがない。室内飼いに耐えられるよう訓練されているのだ。広い浴室に置かれている、湿った紙の山が入ったごみ箱が彼のトイレだ。ヘイズが口笛を吹くと、そばにやってくる。まったく変なやつだ、アンディは。

ヘイズはひとりほほえんだ。少なくとも話しかける生き物がいるというのはいいものだった。

彼は再び遠くに目をやった。何か銀色に光るものが見える。たぶん彼が飼っているパロミノ種の馬の群れを守るために張りめぐらした金網のフェンスに夕日が反射しているのだろう。サンタガートルーディス種の牛たちは、レックスという外飼いの番犬が外敵から守ってくれている。大きな牧場を管理するような時間はないけれど、動物を育てるのは好きなのだ。

遠くでレックスの吠《ほ》える声がした。うさぎでも見たのだ、とヘイズは漫然と考えた。からになったウィスキーグラスを見おろし、顔をしかめる。日曜日に酒を飲むのはよくない。母親が生きていたら眉をひそめるだろう。母はヘイズが何をしても喜びはしなかった。彼の父親を憎み、その父親に似ているヘイズのこともうとんじていたのだ。長身で、ブロンドで、黒っぽい目をした母親だった。ミネット・レイナーのように。

そこまで考え、ヘイズは顔をゆがめた。ミネットは『週刊ジェイコブズビル・タイムズ』の発行人兼編集長だ。大おばや、まだ子どもの弟や妹と暮らしている。自分の実父については口にしたことがない。実の父親が誰だか知らないのだ。死んだ継父がほんとうの父親でないことはわかっているはずだ。ヘイズが彼女の実父のことを知っているのは、やはりジェイコブズ郡の保安官をしていた彼自身の亡き父ダラスから聞いたからだ。ダラスは、ミネットには決して言わないとヘイズに誓わせた。〝彼女にはなんの責任もないんだからな〟と強調して。〝彼女はもう一生分の悲しみを味わっているのだから、自分の実父にまつわる真実など知る必要はない。彼女の母親はいい人だったし、違法なことに関与したこともない。だからミネットには黙っているんだ〟と。

そういうわけでヘイズはしぶしぶ沈黙を守ってきた。だが、それでもミネットに対する嫌悪感を隠そうとはしなかった。彼の頭の中では、ミネットの家族が弟を殺したことになっているのだ。弟に致死量の麻薬を手渡したのが彼女自身ではないとしても。

ヘイズはやにわに伸びあがり、あくびをすると、床のグラスを取ろうと背をかがめた。その瞬間、何かが肩に当たり、椅子の上で体が回転したかと思うとポーチの木の床に投げだされた。そのままの姿勢で彼は受けたばかりの衝撃に感覚を麻痺《まひ》させ、激しく息を切らせた。

わずかに遅れて、自分が撃たれたことに気がついた。この衝撃にはなじみがあった。ヘイズにとって初めての経験ではないのだ。動こうとしたが、起きあがれない。息をするのも容易ではない。鮮血の鉄くさいにおいがする。出血しているのだ。肺が、もしくは肺の一部が、つぶれてしまったような気がする。

ヘイズは四苦八苦しながらベルトにつけたケースから携帯電話を取った。緊急事態で呼ばれたときのために充電しておいて、つくづくよかったと思う。それから緊急通報センターにつながる番号を押した。

「ジェイコブズ郡の緊急通報センターです。事件ですか？」オペレーターがただちに応答した。

「撃たれた」彼はあえぐように言った。

「もしもし？」ちょっと間があいた。「カーソン保安官、保安官なんですか？」

「そう……だ」

「いまどこです？」オペレーターの声に切迫感がみなぎった。彼の居場所を特定するために発信元のもよりの基地局を調べていては、貴重な時間が失われてしまうのだ。「しゃべれますか？」

「自宅だ」ヘイズは吐き捨てるように言った。世界が近づいたり遠のいたりしている。オペレーターがしっかりしてくださいと励ます声が聞こえた。だが、突然襲ってきた痛みと吐き気の波にまぶたがさがり、力の抜けた手から携帯電話が落ちた。

気がついたら病院にいた。グリーンの手術衣を着たコパー・コルトレーンが顎の下までマスクをさげ、彼の上にかがみこんでいた。

「やあ」医師は言った。「またうちの病院に来てくれて嬉《うれ》しいよ」

ヘイズは目をしばたたいた。「ぼくは撃たれたんだぞ」

「ああ、今回で三度めだな」コルトレーンは思案顔で続けた。「何度も弾丸を食らうと鉛中毒になるという冗談を聞いたことがあるが、たいがいにしておいたほうがいい」

「どんな具合なんだ？」ヘイズはなんとかしゃがれ声で尋ねた。

「死にはしないよ」コルトレーンは答えた。「肩を撃たれていたが、左の肺も損傷を受けていた。肺の一部を取りのぞいたんで、いまふくらませているところだ」シーツの下のヘイズの体から延びているチューブを示して説明する。「骨のかけらを取りのぞき、傷ついた組織も切除したから、抗生物質と抗炎症剤と鎮痛剤を点滴している」

「いつ退院できる？」ヘイズは苦しげな声で言った。

「おかしな男だな。手術室から回復室に移されたばかりで、もう退院の話か」

ヘイズは顔をしかめた。「アンディに餌をやらなくちゃならないんだ。ひとりぼっちにされると死ぬほどおびえる」

「餌やりなら誰かにやらせよう」

「レックスもいる。レックスは納屋にいるんだ」

「任せろ」

「鍵は……」

「おまえのキーリングについていた。万事問題ない。おまえ以外はな」

部下である保安官代理のひとりにペットの餌やりを頼んでくれるのだと思い、ヘイズは文句を言わずに目を閉じた。「ひどい気分だ」

「そりゃそうだろう」コルトレーンはいたわるように言った。「なにしろおまえは撃たれたんだ」

「わかっているよ」

「一日か二日は集中治療室にいてもらい、もう少しよくなったら病室に移すよ。いまはとにかく何も心配しないで眠ることだ。いいな？」

ヘイズはなんとかほほえんでみせたが、目はあけなかった。そして数秒後には眠りに落ちていた。

次に目覚めたときには、集中治療室で看護師が彼の血圧をはかっていた。体温と脈、呼吸もチェックする。

「はい、終わったわ」看護師は笑顔で言った。「今朝はずいぶんよくなってる」そう言葉を続け、カルテに所見を書きつける。「胸の具合はいかが？」

ヘイズは身動きしてたじろいだ。「痛い」

「痛むのね？　それじゃ、ドクター・コルトレーンに薬を増やせるかどうか聞いてみましょう。ほかにつらいところは？」

少なくともひとつはあったけれど、尿道カテーテルのことを口にする豪胆さは彼にはなかった。

それでも看護師はうなずいた。「ほんのいっときのことで、明日にははずせるってドクター・コルトレーンがおっしゃってましたよ。さあ、眠って」母親のようにほほえんで彼の肩を優しく叩くと、彼女は出ていった。

翌日カテーテルが抜かれ、ヘイズは恥ずかしさに小声で悪態をつかずにはいられなかった。だが、そのあとまたすぐに眠りこんだ。

コルトレーンが入ってきたときには、ようやく目が覚めかけたところだった。「おまえのせいで、口には出せないところが痛むぞ」ヘイズはぼやくように言った。

「すまんな、仕方がなかったんだ。しかしカテーテルが抜けたからには、違和感も徐々に薄れてくるはずだ」コルトレーンはヘイズの胸の音を聴き、眉をひそめた。「だいぶ詰まっているな」

「いやな感じだ」

「薬を処方しよう」

「それより、うちに帰りたい」

コルトレーンは気まずそうな顔をした。「そのことだが、ひとつ問題がある」

「なんだ？」

ベッドのかたわらの椅子に座り、コルトレーンは脚を組んだ。「よし、まずは銃創というやつがどのようにできるのか、おさらいしてみよう。第一に、直接組織細胞が破壊される。第二に、弾が組織の中を通ったあとに瞬間的な空洞現象が起きて壊死《えし》を引き起こす。第三に、高速で弾丸が発射されたための衝撃波もある。おまえほど運の強い男はいないよ。銃撃されて大きな損傷を受けたのが肩と肺だけだったんだからな。だが……」静かに言葉をつぐ。「その損傷のせいで、左腕はしばらく使えない」

「しばらく？　しばらくって、どのくらいだ？」ヘイズは尋ねた。

「マイカ・スティールのことは覚えているだろう？彼がうちの整形外科医なんだ。おまえの手術に、彼にも立ち会ってもらった。いっしょに骨の破片を取りのぞき、傷ついた筋肉を修復し――」

「弾丸はどうした？」ヘイズは言葉を割りこませた。「摘出したのか？」

「いや」コルトレーンは答えた。「弾丸を摘出するか否かは外科医が判断することであり、ぼくは外科医として摘出は危険すぎると考えたんだ」

「重要な証拠品だぞ」ヘイズは弱っている体が許すかぎりの力をこめて言った。「取りだしてくれないと、ぼくを撃ったやつを……」そこでいったん言葉を切る。「起訴できない！」

「外科医の判断だ」コルトレーンは繰りかえした。「体内に入った弾丸を取りだそうとして患者の命を危険にさらすつもりはない。摘出しようとすると、よけいダメージを与えかねないから、そのままにしておくほうが安全なんだ」ヘイズが口を開きかけると、片手で制して続ける。「ほかの外科医とも協議した。ひとりはサンアントニオの医者だが、彼らもぼくの考えを支持してくれた。摘出はリスクが高すぎたんだ」

ヘイズはもっと文句を言いたかったが、体力的にもう限界だった。それに、こういうことは目新しい議論でもなかった。外科医に証拠の品を被害者の体から取りだすように要求すると、ときにはその争いが法廷にまで持ちこまれる。そして、たいていは外科医のほうが勝つのだ。「わかったよ」

「さっきの話に戻るが……」コルトレーンは言った。「おまえの左肩は副次的な損傷を負っている。筋肉が萎縮してしまわないように、ある程度の期間は理学療法を受けてもらわなければならない」

「ある程度の期間？」ヘイズはゆっくりと聞きかえした。

「おそらく数カ月といったところだ。おまえの傷がいかに早く治癒し、回復するかにかかっている」コルトレーンは答えた。「リハビリはつらい試練になるだろう。いまから覚悟しておけ」

　ヘイズは天井に目をやった。「クラッカーとミルク！」悪態がわりにそうつぶやく。

「必ずよくなる」コルトレーンは安心させるように言った。「しかし、これから二、三週間は左腕を動かすな。ティッシュより重いものを持ちあげてはだめだ。この病院の理学療法士に予約の電話を入れておくよ」

「うちにはいつ帰れるんだ？」

　コルトレーンはヘイズの顔をじっと見つめた。

「まだ数日は無理だし、数日たっても誰もいない家には帰せない。少なくとも二週間は、動きすぎでぶりかえしてしまわないよう、誰かに付き添ってもらわなくては」

「介護者が必要だっていうのか？」ヘイズは仏頂づらになった。「前のときには二回とも三、四日で退院して――」

「前回は骨には達していなかったし、その前のときにはおまえはまだ二十七歳ぐらいだった。いまのおまえは三十四歳だ。年を取れば、それだけ治りも遅くなるんだよ」

　ヘイズはますます気分が悪くなった。「すぐには帰れないってわけか」

「そのとおりだ。これから二、三週間はできることも限られている。傷が癒えるまで腕に負担はかけられないし、ふつうに動くだけでも痛みを感じるだろう。週に三度、リハビリに通って――」

「そんな！」

「片腕になりたくなかったら通うんだ」コルトレーンはそっけなく言った。「永久に左腕が使えなくなってもいいのか？」

ヘイズは彼をにらみつけた。

コルトレーンも負けずににらみかえす。

結局ヘイズが引きさがり、再び枕に頭を落とした。ブロンドまじりの茶色い髪は乱れて汚れている。彼自身、体じゅう薄汚れているような気がしていた。黒っぽい目は血走って、くまに縁取られている。その引きしまった顔は痛みで引きつっている。

「誰かに、うちに泊まりこんでもらうよ」しばらくしてヘイズは言った。

「誰かに？」

「ミセス・マラードだよ。ふだんから週に三日、家事をやりに来てくれてる」

「ミセス・マラードはお姉さんだか妹さんだかが心臓発作を起こしたとのことで、ダラスに行っている。おまえに電話しているはずだが、どうせ留守録のメッセージなど聞いちゃいないんだろう」

ヘイズはとまどった。「彼女はいい人だ。きょうだいが心臓発作を起こすなんて……。たいしたことないといいんだが」そう言って唇をとがらせる。

「それじゃ、ミス・ベイリーに頼むよ」ミス・ベイリーは回復期の患者の家に泊まりこんで世話することを仕事としている。現役を退いた元看護師だ。

「ミス・ベイリーは爬《は》虫《ちゅう》類が苦手だ」コルトレーンは指摘した。

「それじゃ、ブランチ・マロリーに頼もう」ヘイズはミス・ベイリーと同じ仕事をしているもうひとりの年配女性の名をあげた。

「彼女も爬虫類は嫌いだ」

「ちくしょう！」

「こっちはおまえのためにミセス・ブルワーにも聞いてやったんだ」コルトレーンは重々しく言った。

「彼女も恐竜のいる家になんか泊まれませんとさ」

「アンディは恐竜じゃない。イグアナだ。しかも草食系だぞ。人間を食いはしない！」

「おまえが前にちょっとつきあった女性は、その言葉に異論があるんじゃないか？」コルトレーンは目をきらめかせて笑いながら言った。

「あれはアンディの正当防衛だったんだ。彼女はランプでアンディを殴りつけようとしたんだから」ヘイズはぶつぶつと言った。

「彼女の足首の捻挫を診てやった記憶があるぞ。治療費はおまえ持ちで」コルトレーンは言いかえした。

ヘイズはため息をついた。「わかったよ。それじゃ、部下の誰かを説得して来てもらおう」

「無理だ。彼らにもぼくから頼んでみたんだ」

ヘイズはコルトレーンをにらみつけた。「ぼくは部下たちから好かれているはずだぞ」

「それはそうだ。しかし、彼らは結婚していて子どももいる。いや、ザック・トールマンにはいないが、ザックもおまえのところに泊まってはくれないよ。おまえが撃たれた事件の捜査に集中しなければならないんだそうだ。それにアニメ映画は好きじゃないらしい」

「アニメ差別だ」ヘイズはぼやいた。

「むろんマクリーディに頼むという手はある――」

「だめだ！ その名前は口にもするな。口にしただけで、ここに現れるかもしれない！」ヘイズはぞっとしたように言った。

「彼はおまえの親戚だし、おまえを好いている」

「親戚といっても遠縁だし、いまはあいつの話をしているわけじゃない」

「わかったよ。好きにしろ」

「それじゃ、ぼくはよくなるまでここにいるしかないってことか？」ヘイズは情けない思いで言った。

「ところが、あいにくここにはきみを置いておくスペースがないんだ」コルトレーンは言った。「だいたい、治るまでいたら病院代がたいへんなことになってしまい、郡が支払いをしぶるだろう」

ヘイズは眉間に皺《しわ》を寄せた。「病院代は自分で払うさ。そうは見えないかもしれないが、ぼくはこれでも金持ちなんだ。法執行機関で働いているのはこの仕事が好きだからであって、生活のためではないんだよ」そこでちょっと黙りこむ。「ぼくが撃たれた事件の捜査はどうなっているんだ？　何かわかったのか？」

「副保安官が捜査員のヤンシーといっしょに捜査に当たり、薬莢《やっきょう》を見つけた」

「よく見つけたな」

「まったくだ。ヤンシーがおまえの座っていた位置と弾丸が体内に入った角度から、レーザーポインターを使って銃が発射された地点を割りだしたんだ。牧草地の端のメスキートの木の下だったそうだ。そこで足跡とＡＲ一五のセミオートマチック・ライフルから発射された被覆鋼弾の薬莢、それにたばこの吸い殻が見つかった」

「ヤンシーを昇進させてやろう」

コルトレーンはくすりと笑った。

「あと、キャッシュ・グリヤに電話してみる。狙撃に関してグリヤ署長ほど詳しいやつはいないからな。昔の彼はそれで生計を立てていたくらいだ」

「いい考えだ」

「しかし、ここにもいられないし、うちにも帰れないとなったら、ぼくはどうすればいいんだ？」ヘイズはしょんぼりと言った。

「ぼくが考えついた唯一の解決法を、おまえは気に入らないだろうな」

「退院できるんなら、喜んで従うよ。どんな解決法だ？」

コルトレーンは立ちあがって一歩さがった。「ミネット・レイナーが、治るまで彼女のうちに泊めてくれると言っている」

「冗談じゃない！」ヘイズは声を荒らげた。「彼女の世話になるくらいなら、木のうろの中で暮らしたほうがまだましだ。いったい彼女はなんでそんなことを言いだしたんだ？　俺に憎まれていることはわかっているのに」

「おまえのうちに泊まりこんでくれる人がひとりもいないとルーに聞いて、同情したんだよ」コルトレーンは答えた。ルーというのはルイーズの愛称で、やはり医師をしているコルトレーンの愛妻だ。

「同情ね、ふん！」ヘイズは嘲るように言った。

「彼女の弟と妹は、おまえを慕ってる」

ヘイズはもじもじした。「ぼくもあの二人はかわいいと思う。いい子たちだ。保安官事務所にはハロウィンのときに渡すキャンディを置いてある。彼女がいつもあの子たちを連れてくるんだ」

「むろん決めるのはおまえだ」コルトレーンは言葉をついだ。「しかし、自分の家に帰る気なら退院許可証にサインはできないぞ。どうせ二日もすればここに舞い戻ってくるはめになるんだから」

それはヘイズもごめんこうむりたかった。ミネットの世話になるのも願いさげだ。だが、もっといやなのは病院にいることだ。ミネットは大おばのサラと暮らしている。きっとぼくの面倒はサラが見てくれるのだろう。ミネットは毎日、昼間は新聞社に行っているのだから。夜は早く寝てしまえばいい。うんと早く寝れば、彼女とは顔をあわさずにすむだろう。最良の解決法ではないが、ほかに方法がないならそれで我慢するしかない。

「少しのあいだなら我慢しよう」ヘイズはようやく言った。

コルトレーンは顔を輝かせた。「よしよし。偏った思いこみを捨てたおまえを誇らしく思うよ」

「捨てたわけじゃない。抑えこんだだけだ」

その言葉にコルトレーンは肩をすくめた。

「いつ退院できる？」ヘイズは尋ねた。

「この調子で回復していけば、金曜には退院できるだろう」

「金曜か」ヘイズの表情が少し明るくなった。「よし、必ず回復するぞ」

　実際、順調に回復してきた——いちおうは。あれから週末まで、ヘイズは文句ばかり言っていたのだ。ちゃんとした風呂じゃないから入浴が面倒だとか、病室のテレビでは自分の好きな歴史チャンネルと国際史のチャンネルが見られないとか。アニメのチャンネルは映るけれど自分好みのアニメ映画は放映していないとか。毎食ついてくるゼリーがまずく、デザートのアイスクリームも見たことがないくらい小さなカップに入っているとか。

「病院食は嫌いだ」彼はコルトレーンに言った。

「来週にはフランス人シェフが来るぞ」コルトレーンは澄まして言った。

「ああ。そして、その次の週にはぼくがイギリスの国王に任命されるんだ」

　コルトレーンは吐息をもらし、手もとのカルテに目を落とした。「この回復ぶりからして、明日には退院できるぞ。ミネットが明朝迎えに来て、おまえを彼女のうちに連れていき、それから新聞社に出社するそうだ」

　ヘイズの心が舞いあがった。「ここから出られるんだな？」

　コルトレーンはうなずいた。「ああ。ミネットも彼女の大おばさんも料理の達人だ。もう文句を垂れる理由はなくなるぞ」

　ヘイズは口ごもり、医師から目をそらした。「ミネットにしてみれば、ぼくを泊めるのは親切のつもりなんだろうな。自分がぼくにどう思われているかわかっていても」

　コルトレーンはベッドに近づいた。「ヘイズ、彼女はボビーの死とはなんの関係もないんだ。学校で彼女と仲のよかった上級生がボビーとつきあっていただけで、ミネット自身はその仲間に入ってはいなかったんだよ。それに、珍しいことに彼女はマリファナにさえ手を出したことがない。麻薬とはまったく縁がないんだ」

「しかし、彼女の家族が――」ヘイズは激した口調で言いかけた。

　コルトレーンは片手をあげた。「その話はお互いしたことがないし、いまもすべきじゃない。ミネットは知らないんだ。おまえも彼女には話さないって親父《おやじ》さんと約束したんだろう？　その約束は守らないと」

　ヘイズは自分を落ち着かせるように深呼吸した。

「守るのは楽じゃない」

「人生とは楽なものではないんだよ。早く慣れろ」

「もう慣れてきてる。銃弾を食らったのはこれで三度めだ」

　コルトレーンは頭を傾け、じっとヘイズを見た。「要するに、よっぽど運が悪いか、さもなければ、おまえの中に死への願望があるってことだ」

「死への願望なんかあるもんか！」

「部下の助けも求めないで、危険な状況の中に自ら飛びこんでいくじゃないか」

「俺の部下はみんな家族持ちだ。みんな幼い子どもがいる」

「ザックにはいないぞ。しかし家族が気になるなら、もっと独り者を雇えばいい。優秀でリスクの計算ができる、気概と自立心を持った男たちをな」

「そんな人間が、おいそれと見つかるもんか」ヘイズは腹立たしげに言った。「最近雇ったばかりの保安官代理はサンアントニオの出身だ。サンアントニオから通勤している。ここの雇用市場は決して大きくない。若い男はほとんどが就職先を求めて都会に出ていってしまうし、法執行機関は賃金が安いことで悪名が高い。保安官の給料以外に収入がなかったら、ぼくももっと苦しい生活をしいられただろう」

「わかっている」

「家族持ちは、どうしたって働かなければならない」ヘイズは静かに続けた。「生まれてこのかた、これほど経済が落ちこんだ時代はなかったよ」

「言われるまでもない。医者でさえ不況の厳しさを感じている。患者にとってはなおさらだ。医療費をカバーする保険に入っていないために、早期治療のチャンスを逃してしまう患者が多いんだ。考えただけで胸が痛くなる」

「まったくだな」ヘイズは再び枕に寄りかかった。「ともあれ今回はいろいろ世話になった」

　コルトレーンは肩をすくめた。「友だちじゃないか」カルテを見ながら続ける。「退院の際には処方箋を渡すよ。院内の理学療法士に予約も取っておこう。週三回、通ってくれ。いや、文句はなしだ」ヘイズが抗議しかけたのをさえぎる。「その腕をまた動かせるようになりたかったら、言うとおりにしろ」

　ヘイズはちょっとのあいだ彼をにらみつけていた。そして、ため息をついた。「わかったよ」

「そう悪いものでもないぞ。運動の仕方を覚えられるし、温熱治療も受けられる。あれは気持ちがいいはずだ」

　ヘイズは肩をすくめ、次の瞬間痛みに身を縮めた。

「その点滴は落ちてないんじゃないか？」コルトレーンがクリップボードをおろし、点滴のねじをいじった。「詰まってるな」そう言うと看護師を呼び、指示を与えた。

　看護師は顔をしかめ、手早く直した。「すみませんでした」静かに謝る。「もっと早くチェックすべきだったんですけど、その、忙しくて手が足りず……」

「経費削減の影響だ」コルトレーンがうなずき、ため息まじりに言った。「まあ、これから気をつければいいさ」優しい口調だ。

看護師はかすかにほほえんだ。「はい、気をつけます」

彼女が出ていくと、コルトレーンは首をふった。

「ごらんのとおり、われわれも人手不足で悩んでいる。あとでその点滴をはずして、痛みどめの貼り薬をやろう」

「最新技術か」ヘイズは含み笑いをもらした。

「そうだ。最近の医療の進歩には目をみはるものがある。ときどきインターネットで新しい技術の実験結果について調べているんだ。あと二十歳若かったら、医大で実際に研究できたんだがな。これからの医者が羨ましいよ」

「新聞で読んだことがあるが、ほんとうに医療の進歩はめざましいな」ヘイズはふいに眠くなってきた。

「少し眠れ」コルトレーンは言った。「また明日話そう」

ヘイズはうなずいた。「ありがとう、コパー」コルトレーンのニックネームを呼んで言う。

「いいんだよ」

一分とたたないうちに、ヘイズは眠りに落ちていた。

翌朝は、ばたばたと慌ただしかった。看護師たちに風呂に入れられ――風呂といっても正確には行水のことだが――十一時までに病室をあけられるように支度させられた。

コルトレーンが処方箋と退院許可証を持ってきて言った。「もし何か少しでも異常を感じたら、電話しろ。何時でも構わない。赤くなるとか、腫れるとかしたらな」

ヘイズはうなずいた。「赤い筋が何本も腕に走りはじめるとか……」ふざけた口調で言う。

コルトレーンは渋面を作った。「壊疽《えそ》に至る恐れはない」

「いや、わからないぞ」ヘイズは低く笑った。

「ともかく元気になってよかったよ」

「ああ、ほんとうに世話になって感謝している」

「これがぼくの仕事だ」コルトレーンは頰をゆるめた。それからドアに目をやった。「入っておいで」

ミネット・レイナーが中に入ってきた。長身のほっそりした体に、ウエストのあたりまであるきれいにとかされた淡いブロンドの髪。目は黒に近く、鼻《び》梁《りょう》にはそばかすが散っている。彼女の母親は赤毛だった、とヘイズは思い出した。そばかすは、たぶん母親から受け継いだのだろう。かわいい小ぶりの胸に、優雅な長い指。教会でピアノを弾いているんだっけ？ 思い出せない。ヘイズは長いこと教会に行っていないのだ。

「うちにお連れしに来たわ」ミネットはヘイズに向かって静かに言った。笑みはうかべていない。

ヘイズはきまりの悪そうな顔でうなずいた。

「着がえたら看護師が車椅子で玄関まで送るよ」コルトレーンが言った。

「車椅子なんかなくても、自分で歩ける」ヘイズはぶっきらぼうに言った。

「当院の方針だ」コルトレーンは言いかえした。「玄関までは車椅子に乗ってもらう」

ヘイズは医師をにらんだが、何も言わなかった。

ミネットも口をつぐんでいたが、頭の中ではこれから二週間のことを考えて悶々《もんもん》としていた。ヘイズに同情はしていた。彼には面倒を見てくれる人が誰もいないのだ。親戚のマクリーディがいるけれど、彼に頼んだらとんでもないことになるだろう。週三回ヘイズの家に通って家事をやっている優しいミセス・マラードはきょうだいが病気で、いま町を留守にしている。だからミネットが部屋を提供し、彼が完治するまで身のまわりの世話をしてあげることにしたのだ。

だが、果たしてそれでよかったのかと、いまもミネットは考えこんでいた。彼女がここにいるのを怒っているような目で、ヘイズがこちらを見ているのだ。

「それじゃ、わたしは外で待ってます」バッグを手に、ようやくミネットは言った。

「長くは待たせないよ」コルトレーンが言った。

ミネットは病室を出て待合室に向かった。

「やっぱり、やめておけばよかった」ヘイズは歯ぎしりするように言いながらベッドからおりようとしたものの、頭がふらついたために躊躇《ちゅうちょ》した。

「落ちるなよ」コルトレーンが手を貸した。「なんだったら退院を一日か二日延ばしても――」

「大丈夫」ヘイズは言った。「ぼくは大丈夫だ」

コルトレーンはため息をついた。「わかったよ。ほんとうに大丈夫なんだな？」

ほんとうは大丈夫ではないかもしれないが、とにかく退院したかった。ミネット・レイナーのいる家でも、病院暮らしに耐えるよりはましだ。

撃たれたときに着ていた服に着がえると、ヘイズはシャツの肩についた血を見てしかめっつらになった。

「誰かに着がえを持ってこさせればよかったな。ザック・トールマンに頼めば持ってきてくれただろうに、気がつかなかった」コルトレーンがわびるように言った。

「たいしたことじゃない。自分でザックに頼むよ」そう言ったあと、ヘイズは口ごもった。「ミネットも爬虫類が嫌いかな？」

「聞いてみたことはないな」

コルトレーンの返事に、ヘイズは吐息をもらした。

「アンディは牝牛《めうし》のとかげ版みたいなものだ。見てくれだけでみんな怖がるが、あいつは菜食主義なんだ。肉は食べない」

「しかし、見た目は怖い」コルトレーンは指摘した。

「そう、見た目は怖いんだろうな。ぼくもぼくの恐竜もね」そう言ってから、ヘイズは笑いだした。「そうだ。ぼくも、ぼくの恐竜もだ」

　着がえてしまうと、看護師が車椅子を押してきた。ヘイズが珍しく従順にその車椅子に移ると、看護師は彼のわずかな荷物を膝にのせ、処方薬や今後の注意事項を説明しながら車椅子を押しはじめた。

「月水金のリハビリを忘れないでくださいね」彼女は念を押した。「リハビリはすごく大事なんですから」

　ヘイズはうなずきながら、頭の中ではもう逃れる算段を考えはじめていた。だが、看護師には内緒だ。

　ミネットは愛車のスポーツ用多目的車《ＳＵＶ》のドアのそばで待っていた。クロムを多用した黒い大きな車で、ダッシュボードは明るい黄色、シートはタン革色だ。ＣＤプレーヤーとｉＰｏｄ、それにオートマチックのあれこれが装備されており、後部座席で子どもたちがＤＶＤを見られるようにシステムも整えてある。ヘイズはこうした仕様が、彼個人の車——新しいリンカーンの内部とよく似ていることに気がついた。彼は仕事には大きなピックアップトラックを使っている。リンカーンはたまにサンアントニオまでオペラやバレエを見に行くときに乗るための車だ。このところ仕事が忙しかったから、久しぶりにまた見に行きたいと思う。せめて来月の《くるみ割り人形》を見に行けるといいのだが。もうぼちぼち感謝祭だ。

　ハンドルのトレードマークに気づくと、ヘイズはくすりと笑った。このＳＵＶもリンカーンだ。ダッシュボードの計器類をなじみ深く感じたのも当然だろう。

シートベルトを締められ、痛みを感じて彼は顔をしかめた。

「ごめんなさい」ミネットは優しく言って、シートベルトをゆるめた。

「いいんだよ」ヘイズは歯を食いしばるようにして言った。

ミネットはドアを閉めると運転席に乗りこみ、病院の駐車場から車を出した。ヘイズは身をかたくした。助手席に乗るのは好きではないのだ。が、ミネットの運転はうまかった。彼女の一族が三世代にわたって受け継いできた大きな美しい白いビクトリア朝ふうの家まで、すみやかに送り届けてくれた。家の周囲はフェンスで囲われた放牧場になっており、パロミノ種の馬がほかの馬と離れて一頭だけ草を食《は》んでいる。

「パロミノがいるんだな」ヘイズは考えこむように言った。「うちでも何頭か飼っている」

「ええ、知ってるわ」ミネットはわずかに顔を赤らめた。彼の馬を見たことがあり、その毛並みのよさに惚《ほ》れこんでいるのだ。「うちも、ほんとうは六頭いるの。あれはアーチボルドよ」

ヘイズは濃い眉をあげた。「アーチボルド？」

彼女はまた赤くなった。「話せば長くなるわ」

「いずれぜひ聞かせてもらいたいね」

2

ヘイズは別の放牧場でぶらついている牛たちに目をとめた。中にはブラックアンガス種とヘレフォード種をかけあわせた黒い牛もいる。肉牛の中では、概して混血種の人気が高いのだ。レイナー家は代々牧場を経営していた。

ミネットは継父と継母が亡くなった際、牧場だけではなく二人の幼い弟や妹も引きついでいた。シェーンとジュリーだ。この二人とミネットに血のつながりはないけれど、彼女は実の姉のように彼らの面倒を見ていた。彼らを心から愛しているのだ。

その子どもたちももう学齢期に達しつつある。ジュリーは幼稚園、シェーンは小学校だ。ミネットはこの二人を育てる責任を全身で受けとめているようだ。彼女が彼らをお荷物扱いして不満をもらしているなんて誰も聞いたことがない。むろん、いまも独身なのは彼らのせいなのだろう。すでにできあがっている家族を養いたがる男は少ない。

ミネットの大おばのサラは小柄な白髪の老婦人で、ミネットは以前から〝大おばさん〟ではなく、単に〝おばさん〟と呼んでいる。そのサラがいま玄関ポーチで待っていた。ヘイズが苦心してＳＵＶからおりようとしているのを見ると、彼女はいそいそと近づいてきた。

「ほら、わたしにつかまって、ヘイズ」

ヘイズは含み笑いをもらした。「ぼくみたいに大きい男をささえるには、あなたは小さすぎるよ、サラ。気持ちはありがたいけどね」

ミネットがほほえんで大おばと抱擁をかわした。

「彼の言うとおりだわ。おばさんではちょっぴり力不足よ」そう言うと、彼女はヘイズに肩を貸して背中に片腕をまわした。だが指先にシャツの下のくぼみを感じると、その手がびくっと震えた。

「そこも傷痕になってるんだ」彼女の動揺を察知し、ヘイズは静かに言った。「痕があばたみたいになっている。二、三年前にショットガンで撃たれた痕なんだ」

「あなたって、法執行機関の危険性を宣伝する歩く広告塔ね」ミネットはつぶやいた。

ヘイズはミネットとこんなに接近している心地よさをなんとか無視しようとした。相手は長年の宿敵なのだ。彼女のせいでボビーは死んだ。彼女と彼女の家族のせいで。だが、彼女自身は自分のほんとうの素性を知らない。幻想の世界で生きている。その幻想を叩《たた》きつぶすのは、さすがにためらわれた。なんといっても、ほかの誰も提供してくれなかった居場所をミネットだけが差しだしてくれたのだ。

「ありがとう」ヘイズは階段をあがって広く天井の高い家の中に入りながら、かたい声で言った。

ミネットは足をとめ、彼の顔を見あげた。彼との距離の近さが自分に及ぼす影響を悟られないように努める。昔からヘイズ・カーソンにあこがれていたのだ。彼からは、なぜだかわからない理由で嫌われているけれども。

「何が？」彼女は口ごもりつつ尋ねた。

ヘイズはミネットの黒っぽい目を思いのほか長く見つめてしまった。彼女はこの目の色に疑問を持ったことがないのだろうか？　彼女の母親の目はブルーだった。だが、それについてミネットに尋ねるつもりはない。

「ぼくを泊めてくれて」そう答える。

「気にしないで」ミネットはちょっと言いよどんだ。

「あいにく寝室は二階にしかないんだけど……」

「構わないよ」

彼女の口からため息がこぼれた。「よかった」

サラが二人のあとから入ってきて、玄関のドアを閉めた。「お客さん用の寝室のベッドを整え、暖房をつけておいたわ」ヘイズに向かって言う。「残念ながら、この家で一番あたたかい部屋ってわけではないのよ」申し訳なさそうな口調だ。

「いや、心配いらないよ。寝室は涼しいくらいがいい」

「着がえを用意してあげないとね」ミネットが彼のシャツの穴や血痕を見て恐ろしそうに言った。

「ザックに電話して持ってきてもらうよ」部下の保安官代理の名を出して、ヘイズは言った。「彼がアンディとレックスに餌をやってくれるんだ」

「そう」

ミネットは彼を客用寝室に入らせた。そこの内装はブルーとブラウンとベージュでまとめられていた。壁は淡いブルーで、ベッドにはブラウンとブルーが配色されたキルトがかかっている。カーペットは柔らかなベージュで、カーテンはベッドカバーとお揃《そろ》いだ。二つの窓からパロミノ種の牛が草を食《は》んでいる放牧場が見える。

「いい部屋だ」ヘイズは言った。

「お気に召してよかったわ」ミネットは優しく言った。「ザックに電話しなきゃね」

ヘイズはうなずいた。「すぐにかけるよ」そう言うとキルトのカバーがかかったベッドに寝ころがったが、たったそれだけの動きで痛みを感じ、体力が衰えているのを自覚してかすかに身震いした。「最高の寝心地だ」

ミネットはまだ立ち去ろうとはしなかった。ヘイズは顔色が悪く、見るからにつらそうだ。「何か飲み物を持ってきましょうか？」

ヘイズは期待のこもった目で彼女を見た。「コーヒーをもらえるかな？」

ミネットは笑い声をあげた。「病院では飲ませてもらえなかったのね？」

「今朝、茶色い湯をちょっぴり飲ませてくれたよ。それをコーヒーと彼らは呼んでた」ヘイズは冷笑するように言った。

「それじゃ、うんとおいしいコーヒーをいれてあげるわ。ポッド式のコーヒーメーカーに、ドイツのカフェラテのポッドがあるの。これが罪作りなほどおいしいんだから」

ヘイズは声をあげて笑った。「それはありがたいな」

「出かける前にいれていってあげるわ」ミネットは腕時計に目をやると、眉をひそめた。「ビルに電話で予定より遅くなるって言わなくちゃ。いいえ、大丈夫」ヘイズがすまなそうな顔をしたので、急いで言葉をつぐ。「オフィスのほうは彼に任せられるの。刊行は火曜日なんだけど、週末が近づいてるから今日は大忙しなのよ」

「なるほど」

「すぐにコーヒーを持ってくるわね」ミネットはサラとともに階下へ戻っていった。

ヘイズはポケットから携帯電話を取りだしてザックにかけた。「もしもし、ついに放免されたよ」

ザックはくすっと笑った。「それはよかった。いま家かな？」

「だといいんだが、コルトレーンが誰もいない家には帰らせてくれなくて、しばらく……ミネットと彼女の家族が暮らす家に泊めてもらうことになったんだ」言葉が喉に詰まりそうだった。

「それはそれは」

ヘイズはもじもじした。シートベルトで拘束されていたストレスが、負傷した肩や胸に響いているらしい。「それで着がえが必要なんだよ。退院するにも、銃弾で穴のあいたシャツを着てこなければならなかったんだ」

「必要なものを言ってくれ。持っていくから」

ヘイズはパジャマやローブやスリッパを含む衣類をずらずらと口にした。この部屋にテレビばかりでなく、ブルーレイディスク・プレーヤーがあることに気づいて言葉を続ける。「それと新しいアニメのDVDも頼む。寝たきりになっているあいだに見たいんだ」

「どこにあるんだい？」

「DVDプレーヤーの横の棚だ」

「わかった」

「ぼくを撃った犯人はわかったか？」

「いま調べている」ザックは答えた。「薬莢《やっきょう》と吸い殻が見つかっているんだ。ひょっとしたらこれが最近われわれが逮捕したやつらと結びつくかもしれない」

「メキシコの新しい麻薬組織の運び屋たちか。連中のボス同士は国境に近いコティージョあたりで縄張り争いをしている。コティージョの市長はペドロ・メンデスに魂を質入れしているようなものだ。メンデスがフエンテス兄弟の麻薬ビジネスを引きついだんだからな」ヘイズは静かに言った。

「ああ、メンデスはライバルたちからはエル・ラドロン——盗《ぬす》っ人《と》と呼ばれている」

「やつより大きな麻薬組織を率いるエル・ジェフからも敵視されているな。ディエゴ・サンチェス——通称エル・ジェフはコティージョという砦《とりで》を独占したいんだ。テキサスに入るのに一番楽なルートだからな。がらがら蛇も迷いそうな山の中を通るルートだ」ヘイズは吐息をもらした。「この地球でもっとも邪悪な男二人だな。あいつらのせいで、いったいどれだけの人間が地獄に落ちたことか」自分の弟もそのうちのひとりだとは付け加えなかった。自分が知っていることをほかの人に明かしたことはない。

コルトレーンだけは知っているけれど、彼にそれを教えたのはヘイズの亡き父親であって、ヘイズ自身ではなかった。

「しかし、エル・ジェフは、少なくとも手下の面倒は見ているし、女や子どもは殺さない」ザックは言った。

「女や子どもでも麻薬で死ぬことはある」

「それはそうだけど、女や子どもを血祭りにあげることはなかった。まあ、かつてこのあたりで麻薬取引を仕切っていたマニュエル・ロペスでさえ子どもには手出ししなかったからね。そのかわり、おとなを何人も殺した——マイカ・スティールに消されるまでは。いや、ぼくも詳しく知ってるわけじゃないんだけどね。ほんとうだ。誓ってもいい」

ヘイズはほほえんだ。「心配するな、地元では公然の秘密だ。確かに、ひょっとしたらエル・ジェフにもひとつぐらいはとりえがあるのかもしれない。だが、それでも法の遵守を誓っていなかったら即座に射殺してやりたいくらいだ」

ザックはヘイズの声にひそむ暗い感情を感じとったので、何も尋ねはしなかった。彼の上司はときどき口が重くなるのだ。

「たぶん、ぼくを撃たせたのはそういった麻薬王どものうちの誰かだろう。麻薬の密輸に地元の法執行機関が干渉してくるのが気に入らず、暗殺を公然と宣言しているからな。しかし、ほんとうにやつらの仕業だと証明できるんだろうか？」

ザックは低く笑った。「ボスを脅した運び屋は郡の拘置所に拘留されている。あそこに監視装置をつけておいたのは正解だったよ。あいつはあそこから電話をかけた。われわれはそれを録音し、相手の電話番号を調べた。残念ながら使い捨ての電話だったよ。少なくとも、われわれはそう考えている。もうその番号は使われていなかったんだ」

「ちくしょう」

「しかし心配はいらない。ヤンシーがいるから。犯人を突きとめるために、草の根を分けても、紙きれ一枚、吸い殻ひとつ残さずに調べあげるだろうね。あれほど目配りのきく男は初めてだよ」

「まったくだ」ヘイズはうなずいた。「ほんとうに有能な男だ」そう続けてため息をつく。「弾丸を取りだせたらいいんだがな。きっといい手がかりになるだろうに。しかしコルトレーンが摘出してくれないんだ」

「証拠品として弾丸の摘出を求め、裁判にまで持ちこんだ法執行官がいたな」

「ああ、しかし、コルトレーンに本人のやりたがらないことをやらせられる人間はひとりもいない。彼は弾丸を取りだすよりもそのままにしておいたほうがリスクが小さいと言うんだ」ヘイズは顔をしかめた。「体にメスを入れないと摘出できないなんて、残念きわまりないな」

「確かに」

ヘイズは身動きした拍子に痛みを感じて身をすくめ、ゆっくりと息をついた。新しい抗生物質がもう効いてきていると思ったのは希望的観測だったのかもしれない。まだ息をするのもつらいけれど、気管支炎や肺炎になってしまわないよう立ちあがって動きまわらなければならない。

「とにかく捜査は続けているよ。現在捜査中のほかの何件もの事件と並行してだけどね」ザックは乾いた口調で言った。「当然ながら、いまのところ銃撃事件の被害者はボスだけだ」

「それだけでもよかったよ。もし郡の委員会に言うことを聞かせられたら、おまえたち全員を昇給させてやるところだ」

「ボスの気持ちはわかってるよ。法執行機関で働くやつは、みんな金のためにこの仕事についたわけではないんだ」

ヘイズは小さく笑った。「ありがとう、ザック」

「三十分ぐらいで衣類を持っていくよ。それでいいかな？」

「ああ、頼む」

ヘイズが電話を切ったとき、ミネットがコーヒーの入った大きなマグカップを持ってきた。

「味わってみて」そっとヘイズに手渡し、笑顔で言う。

ヘイズはひと口味わい、天をあおいで嘆息した。

「ああ、うまい」うめくような声音だ。「こんなうまいコーヒーは初めてだ！」

「でしょう？」ミネットは腕時計に目を落とした。「もう行かなきゃ。夕食に何か食べたいものはないかしら？」

ヘイズは逡《しゅん》巡《じゅん》した。

「遠慮しないで。うちは限られた予算でやりくりしているわけじゃないんだから。少なくとも、いまはまだ」ミネットは笑いながら言った。

「それじゃ、さいころステーキに、オニオンとマッシュポテトとグリンピースを添えてほしいな」

ミネットは眉をあげた。

「ぼくは肉とポテトに目のない男なんだ」ヘイズは打ちあけた。「肉とポテトならどんな料理でもいいんだよ」

「わかったわ。デザートは？」

ヘイズは唾をのみこんだ。「ゼリー以外ならなんでもいい」

ミネットはふきだした。「それじゃ、サラおばさんにお得意のチョコレート風味のパウンドケーキを作ってもらいましょう」

「ぼくの好物だ」

「わたしも好きよ。それじゃ、もう行くわね」

「ミネット」

ミネットはドア口で立ちどまってふりかえった。ヘイズの深くなめらかな声で名前を呼ばれ、爪先がうずきだしたのをなんとか隠す。「はい？」

「ありがとう」

ヘイズはしごく真剣な顔をしていた。ミネットは無言でうなずき、足早に部屋を出た。もしかしたらわたしに対するヘイズの気持ちをついに変えられるかもしれない。そのためならがんばるつもりだ――精いっぱい。

ザック・トールマンはオリーブ色の肌に黒い目をした長身の引きしまった体つきの男だった。スペイン人の血がまじっているが、その口から先祖について語られたことはない。年は三十歳で、ヘイズがこれまで雇った保安官代理の中でもきわめて優秀なひとりだ。

ザックは大きなスーツケースをヘイズの部屋に運びこんだ。ベッドのそばの椅子にそれをのせ、蓋をあける。「頼まれたものは全部揃っていると思うよ」

ヘイズは苦労して起きあがり、スーツケースの中を見た。「そうだな」ＤＶＤを手に取り、にっこり笑う。「全部揃ってる」

「まったくアニメ好きだな」ザックがため息まじりに言った。

「アニメのどこが悪いんだ」ヘイズは言い訳するように言いながらパジャマと下着とローブとスリッパを取りだした。「シャワーを浴びたいんだが、立ちあがるのがたいへんなんだ。ちょっと手を貸してもらえないか？」

「もちろんだよ、ボス」ザックは笑いながら言った。「逆の立場だったら、ボスだって同じことをするはずだ」

ヘイズはなんとかほほえんだ。「ありがとう。早くさっぱりしたかったんだ」

「だろうね」

ザックはヘイズが浴室に入るのを助け、彼が片手で体や髪を洗うあいだ、すぐ外に立っていた。ミネットは浴室に置く洗面道具にも気を遣ってくれたらしく、男性用のものが揃っていた。洗面台にはかみそりも置かれ、体を拭いて服を着ると、ヘイズはザックに手伝ってもらってひげを剃《そ》った。

「これで人心地がついた」再びベッドに横たわりながらザックに礼を言う。「ありがとう。ほんとうに助かったよ」

「いいんだよ。ほかに何かしてほしいことがあるかな？」

「ああ。ヤンシーといっしょにぼくを撃ったやつを見つけてきてほしい」

ザックは敬礼した。「ただちに」

「随時、状況を報告してくれ」

「もちろん」

「それと、アンディとレックスへの餌やりも忘れないでくれるか？」

「大丈夫」

「もしアンディ用の野菜や果物が切れたら――」

「クッキー入れの瓶に充分すぎるほどの金が入っているから、それで買えばいいんだろう？」ザックは言った。ヘイズはその瓶につり銭などの小銭をためており、それが何カ月も続いてちょっとした金額になっていた。

ヘイズは笑い声をあげた。「世間じゃ、半端な小銭は役に立たないなんて言ってるがね」

「役に立たないどころじゃない」ザックが応じた。「ぼくはタヒチ旅行のために小銭をためているんだ。七十二歳ぐらいまでにはタヒチに行けるくらいたまっているだろうよ」

「そりゃたいへんだ」

ザックはにやっと笑った。「冗談だよ。島なんてちっとも魅力を感じない。ともかくアンディの世話は任せてくれ」

「もしクッキー入れの瓶がからになったら――」

「そのころにはボスもうちに帰ってるよ。しかしボスを泊めてくれるとはミネットも親切だな」

「ああ、ほんとうに親切だ」

「ちょっと変わっているけどね」ザックは思案するように続けた。「つきあってる男もなく、まだ幼い二人の子どもと仕事だけが人生のすべてだなんて。誰ともつきあっていないのはそのせいかもしれないな。他人の子を引きうけたがる男はなかなかいない」

「そうだろうな」それはヘイズも考えたことだった。

「だけど、それでも彼女は魅力的だ」ザックは慕わしげに言った。「きれいで、頭がよくて、勇敢だ。一、二年前、麻薬密売組織を悪く書いたメキシコの新聞社のスタッフが皆殺しにされた事件があったのに、ひるむことなく組織を糾弾しているんだから」

「確かに危険を冒しているな」

「賢明とは言えない。しかし勇敢だ」

「非常にな」


　その日ヘイズはアニメ映画を見て過ごした。昼にはサラが自家製のローストビーフサンドにコーヒーという軽い食事を運んでくれた。食後にはチョコレート味のパウンドケーキも持ってきてくれた。

「こんなにうまいものばかり食べさせつづけたら、ぼくを追い払えなくなるよ」ヘイズは申し分のないケーキをぱくつきながら言った。「あなたはほんとうに料理がじょうずだ」

「あなたの力になれて、わたしもミネットも喜んでいるのよ」サラは言った。

　ヘイズがケーキを食べおえると、サラは食器をまとめはじめた。

「ミネットはなぜぼくを泊めると言いだしたんだろう?」ヘイズは唐突に言った。

サラは言いよどんだ。

「教えてもらえないかな?」

彼女は下唇をかんだ。「あなたのところに泊まりこんでくれる人がいないと聞いて心配したのよ。あなたが病院嫌いであることも知っていたし。それで、あの子が言ったの……」

「なんて?」ヘイズは先を促した。

サラはふいににっこり笑った。「聖書の中に〝敵に親切にすれば燃える炭火を彼の頭に積むことになる〟という一節があるのをご存じかしら?」

ヘイズは思わず爆笑した。

「まあ、そういうことよ」サラは付け加えた。

ヘイズはやれやれとばかりに首をふった。「少なくとも、これで理解はできたよ」

「ミネットは誰にも麻薬なんて渡してないわ、ヘイズ」サラはそっと言った。「あの子は高校時代にもマリファナすら吸わなかったのよ。母親が薬については異常なくらい神経質だったし。頭が痛くてもアスピリンさえのもうとせず、そういう考えかたを娘にも押しつけていたの。理由はとうとうわからずじまいだったけど」そこでため息をこぼす。「変わった人間だったわ。でも、わたしにとってはかわいい姪《めい》だったの」

「ミネットの父親は薬を使ってたのかな?」目をそらしてヘイズは尋ねた。

「さあ、それは知らないわ。あの子の父親には会ったこともないのよ」サラはそう言ったあと顔を赤らめた。「あの、姪のフェイが結婚した相手――ミネットの継父は、薬は使わなかったわ」

ヘイズはぎょっとした。ミネットの父親が実父でないことをサラが知っているとは思わなかったのだ。

彼は眉根を寄せた。「それじゃ、彼女の実の父親がどんな風貌の男だったのか、あなたはまったく知らないんだね？」

「ええ。姪は彼については口を閉ざしていたの。だけど、目はブラウンだったんじゃないかしら。姪がミネットみたいな目の色の子を産んだのは驚きだったわ。うちの家系には長いあいだ黒っぽい目をした者はひとりもいなかったのよ。みんな目はブルーだったわ」

ヘイズはサラから目をそらしたままだった。「遺伝とは不思議なものだ」

「ほんとうに」サラは声を落とした。「フェイはミネットの継父と結婚したとき、妊娠六カ月だったの。それはたいへんなスキャンダルになったわ」

ヘイズは唇をかんだ。「そうだったんだ」

「新しい夫はフェイが妊娠していても気にせず、大の子ども好きなんだとあの子は言ったわ。ミネットが十歳になったときには、ミネットにもスタンはあなたを心から愛しているけど、ほんとうの父親ではないんだと告げた。ミネットがどこまで理解していたかはわからないわ。ミネットはわたしにさえ、その話はいっさいしないから」サラはカップとソーサーとフォークを取り、物思わしげに続けた。「でも、あなたが言うように、遺伝ってほんとうに不思議だわ。ええと、何か必要なものがあったら、それを使ってね」ベッドサイドテーブルの上のスピーカーホンを指さす。「すぐに来るから」

「ありがとう、サラ」

サラはほほえんだ。「どういたしまして」ドア口で足をとめて言う。「わたしがミネットの母親について言ったこと、ミネットには黙っててくれるかしら？」心配そうな口調だ。

「もちろん黙ってるよ」ヘイズは請けあった。

「ありがとう。あの子にとってはデリケートな話だから」

ヘイズは複雑な気持ちでサラを見送った。それではサラはミネットの実父について、彼女に何も言っていないのだ。奇妙だ。あんなに仲がよさそうなのに。もっとも家庭内のことは他人にはうかがい知れないものだ。

　昼食がすんで間もなく、ミネットが弟のシェーンと妹のジュリーを連れて現れた。子どもたちはヘイズの部屋に駆けこんできて、靴のまま彼のベッドに飛びのった。シェーンはジュリーより体が大きく、レスリングが大好きで、ごひいきの試合は決して見逃さないやんちゃな暴れん坊の十一歳だ。

「だめよ、二人とも静かに！　ヘイズは怪我《けが》してるんですからね！」ミネットが慌てて言った。「それに、靴のままベッドにのらないの！」

「ごめんなさい、ミネット」ジュリーが言い、さっそく靴を脱いでわきに放った。

「ぼくもごめんなさい」シェーンも同じようにした。

　にじり寄る子どもたちの恐れのなさに、ヘイズはなかば茫然《ぼうぜん》とした。この子たちは自分のことをろくに知らない。ほとんど見知らぬ他人も同然なのだ。

「ここでぼくたちと暮らすんだよね？」シェーンが言った。「撃たれちゃったから。そうでしょ？」

　ヘイズはくすりと笑った。「ああ、撃たれちゃったんだ」

「ずいぶんひどいことをするのね」ジュリーが重々しく言い、ヘイズの自由のきくほうの腕に寄りそうように体をまるめた。「これからはわたしたちが守ってあげるからね、ヘイズ。もう誰にも手出しなんかさせないから」

　ヘイズは涙がこみあげるのを感じた。むろんその涙は隠したが、ジュリーの言葉は久々に琴線に触れた。職業がら感情を表に出すことはほとんどない。強くあるためには感情を抑えこまなければならないのだ。ふつうの人が見ないですむものを彼はいろいろと見ており、それも影響していた。当然だ。だから何年にもわたって感情を心の奥深くにうずめ、ついにはほとんど何も感じないようになっていた。だが、銃撃されたいまのヘイズはもろかった。ジュリーの守ってあげるという無邪気なひとことに、彼の心はとかされていたのだ。

「きみは優しいね」ヘイズはそっとささやき、ジュリーのきれいなブロンドの頭を撫《な》でた。

ジュリーはにっこりして、いっそう彼にくっついた。

「撃たれたところ、見せてくれる？」シェーンが言った。「ひどい傷になった？」

ヘイズは笑った。「ああ、ひどい傷になったから見ないほうがいい」

「誰に撃たれたの？」

「卑劣な悪人だ。きっと捕まえるよ」

「二人ともいらっしゃい。サラおばさんがクッキーとミルクを用意してくれたわ」

「クッキーとミルク！　わーい！」シェーンが叫び、ベッドの上で体をはずませた。

「やめなさい。ほら、ベッドからおりるのよ」ミネットはきっぱりと言い、彼の体を抱きあげて床におろした。「うわあ、重くなったわね！　さあ、クッキーを食べに行きなさい。それにテレビでは『スポンジボブ』をやってるわよ」

「やだな、ミネット。『スポンジボブ』はジュリーみたいな小さい子が見るもので……」テレビのそばの何かが少年の注意を引いた。シェーンはＤＶＤのケースを手に取ってはしゃいだ声をあげた。「『ヒックとドラゴン』だ！」興奮してほかのケースにも手を伸ばす。「『ウォーリー』もある！　『カールじいさんの空飛ぶ家』も！」

「ああ、アニメ映画が大好きなんだ」ヘイズはかすかに顔を赤くした。

「わたしもよ」ミネットがほほえんだ。「どれも面白いわよね」

「夕食のあと、いっしょに見てもいい？」シェーンがヘイズに言った。「お願い」

ヘイズはミネットのびっくりした顔を見て笑った。

「もちろんだよ。いいに決まってる」

「ありがとう、ヘイズ」ジュリーがお澄ましして言った。

「どういたしまして」ヘイズはジュリーをベッドからおろそうとしたが、ミネットのほうが早かった。

「力仕事は厳禁よ。いまのあなたにジュリーみたいな重いものを持ちあげさせたら、ドクター・コパー・コルトレーンがわたしをインターンの練習台にするでしょうね」

「わたしは重くないわよ、ミネット」ミネットにそっと床におろしてもらいながら、ジュリーは抗議するように言った。

「ええ、わたしにとってはね」ミネットはぎゅっとジュリーを抱きしめた。「でも、ヘイズは撃たれたばかりなの。まだ片方の腕しか使えないのよ」

「そのとおりだ。忘れていたよ。ごめん」シェーンが言った。

「それじゃ、二人とも階下《した》に行きなさい」

「はーい」ジュリーが言った。

二人の子どもはヘイズに手をふると、大騒ぎしながらキッチンへとおりていった。

「ごめんなさいね」ミネットは謝った。「二人とも、だんだん手がつけられなくなっちゃって」

「大丈夫だよ」ヘイズは心からの笑みをうかべた。「いい子たちだ」

ミネットは胸をつかれた。「ありがとう」

「きみはほんとうによくやっている」ヘイズは言葉をついだ。「あそこまで育てるのは容易じゃなかったはずだ」言葉を絞りだすような言いかただ。

ミネットは力なくほほえんだ。「選択の余地がなかったのよ。養子に出すこともできなかったし、施設に入れるわけにもいかなかった。わたしが面倒を見ると継母に約束したから」

「きみの継母は、いい人だったんだな」

ミネットはうなずいた。「あんなに優しい人はそうそういないわ。働き者で、よく困っている人の世話をしていたの。大好きだったわ」そこで口ごもる。「愛していた」

「きみの……父親も優しかったんだろう？」

ミネットは口ごもった。「ええ。彼もわたしの実父ではなく継父だったのよね。実父が誰かは知らないの。ママが教えてくれなかったから」ベッドに近づいて続ける。「でも、継父のスタンにも秘密があったのよ。わたしに言わなくてはならないことがあると言っていたわ。だけど言う気になったときには手遅れだったの。死の間際、発作で声を失ったときには筆談で伝えようとしたわ」彼女は深々とため息をついた。「でも、彼が書いた文字はちんぷんかんぷんだった。なんて書いてあるのかずいぶん考えたんだけど、わたしたちには暗い家庭の秘密なんてないし、たぶん子どもたちについて言っておきたいことがあったんでしょう」最後は笑いを含んだ声音になった。

「そうだね」ヘイズはそう言ったきり押し黙った。

ミネットは怪訝《けげん》な顔になって彼を見つめた。「ヘイズ、あなた、何かわたしの知らないことを知っているの？」

やにわに心臓がどきりとし、ヘイズは彼女を見つめかえした。何か言いたかった。ほんとうに言ってしまいたかった。だが、土壇場で父親に約束させられたことを思いだした。約束したら、彼は必ず守る。

「いや」だから真面目な顔で嘘《うそ》をついた。「ぼくは何も知らないよ。ほんとうだ。嘘ではない」

ミネットは小首をかしげた。「犯罪に関する本を読んで知ったことだけど、ほんとうのことを言いたくないときって、しゃべりかたに表れるそうよ。短縮形や省略形を使わないきっちりした話しかたになり、さらには知らないってことを必要以上に強調するんですって」

ヘイズの頬が赤く染まった。

「やっぱり何か知っているのね。そんなにひどいことなの？　わたしに言いたくないなんて信じられないわ。だって、わたしはあなたにとっては敵だわ。そうでしょう？」

ヘイズの官能的な唇が真一文字に結ばれた。「ぼくが敵なら、なぜ面倒を見てくれるんだ？」

その口調にミネットの心臓がどきどきした。

ヘイズはミネットの反応を見て、彼女への反感が急降下するのを感じた。動揺した彼女はとてもきれいだ。顔がピンクに輝き、そばかすが浮きたって見える。黒っぽい目は美しい光をたたえてきらめいている。

「怪獣を飼っている人は同情を引きやすいってことじゃないかしら？」少しの間をあけ、彼女は言った。

ヘイズは笑いだした。「アンディは怪獣じゃないよ」

「ほらね。いまあなたは〝怪獣ではない〟のかわりに〝怪獣じゃない〟って、短縮形を使ったわ。さっきとは違って」

「ミネット、本に書いてあることがすべて正しいとは限らないんだよ」ヘイズは指摘した。

「あら、本だけじゃないのよ。インターネットでもいろいろな事件簿を読めるんだから」

ヘイズは顔をしかめた。「なぜきみは男とデートしないんだ？」

「ああ、デートね。いい考えだわ」ミネットは考えこんだ。ドアのほうに目をやって、子どもたちに聞こえないのを確かめるよう耳を澄ませてから言う。「まだ手のかかる二人の子どもがいる女と真剣につきあいたがる男性は大勢いるものね。うちの玄関にも毎日列をなしてるわ」

「そういうことか」

「こっちに自分のお祖母《ばあ》ちゃんを訪ねてきていた男性がいて、あるとき新聞社でわたしをデートに誘ってくれたわ。わたしはフリーの身だったし、彼は好感の持てるタイプだった。それで、彼がそのデートのときに迎えに来てくれたのはいいんだけど、わたしは玄関先でジュリーやシェーンといっしょに待っていたの」ミネットの顔が悲しげに曇った。「食事に行ったときの彼は同じ男性とは信じられないほどだった。堅苦しく、やたらと礼儀正しくなって、なんとか早く食事をすませて家に帰ろうと一生懸命だったのよ。別れ際、彼ははっきり言ったわ。きみはすてきな女性で、好ましく思っているけれど、他人の子どもを引きうけるつもりはないって。わたしは二人ともわたしの子どもではなく、継父と継母の子どもなのだと説明したけど、彼は同じことだって。出来あいの家族と家庭を築く気はないということだったのよね」

ヘイズは彼女をひたと見つめた。「きみはあの子たちを愛している」

「もちろんだわ。生まれたときから面倒を見てきたんですもの」深い感慨に声音が優しいまろやかさを帯びた。「あの子たちの母親の健康状態はいいときでも不安定で、シェーンとジュリーを産んでからは急速に悪くなっていったわ。だから、わたしががんばったのよ」ミネットは涙ぐみそうになった。「ドーンはほんとうに優しい人だった。わたしの記憶にある実母によく似ていたわ。わたしは最期まで彼女の看病をして、子どもたちをわが子のように育てていくって約束したの。わたし、約束は守る人間なのよ」

「ぼくもだ」ヘイズはつぶやいた。

「ドーンが亡くなってそれほどたたないうちに、今度は継父が脳卒中で倒れ、さらには心臓発作を起こしたわ。彼は口頭でも筆談でもなんとかわたしに伝えようとしたけど、わたしには彼の伝えたいことがどうしてもわからなかった。何か書き残したものがないか、書類をすべて調べてもみたけど、何もなかったの」ミネットはほほえんだ。「たぶん子どもたちのことだったんでしょう」

ヘイズはなんとか無表情を保とうとした。「ぼくもそう思うな」

ミネットは不信感のあらわな目でまた彼をじっと見た。頭の中で先刻のやりとりを思いだしている。

「いつかは話してくれる日が来るかしら？」

「無理だ」思わずヘイズは言っていた。

ミネットはさらにベッドに近づいた。「なぜ話してくれないの？」

ヘイズは荒く息をついた。「ぼくも約束を守る人間だからだ」

「それって、どういう意味？」

幸いにもそのとき階下で騒ぎが起きたらしく、ジュリーがおもちゃのことでシェーンに金切り声を浴びせた。

「流血沙汰になる前に行ったほうがいい」ヘイズは邪魔が入ったことにほっとして言った。

ミネットは両手をあげ、部屋を出ていった。

3

ヘイズにとって、まわりに子どもがいる生活は目新しいものだった。ましてや、その子どもたちが彼を慕い、ベッドでいっしょにまるくなってアニメ映画を見ているという経験は。

大きな体の寡黙な保安官が子どもたちにべったりとくっつかれたとたんとろけていくのを見て、ミネットは驚き、感動した。ジュリーより年かさな分、ふだん知らない人には近づかないシェーンでさえ、ヘイズにはなついているのも驚きだった。ヘイズはレスラーの名前をよく知っており、それだけですぐにシェーンの一番の友だちになった。二人はＤＶＤを見ているあいだもひいきのレスラーについて話をしようとし、始終ジュリーに〝しーっ〟と黙らされた。それがミネットにはおかしかった。

子どもたちはアニメ映画を見ながら、ヘイズを質問攻めにあわせもした。〝あの場所は何？〟〝あれをやったのは誰？〟〝あんなことがほんとうにあるの？〟質問は次から次に繰りだされた。

ヘイズは面倒くさがるそぶりも見せず、驚くほど辛抱強く答えていた。辛抱強さという言葉がヘイズ・カーソンと結びつくとは予想外だった。実のところ、彼は短気なことで有名なのだ。

「さあ、子どもたちはもう寝る支度をする時間よ」アニメ映画が終わると、ミネットは言った。

「ええーっ」シェーンが不平を鳴らした。

「どうしても行かなくちゃいけない？」ジュリーもヘイズにしがみついて言った。「夜中にもしヘイズの具合が悪くなったらどうするの？　わたしたちがついててあげてはいけない？」

ヘイズは言葉を失うほど感動した。ごくりと唾をのみこみ、ほほえんで優しく言う。「ありがとう、ジュリー」

ジュリーはにっこりした。「寝る前にお話を聞かせてくれる？」

「そうだよ」シェーンが言った。「ぼくもお話ししてほしい！」

ヘイズがミネットにちらりと目をやると、彼女はとまどいとかすかないらだちを顔にうかべていた。

「ごめんよ、二人とも。残念ながら、ぼくが知っているお話はきみたちに聞かせられるようなものではないんだ」

「ヘイズも映画の保安官みたいに悪いやつを撃ったりするの？」シェーンが興味津々といったおももちで尋ねた。

「そんなにしょっちゅうではないけどね」ヘイズは答えた。「実際、撃つよりも撃たれるほうが多いくらいだ」唇をとがらせて言い添える。

「撃たれたら痛いだろうね」シェーンは言った。

「撃たれたところ、見せてくれる？」

「さあ、もういい加減にベッドからおりなさい」ミネットが両手を打ち鳴らして子どもたちをせかした。

「きっとすごいだろうなあ」シェーンはなおも言う。

「うん」ヘイズは言った。「いまは包帯を巻いてあるんだ」素早く頭を回転させて続ける。「それを取ったらドクター・コルトレーンに怒られてしまう」

「そのとおりだわ」ミネットは彼の機転に感謝しながら言った。「さあ、もうお風呂に入る時間よ」

「いやだー」シェーンが情けない声を出した。「お風呂なら昨日入ったばかりだよ！」

「きたないなあ」ジュリーが鼻に皺《しわ》を寄せて言った。

「それにあんた、くさいわよ、シェーン」

「ジュリー」ミネットが厳しい声で言った。「たとえ家族でも、そういうことは言っちゃいけないでしょう？」

「はーい」ジュリーが言い、ミネットのそばに来て抱かれようと両手を差しだした。「ごめんなさい」

ミネットはジュリーを抱きあげ、笑顔で頬ずりした。「わかればいいのよ。人の心を傷つけないようにしないとね。あなただって、ああいうことを言われたらいやでしょう？」

ジュリーはうなずいた。

「ジュリーは女の子だからな」シェーンが言った。「女は意地悪なんだ」

「意地悪じゃないわよ！」ジュリーは頬をふくらませた。

「お風呂に行きなさい。サラおばさんが待ってるわ。ジュリーが先ね」ミネットは言った。

「ジュリーが入ってるあいだ、階下《した》でレスリングを見ていい？」すかさずシェーンが言う。

「ちょっとだけならね」

「やった！　それじゃヘイズ、明日また話そうね」シェーンは小さな竜巻のように部屋を飛びだしていった。

サラが笑いながらドア口に姿を現した。「シェーンは逃げたの？」

「ええ」ミネットはジュリーをおろした。「サラおばさんと階下に行きなさい」優しい口調だ。「いい子にするのよ」

「はーい」ジュリーはヘイズのほうを見た。「いっしょについてってあげられたらいいんだけど」おしゃまに言ってため息をつく。

ヘイズはなんとも奇妙な表情をうかべ、サラはジュリーを追いたてて部屋を出た。

ミネットは吐息をもらした。「子ども二人はたいへんだわ」首をふって言う。「ときどきわたしが二人、サラおばさんが二人いたらいいのにと思うわ。ごめんなさいね、うるさくしちゃって」

「いや」ヘイズはぶっきらぼうに言い、それからおずおずとほほえんだ。「ちっともうるさくなかったよ。子どもは好きなんだ」

ミネットは興味をそそられた。「そうなの？」

ヘイズはうなずいた。「二人ともいい子だ」頬をゆるめて言う。「ジェーンは歩くレスリング辞典だし、ジュリーはあんなに小さいのに優しい心を持っている」

「ええ、確かに」ミネットはうなずき、ベッドに近づいた。ヘイズは顔色が悪かった。「痛みがひどくなってきたの？」

ヘイズは無言で彼女をにらんだ。

ミネットはベッドの横の書棚から薬の瓶を取り、ラベルを読むと二錠ふり出した。それをヘイズに渡し、彼の飲みかけのソフトドリンクをそっと押しやる。

彼は顔をしかめた。

「痛みをこらえていても傷は治らないとドクター・コパー・コルトレーンが言っていたわ。あなたもそう聞かされたはずよ」

「ああ、だが薬は嫌いなんだ」それでもヘイズは薬を口に放りこみ、残っていた飲み物で流しこんだ。

「すぐに夕食を持ってくるわ。たいしたものじゃないけど。残りもののローストビーフにマッシュポテトよ」

ヘイズは天国にいるような顔になった。「また本物のマッシュポテトを食べさせてもらえるんだね」

「ええ、まあね」ミネットはためらいがちに言った。「自分で作ってもたいした手間じゃないし、ビーフにあうから。どうってことはないわ」

「テイクアウトの惣菜《そうざい》と焦げた卵と殺人的なビスケットで生きている男にとっては、すばらしいごちそうだよ。それにきみにはポテト料理の才能がある」

「ありがとう」ヘイズを大食いだとは思っていなか

ったけれど、彼の料理にまつわる話は何度か聞いたことがある。どの話も芳しいものではなかった。

「あなたもわたしと似たようなものではないかしら」さらにベッドに近づいて、ミネットは言った。「わたしは昼食にさく時間をろくに取れないの。いつも記事の原稿を書いたり、編集作業をしたりしながら食べているわ」

「ぼくはたいてい車の中で食べる。月に一度、仲間たちとステーキの店か中華料理店に行ければいいほうだな」

その気になったらヘイズは毎日でも外食する余裕があることは、ほかの多くの人と同様ミネットも知っていた。しかし、彼の部下たちにはそんな余裕はない。ヘイズは彼らとの財力の違いをひけらかしてまで食欲を満たす気はないのだろう。ミネットは彼のそういうところが好きだった。ほかにも好きなところはたくさんある。ハンサムなだけでなく、とても勇敢なところとか。

「何を考えこんでいるんだい？」

「あなたがいかに勇敢かということ」ミネットは考えもせずに口走り、頬を染めた。

ヘイズの眉があがった。

「ごめんなさい。思っていたことが声に出ちゃったの。子どもたちを寝かせたら、あなたの夕食を持ってくるわね」

「ミネット」そそくさとドア口に向かった彼女を、ヘイズは呼びとめた。

ミネットはふりかえった。

ヘイズは目をそらした。「きみにありがとうと言ったのは、ほんとうに本心からだったんだ。泊めてくれて感謝している」

彼に言うつもりはないが、ミネットはほかに面倒を見てくれる人がいないのを知っていたのだ。彼には家族がおらず、親しい友だちもほとんどいない。

唯一の友人スチュアート・ヨークは妻のアイヴィとともにヨーロッパに行っている。その事実に見て見ぬふりをするのは不親切というものだ。

「わかってるわ」ミネットはひとことそう言った。そして、なんとか微笑をうかべてみせると、部屋の外に出た。

ミネットがトレイを持ってきたときには、ヘイズはうとうとしかかっていた。トレイの上の皿にはグレービーソースがかかったビーフにマッシュポテト、そしてちょっと凝ったフルーツサラダが添えられている。

「こんなに手間ひまかけてくれなくてもよかったのに」ヘイズは上半身を起こしながら言った。

「全然手間じゃないわ。なるべく見栄えをよくするのが好きなだけよ」

「ほんとうにうまそうだ」

ミネットはトレイを彼の膝に置き、その上から熱いコーヒーのカップだけをサイドテーブルに移した。

「引っくりかえすといけないから」そう説明する。

「トレイはちょっと不安定よね」

ヘイズはほほえんだ。「大丈夫だよ」

「それじゃ、ゆっくり召しあがってね」わずかに間をおいて、ミネットは言った。「デザートにはピーカンナッツのパイを持ってくるわ」

「すごい」

ミネットは声をあげて笑った。「あなたはほんとうに料理をしないのね」

ヘイズはうなずき、完璧に調理されたローストビーフを味わうと、うっとりと目を閉じた。「じつに美味だ」

ミネットは微笑した。「お口にあってよかった」

「こんなにうまいビーフはどこでも食べたことがないよ」

今度はふきだす。「ありがとう」

ヘイズはじょうずに調味されたマッシュポテトを口に運んだ。

「あなたの部下の捜査員が明朝あなたに会いに来たいそうよ。捜査状況を伝えるためにね」ミネットは言った。「ヤンシーが何か手がかりをつかんだみたい。でも、面会に応じる元気があなたにあるかどうかを確かめてから、と思ったの」

ヘイズは真剣な表情になった。「もちろん応じるよ。ぼくを殺そうとしたのは何者なのか知りたいんだ」

ミネットはうなずいた。「知りたいのは当然ね。あなたがたまたま身動きしなかったら、弾は額の真ん中を撃ち抜いていたはずだとコパーが言っていたわ」

ヘイズは暗い顔をした。「そうだ。つまり犯人はプロの殺し屋なんだ」

「ヤンシーもそう考えているみたいね。キャッシュ・グリヤによると、弾は狙撃銃から発射されたものですって」

「容疑者リストは短いものになるだろうな。その種の能力は高くつく」

「そうでしょうね」

ふいに思いついたことがあり、ヘイズは眉をひそめた。「きみはこの件に首を突っこむなよ」警告するように言う。「危険な目にあったらたいへんだ」

ミネットは目を見開いた。

ヘイズは彼女をにらんだ。「きみにはまだ手のかかる小さな弟と妹がいるんだ。あの子たちにはきみしかいない」

「サラおばさんがいるわ。わたしに何かあっても、彼女が面倒を見てくれるわよ」

「きみのようには見られない」

ミネットはにっこりした。「この事件は今年一番のビッグニュースよ。わたしが独占スクープするわ。あなたはここから逃げられないし」

「は？」

ミネットは片方の眉をあげた。「あなたの服は、いま着ているパジャマ以外みんな洗濯中なのよ。その格好で歩いて帰れるなら帰ればいいわ」

「歩いてだって？」

「だって、わたしには送ってあげる気はないし、あなたに車を貸す気もないから」目をきらめかせて続ける。「あなたがここから脱出するには外部の人の助けを借りなくてはならないけど、わたしはもうあなたの知りあいを残らず脅してあるの」ミネットは身を乗りだして言葉をついだ。「彼ら全員についていろいろと情報を持っているし、わたしは新聞社を経営しているしね」

ヘイズは笑いだした。「ずるいな、それは」

「だって、こんな大スクープがころがりこんできたんだもの。わたしがおめおめと手放すわけがないでしょう？」

「なるほどね」彼は考えこむような表情になった。「ぼくが完治するまで家に泊まるようにすすめてくれたのは、それだからだったんだ」

「ばれたかしら」ミネットは笑った。

ヘイズは頭を傾け、好奇心を隠そうともせずにまじまじと彼女を見た。もっともらしい理由だが、彼は騙《だま》されはしなかった。ミネットにポーカーフェイスはできない。少なくとも、決してじょうずではなかった。

ミネットは彼に見つめられ、きまりが悪くなった。

「そんなに見ないで」つぶやくように言う。

ヘイズはミネットの頬が紅潮したのを見てほほえんだ。赤くなった彼女はきれいだ。「ごめん」

「いまのは冗談よ」しばらくしてミネットは言った。

「あなたはすばらしい保安官だわ。わたしたちの誰もが、あなたを失いたくないと思っている。だから面倒を見たいという人は大勢いたけれど、わたしが一番早く名乗りをあげたのよ」

彼の目に笑みがたたえられた。「わかったよ。ありがとう。事件のことで何かわかったら、話せるかぎりのことは話してあげよう」

「期待してるわ」

「だが、ぼくがゴーサインを出すまで活字にはするなよ」

ミネットは胸に十字を切って請けあった。

「絶対だぞ」

また十字を切る。

ヘイズは笑い声をあげた。「まあ、この話はまたあとにしよう。いまはせっかくのマッシュポテトがさめないうちに食べなくちゃ」

「ええ、どうぞ召しあがれ。わたしは子どもたちの様子を見てくるわ。あとでサラおばさんかわたしがトレイをさげに来ます。痛みはやわらいだの？」

ヘイズはうなずいた。「ありがとう」その口調はかたい。

「あなたが薬を好きじゃないのはわかっているわ」ミネットは言った。「その理由もわかってる」

休戦状態がふいに終わった――じつにあっけなく。ボビーの青ざめた死に顔や腕に残っていた麻薬の注射痕がヘイズの目にうかんだ。ボビーは麻薬の打ちすぎで死んだのだ。その死にミネットがかかわっていることをミネット自身は知らない。ヘイズは知らせてやりたかった。きみのせいだと言いたかった。だが、結局父の声が耳によみがえり、約束を思いだして何も言えなかった。

ミネットは表情を曇らせた。「お気の毒に思うわ。ほんとうに心から」

ヘイズは目をそらし、無言で食事の続きに取りかかった。

ミネットは部屋の外に出てドアを閉めながら、歯を食いしばった。よりによって、どうしてあんなにばかなことを言ってしまったのかしら！　せっかくいい感じでしゃべっていたのに、つらい記憶を引きずりだして彼に投げつけてしまった。

「こうやって何もかもめちゃくちゃにしてしまうのよね、わたしって」

キッチンに入ってきたミネットをサラがふりかえった。「またひとりごとを言ってる。捕獲網を持った男たちがひそんでいるわよ」

ミネットは片手をふった。「わたしを捕まえはしないわよ。捕まえようとしたらお手製のバターロールを投げてやるわ。そうしたらそれを取りあって、殺しあうでしょうよ」

サラはおかしそうに笑った。「確かに、あなたの料理は最高だわ。ヘイズの様子はどう？」

「いまは不機嫌だわ」ミネットはため息をつき、カウンターにもたれかかった。「彼が薬嫌いになった気持ちがわかるって言ったら、友好的な雰囲気が突然台なしになってしまったの」

サラは顔をしかめた。

「わたしったら、ほんとうにひとこと多いのよね」ミネットは重苦しい口調で続けた。「黙っているべきときがわからないんだわ」

「彼は、これだけ時間がたってもまだ事実を受け入れられないのね」サラは言った。

「なぜ彼にここまで嫌われるのか理解できないわ」

それはサラも同じだった。が、サラはミネットより年を取っているし、噂《うわさ》もいろいろ耳にしているので、ひょっとしたらあの件が問題なのではないかと感じることはあった。ただ、それをミネットに教えるつもりはない。秘密には守ったほうがいいものもあるのだ。

ミネットは大おばの後ろめたそうな表情を見て、

眉根を寄せた。「いったい何を知っているの、サラおばさん？」

「え？　わたし？」サラは精いっぱいしらばっくれてみせた。「どういう意味かしら？」

その演技が功を奏した。

ミネットには演技と見抜けなかった。「ごめんなさい。わたし、ちょっとぴりぴりしてるんだわ」

「無理もないわ。誰かがヘイズを殺したがっているんですもの。もう一度殺そうとする前に捕まるといいわね」

「ヤンシー・ディーンは優秀な捜査員だわ。こっちに来る前はフロリダのデイド郡にいたのよ。マイアミの警察官は能なしではないわ」

「そうね」

「それにザック・トールマンは情報を掘り起こす天才だわ。あの二人がいれば無敵よ」

「そういえば、今日耳にしたんだけどね」

ミネットはサラに近づいた。「何を？」

「ヤンシーがキャッシュ・グリヤに会いに行ったそうよ」

ミネットはサラ大おばとともにテーブルに着いた。

「知ってるわ。ヘイズを撃った犯人を突きとめようとしているのよ」

サラは四方の壁に耳があるかのようにミネットに身を寄せて言った。「キャッシュ・グリヤは、いまも陰の組織にスパイを飼っているみたいだわ。どこを捜せばいいか知っているのよ。犯人が地元の人間なら、彼がきっと追いつめるって、ヤンシーが言ってたわ」

「ヤンシーは鋭い人だわ」

「ええ、それにザックもね。きっと犯人は麻薬の密売組織と関係しているわ。ヘイズは組織同士の縄張り争いに巻きこまれてしまったのよ」

「悪党を捕まえるのが彼の仕事だもの。決して人気のある職業ではないわ」

　サラはうなずいた。「しかもヘイズは危険を顧みない」

　ミネットの黒っぽい目が悲しげに翳《かげ》った。「気づいていたわ。撃たれたのも今回で三度めだし。いずれ再起不能の傷を負ってしまうんじゃないかしら」

「だけど変よね」サラはひとりごとのように続けた。「彼の父親のダラス・カーソンは二十年間保安官をやってて、撃たれたことなど一度もなかったわ。警察署長が撃たれたことも一度もなかったしね。なのに、ヘイズはもう三度も撃たれている」

　ミネットは眉をひそめた。「運が悪いだけなのかもしれないわ」

「無関心なのよ」サラは静かに言った。「ヘイズは自分が死のうが生きようが構わないんだわ」

　ミネットの顔が蒼白《そうはく》になった。それを隠そうとしたけれど、大おばは彼女のことを知りすぎている。

　サラはミネットの手に手を重ねた。「彼は孤独なのよ。今回はともかく、家族がそばにいなければならないときにも、彼には誰もいない。父親が亡くなってからは、ひとりぼっちになってしまったのよ。母親はボビーが高校生のころに他界しているし、そのあとボビーも亡くなり、ダラスも心臓発作で逝ってしまったわ。だから、もうヘイズはひとりきりなの。恋人もいなければ、親しい親戚もいない。もうすぐ感謝祭だというのに、ひとりぼっちで過ごさなければならないんだわ」

「ひとりでも彼はお金には不自由してないわ」

「夜中に自分の身を気遣ってくれる人がひとりもいなかったら、お金なんかいくらあっても無意味でしょう?」サラは穏やかに言った。

　ミネットは顔をしかめた。

「ヘイズにはどうしても生きていなければならない理由がないのよ」サラは声を落として言葉をついだ。

「むろん仕事は愛しているでしょうよ。でも、失うものが何もないから怖いもの知らずなんじゃないかしら」

ヘイズの自ら死の危険に飛びこんでいくようなところが、ミネットにはいままでまったく理解できなかった。無鉄砲なまでに勇敢なのだとしか思っていなかった。だが、サラの言うことには説得力があった。

「あなたには、わたしやシェーンやジュリーがいる」サラは続けた。「わたしたち家族は、みんなあなたを愛しているわ。でも、ヘイズを愛する人はいるのかしら?」

ミネットは黙っていた。ここで自分の気持ちを打ちあけるつもりはない。少なくとも、いまはまだ。

だが、サラにはわかっていた。前からわかっていたのだ。ボビーが亡くなったあと、ヘイズに心ない言葉で非難されて傷ついたときにミネットが目を泣き腫らしていたのを見ているのだ。それにボビーの死後数カ月で、彼女がいきいきとした明るいティーンエイジャーからいっきに年を取ってしまったのも。ヘイズは弟を殺した者を徹底的に追いかけ、ミネットに行きついたのだった。

なぜなのかはサラにも理解できない。ミネットは麻薬とは無縁だ。彼女が人の道にはずれたことなど一度もない。だが、どういうわけかヘイズはミネットに責任があると思いこみ、つらく当たってきた。これまで彼女を憎みつづけてきたことを思うと、よくここで静養する気になったものだ。

「サラおばさん?」ミネットの声がサラの思考に割りこんできた。

「ごめんなさい。ヘイズがなんの罪もないあなたを責めつづけてきた年月について、つい考えこんでしまったの」サラは静かに言った。「まったく残念なことだわ」

「ええ、ほんとうに。でも、残念がっても仕方がないわ。ヘイズの考えは変わらないでしょう。彼はアイヴィのお姉さんのレイチェルが渡した麻薬のせいでボビーが死に至ったのを知っている。レイチェルは亡くなるときに、いわば懺悔《ざんげ》をしていったようなものだし。それにキーリー・シンクレアの父親――ブレント・ウェルシュがボビーのためにレイチェルを通して麻薬をやったのだということも知っているわ。だけど、そうした事実を知ってもなお、わたしに対するヘイズの態度は少しも変わらない」ミネットは頬杖《ほおづえ》をついた。「ときどき、彼にとってはわたしを憎むことがやめられない習慣になっているんじゃないかと思うわ。だから、その憎悪を正当化するために口実を探しているのよ」

「そんなの、間違っているわ」

ミネットはかすかにほほえんだ。「ヘイズは頑固なのよ」テーブルの上に飾られたオレンジ色のシルクフラワーを指先でもてあそぶ。「でも、自ら弾丸に向かっていくようなまねだけはやめてほしいわ。わたしにとって不倶戴天《ふぐたいてん》の敵ではあっても、彼には人としての品格があるから」

サラはくすりと笑った。「高貴な敵ね」

「そのとおりだわ」ミネットは腕時計を見た。「さあ、わたしはインターネットでちょっと調べものをしなくちゃ。おばさんとヘイズだけでここは大丈夫かしら？」心配そうな顔になって尋ねる。

「明日の朝にはザックとヤンシーが来るわ」サラは答えた。「彼らは銃を携帯している。大きな銃をね」

「大きな銃ならヘイズも持ってるわ。でも、自宅のポーチで撃たれたときにはその銃も役に立たなかったのよ」ミネットは顔を曇らせた。

「ドアには鍵をかけてあるし、あなたも同じ屋根の下にいる。いざとなったら保安官事務所に電話してもいいんだしね」サラの目がきらめいた。「ここの保安官はすごく有能だという噂だわ」

「彼の部下たちもね」そこでミネットはため息をついた。「ああ、もうくしゃくしゃ」長いブロンドを指ですき、しかめっつらで言う。「この髪は切るべきね。手入れがたいへんすぎるわ！」

「切っちゃだめよ！」サラが叫んだ。「そんなにきれいな髪なのに。また伸ばすのにどのくらいかかると思うの？」

ミネットは渋い顔で答えた。「相当かかるでしょうね」立ちあがり、サラの額にキスをする。「それじゃ、わたしは書斎にいるわね。もし子どもたちが騒いだりしたら呼んで。ジュリーはまた寝つきが悪くなっているの」

「幼稚園で苦労してるから」サラはそう言ってから、はっとしたように唇をかんだ。ミネットの表情を見て言葉を続ける。「ああ、口をすべらせるつもりはなかったのに」

ミネットは椅子に座りなおした。「幼稚園で何があったの？」短く問いかける。

サラは押し黙っていたが、にらみあいに負けて言った。「同じ園の女の子たちにからかわれているの。やることがのろいって」

「ジュリーがのろいのは、なんでもきちんとやるからだわ。バンクス先生に話をしなくちゃ」

「そのほうがいいかもしれないわね。バンクス先生はいい人だわ。幼稚園に来る前は長いこと小学校で教えていたのよ」

「知ってるわ。小学校で彼女に教わったから」

サラは笑った。「そうだったかしら？　忘れてたわ」

「明日、話をしてみるわね」

「それがいいわ」

「かわいそうなジュリー」ミネットはつぶやいた。「わたしも学校ではいじめられたっけ。きっと来世には、いじめっ子たちだけが行く特別な場所があるはずだわ」

「いじめっ子の多くは、とにかくはけ口を求めずにはいられないのよ」サラは言った。「その子自身がつらい問題をかかえているケースも多いの。まわりのおとなに構ってもらえないとかね。あるいは内向的で情緒不安定で、ほかの子とどうかかわったらいいのかわからなかったりするのよ。あるいは――」

「ただ底意地が悪いだけだったりね」ミネットがそっけなくさえぎった。

「ええ、そういうケースもあるわね」サラはいきなり笑いだした。

「何がおかしいの？」

「中学時代のあなたが、身に降りかかったちょっとした問題にどう対処したかを思いだしたのよ」サラの目がきらめいた。「たしかレバーとオニオンとケチャップとライスが関係していたわよね？」

「お昼休みにカフェテリアでわたしを怒らせたのが間違いだったんだわ」ミネットはくすりと笑った。「悪いのは彼女のほうだったんだから」

「見事な反撃だったわね。あなたが彼女の友だちの前で高慢の鼻をへし折ってやったあとは、だいぶ親切になったそうじゃない？」

「彼女はお母さんが癌《がん》で死にかけていて、お兄さんは車を盗んで逮捕されたばかりだったの」ミネットは静かに答えた。「当時は世界一性格の悪い子だと思っていたけど、彼女の父親は酒飲みだったし、家で気遣ってくれる人が誰もいなくて怖かったんだと思うわ」そこでほほえむ。「もちろん、あのときはそんなこと何も知らなかったけどね」

「どうして知ったの？」

「彼女自身が二、三カ月前に癌と診断されたの」ミネットはひっそりと続けた。「それでわたしにメールで昔のことを謝ってきたのよ。どうか許してほしいって」下唇をかむ。「わたし、彼女にされたことを何年も恨んでいたの」

「で、あなたはなんて返事したの？」

「もちろん許すって。彼女はいまは快方に向かっているんだけど、それでもまだ道は長いでしょうね」悲しげに微笑する。「あとになってからわかっても、遅すぎてなんの役にも立たないこともあるのよね」

「人って、他人をほんとうに理解することはできないのかもしれないわ」

ミネットはうなずいた。「それなのに、知りもしないで批判する」

「完全な人間なんていないわ」

「とくに、わたしは不完全だわ」ミネットは再び立ちあがった。「それを忘れないようにすれば、ジュリーの敵についてちょっとばかり探りだすのも悪いことではないかもね」

サラはほほえんだ。「そのとおりよ。で、もしその子が単に意地悪なだけだったら……？」

「そのときには、ご両親に話をしようかしら」ミネットは笑いながら言った。

サラは黙ってうなずいた。

あんな古い記憶を呼び起こしたくはなかったのに、それは容赦なくよみがえってきた。子どもというのはつらいものだ。未熟で経験もないから、いじめの標的になってもどうしたらいいのかわからない。学校は助けになると言ってくれるけれど、面倒な状況に巻きこまれるのをいやがる人も多いのだ。

ミネットは机の前に座り、パソコンの電源を入れた。小説に出てくるような幸福な子ども時代を過ごせる子どもは、現実には意外なほど少ないものだ。子ども時代とはハッピーエンドがお約束のアニメ映画よりも、チャールズ・ディケンズのつらい世界に似ているのかもしれない。

皮肉なことに、インターネットに接続して最初に目についたニュース記事は、ひどいいじめを受けて自殺した子どもに関するものだった。ミネットは唇をかみしめた。そこまでいじめを放置するなんて恐ろしい話だ。だが、子どもの多くはいじめられていることを親や保護者に言いたがらない。

ミネット自身の試練は二年ほど続いた。思いがけずいじめた相手から謝られたあとでも、あれは苦い思い出のままだ。数少ない友だちが優しくしてくれても、あのせいで学校生活は台なしになった。屈託なく楽しめたはずの日々を、喜びではなく悲しみとともにふりかえらざるを得なくなったのだ。

でも、あれはもうはるか昔のことだ。いまは自分のためにできなかったことをジュリーのためにしなければ。

ミネットはバンクス先生の連絡先を調べ、メールの文面を考えはじめた。

ミネットが子どもたちを幼稚園や小学校に送りに行く前にヘイズの様子を見に行ったとき、彼はげっそりした青い顔でベッドに座っていた。

「まあ」ミネットはたちまち心配になった。

ヘイズは顔をしかめた。「大丈夫だよ。ちょっとめまいがするだけだ」

ミネットは慌ててベッドに近づき、彼の額に手を当てた。「熱があるわ」すぐに携帯電話を取りだし、コパー・コルトレーンにかける。ヘイズの状態を説明すると、コパーは彼自身の子どもたちを学校に送り届けたらすぐに行くと言ってくれた。

「ありがとう、コパー」

「いつものことだよ。ぼくが病院に行くまでルーがかわりを務めてくれる。ヘイズのことは心配しないで」コパーは言葉をついだ。「こうした揺り戻しは珍しいことじゃない。必ずよくなるよ。絶対に死なせはしない」

ミネットは小さく笑った。「ありがとう」

「いやいや。それじゃ」電話が切れた。

「そんな心配そうな顔をすることはないよ」ヘイズが携帯電話をしまうミネットに言った。「ぼくは見かけよりもタフなんだ」

「それはわかってるけど、わが家のお客さんに死なれたら困るわ」

ヘイズは当惑しつつもほほえんだ。「死にはしないよ。ちょっと具合が悪いだけだ。くそ、痛いな」

ミネットは薬の瓶を取り、処方されている鎮痛薬を彼に渡した。「コパーがじきに来てくれるわ」

「コパーが来るなら安心だ」

ミネットは薬のラベルをにらんだ。「この抗生物質、わたしにはよく効くんだけど」

「ぼくは特異体質で、薬に対する反応が人とは違っているんだよ」彼は疲労のにじんだ口調で言った。

「まあ、コパーがなんとかしてくれるだろう。彼に電話してくれてありがとう」

「いいのよ。またあとでサラおばさんといっしょに見に来るわね」

ヘイズはうなずいた。「運転に気をつけて。雨のあとは道路が濡《ぬ》れててスリップしやすい」

「ええ」ミネットはほほえんだ。「それじゃ、いってきます。元気になるよう、祈ってるわ」

「ありがとう」ヘイズはそう言うと目を閉じた。

ミネットは彼を置いて出かけたが、不安と心配は尽きなかった。

4

ミネットのその日の予定は決まっていた。午前中にいくつか取材をこなし、一時に幼稚園までジュリーを迎えに行き、家に連れて帰ってからまたジュリーの先生に話をするため、とってかえす。そして三時には小学校にシェーンを迎えに行くのだ。

が、現実は予定どおりにはいかなかった。

最初の地元の政治家への取材を終えたとき——その政治家は市長選出馬を考えていた——電話がかかってきた。

「ミス・レイナー?」かすかになまりのある深々とした声だった。

「そうですが?」

「お宅の客に伝えてもらいたいことがある」

「あなた、誰?」ミネットは喧《けん》嘩《か》腰で問いただした。

「こちらの名前なんかどうでもいい。カーソン保安官に伝えるんだ。次はもっと腕の立つ狙撃手が行く、とな」

それだけ言うと、男は電話を切った。

ミネットはまじまじと受話器を見つめたが、その受話器をフックに戻しはしなかった。自分の携帯電話を取りだしてザックにかけ、たったいま受けた電話の逆探知を電話会社に頼めるかどうか尋ねる。ザックはやってみると答えて、いったん切った。

ビル・スレイターがドア口から顔をのぞかせた。

「何かトラブルかい?」

ミネットは吐息をもらした。この編集局長は答えを聞かないかぎり一日じゅうでもそこに立っていそうだった。「たったいま、ヘイズ・カーソン保安官を狙撃させたと思われる人物から電話があったの。

ヘイズに伝えてほしいことがあるそうよ。次はもっと腕の立つ殺し屋を送りこむって」

「それはまた大胆不敵だな」ビルは言った。

　ミネットはうなずいた。胃のあたりがむかむかしている。昼も夜もヘイズを見守るなどということはできない。それに腕のいい狙撃手とは人目につかないものだ。

「ザックは優秀だ」ビルが言った。「それにヤンシーも」

「犯罪組織に誰かわたしたちの知っている人間がいないかしら？」ミネットは声に出して考えた。「目には目を、で対抗できるように」

「口を慎んだほうがいいよ。そんなことを提案したら、それだけでヘイズに捕まって監獄に入れられてしまう」

　ミネットはため息をついた。「そうね。これは麻薬密売組織の縄張り争いにからんだ事件だわ。ヘイズに干渉されるのが気に入らないのよ」

「そうだろうな。最近東部へ逃げ帰ったうちのエース記者のせいで、きみはあやうく殺されかけ、われわれは生きたまま焼かれるところだったんだ。彼が麻薬取引の荒っぽい一面を暴露したせいでね」ビルは暗い声で続けた。「まったく、殴りつけてやりたいよ。あのいけ好かない傲慢な野郎め」

「彼はそんなに悪い人ではなかったわ」ミネットは悲しげな笑みをうかべた。「少なくとも彼には麻薬取引をめぐる抗争の実情を掘り起こす根性があったわ」

「そのせいで、ぼくたちまで殺されそうになったんだ」ビルは言った。「消防署が迅速に対処してくれなかったら、それにグリヤ警察署長が犯人を見つけてくれなかったら、ぼくもきみも黒焦げになっていただろうよ」

「確かにね」ミネットは唇をすぼめた。「それじゃ、わたしは警察署に行って、グリヤ署長に話をしてくるわ」立ちあがり、椅子を机の下に押しこむ。「あなたはジェリーに言って、例の花屋にディスプレイ広告の件を催促させてね。そういつまでも待っていられるわけではないんだから」

「ジェリーに叱咤《しった》するよう言っておこう」

ミネットは顔をしかめた。「あまりきつく叱咤しすぎないようにね。いまの時代、広告主はおいそれとは見つからないんだから」

「だったらぼくが街頭に立って、まとめて新聞を売るよ」ビルは笑いながら言った。

「それじゃ、たいした助けにはならないと思うわ。ありがたいお申し出ではあるけどね。じゃ、戻れたらまた戻ってきます。用ができたら電話して」

ビルはうなずいた。

キャッシュ・グリヤはあらゆるタイプの人間に取材するのを仕事としている女にさえも、畏怖の念を抱かせる人物だった。きわめて事務的で、近寄りがたい感じがする。黒い髪に知的な黒い目を持つ、背の高いハンサムな男だ。数年ほど前に元映画スターと結婚し、小さな女の子がいる。妻ティピーの年若い弟もいっしょに暮らしているそうだ。

「それでご用件は？」ミネットが彼の散らかった大きな机の前に置かれた椅子に腰をおろすと、キャッシュは言った。

ミネットは、そこだけ片づいている真ん中のスペースの両側にでたらめに積みあげられた書類の山に目をやっていた。

キャッシュは不遜なまなざしで彼女を見た。「これらのファイルは重要度の高い順に、系統立てて積みあげられているんだ。ぼく自身がひとつひとつに目を通し、ファイルの仕方を知らない秘書の助けはいっさい借りていない！」外のオフィスにいる黒っぽい髪の取り澄ました若い女性に半分あいたままのドアから聞こえるよう、最後は声を張りあげる。

「嘘《うそ》よ」外のオフィスから歌うような声が返ってきた。

「〈バーバラズ・カフェ〉のメニューが見つからないんだよ！」キャッシュはどなりかえした。

秘書の女性はあきらめたようにため息をつきながら入ってきた。ジーンズにブルーのTシャツにたっぷりしたセーターを着ている。「はい」彼女はキャッシュの机にメニューを置き、彼をにらみつけた。「言っておきますけど、ファイルが整理されていないのは、署長がわたしにちゃんと仕事をさせてくれないからであって――」

「これらは重要な秘密のファイルなんだ」キャッシュは言った。「地元のゴシップの種にしていいようなものではないんだよ」

「わたしはゴシップなんて広めません」秘書はやんわりと言った。

「いいや、広める」キャッシュは断言した。「ぼくが携帯用の武器を持ち歩いていることを町じゅうの人間に言いふらしたじゃないか！」

秘書はミネットを見ると、目をくるりとまわしてみせてから出ていった。

ミネットは彼らのやりとりにすっかり気をとられていた。キャッシュ・グリヤを物珍しげに見つめる。彼とはこれまでにも何度か会っていたが、いつも短時間で事務的だった。たいていが犯罪捜査に関する取材のためで、その機会も最近ではずいぶん減っている。

「いい助手を見つけるのはたいへんでね」彼は天使のようにほほえんだ。

「わたしほどいい助手は見つかりませんよ、署長」外のオフィスで秘書が声を張りあげた。「わたしは字も書けるし、タイプもできるし、電話の応答もできるんだから！」

「しかし、それらを全部同時にはできないだろう、カーリー？」彼は言いかえした。

　それに対してはぶつぶつとぼやく声が返ってきただけで、そのあとはパソコンのキーボードを叩《たた》く静かな音が続いた。

「それで、ご用件は？」キャッシュは遅ればせながら繰りかえした。

「カーソン保安官のことなんです」ミネットは答えた。

「ああ。われわれも保安官事務所といっしょに捜査しているが、率直に言ってそれが頭痛の種になっているんだ」

　ミネットはうなずいた。「今朝、次はもっと腕の立つ狙撃手を送りこむという電話があったんです。それはほんのさわりで、録音したテープを持ってきました」小さなカセットテープを出して机の上に置く。「わが社では、かかってきた電話はすべて録音することにしているんです。過去のことがありますから」

「ああ、きみの会社に焼《しよう》夷《い》弾《だん》が投げこまれた事件だね。覚えているよ。犯人は五年から十年という実刑判決を受け、州の刑務所で服役している。有罪判決を受けた数少ない放火犯のひとりだ」キャッシュは机の引き出しから小さな機械を取りだし、ミネットが持ってきたテープを挿入した。再生が始まると目を閉じて聞く。それをもう一度聞きなおし、目をあけた。「メキシコ北部だな」つぶやくように言う。「だが、メキシコシティーの気配も感じられる。ネイティブスピーカーだ。ハイウェーの近くからかけている」

「たったこれだけの言葉から、そんなにわかるんですか？」ミネットは感心した。

　キャッシュは事務的にうなずいた。「昔とった杵《きね》柄《づか》というやつだ。電話による脅迫を扱ったこともあるしね。この男は得意になっている。完全にね。自分ほど頭のいいやつが捕まるわけはないと思っているんだ」そう言うとミネットをじっと見る。「ヘイズはまだきみの家に？」

「ええ。リハビリに抵抗して、あんなばかげたものは必要ない、というふりをしています」ミネットはため息をついた。「あの調子では、いつまでたっても家に帰れないかもしれない」

キャッシュは立ちあがって彼女を見おろした。

「ぼくがきみの家に行って、彼と話をしてみよう。ぼくも何度か同じ立場に立ったことがあるから、力になれるかもしれない。このテープは預からせてもらえるね？」

「ええ。もしまた電話があったら、テープをお持ちします」そこでミネットは口ごもった。「わたしの家には年のいった大おばのほかに、小さい子どもも二人いるの」

「その家族が果たして安全かどうか心配なんだね」

キャッシュは優しくほほえんだ。「それについては、ぼくがなんとかしよう。心配いらない。きみは新聞作りで世界を救うことに専念してくれ」

ミネットは笑った。「わかりました」

キャッシュは彼女をドア口へと送った。カーリーが机からきらめくグリーンの目をあげた。

「市長から電話がありました」彼女はキャッシュに言った。「署長が市議会の会合に出るかどうか知りたいそうだわ」

「行かないよ」

「それじゃ、そう言っておきます」

「ついでにこう言ってやれ――」

カーリーは片手をあげた。「やめて。わたしの父は牧師なのよ」

キャッシュは彼女にしかめっつらをしてみせ、ミネットを外のドアまで送った。「ヘイズをリハビリに行かせるために何ができるか考えてみるよ」そう言ってから口ごもる。「彼はまだあのでっかい爬《は》虫《ちゅう》類を飼っているのかな？」

ミネットはうなずいた。

「そいつもきみのところに来ているのか？」

ミネットは声をあげて笑った。「いいえ。恐竜時代の遺物の餌にはなりたくありませんから」

数時間後にミネットの家を訪れたキャッシュは、先刻ほど陽気にはなれなかった。なぜならヘイズも犯人からの電話を受けていたからだ。

「臆病者めが自分の雇った殺し屋の腕を自慢していたよ。ぼくが身動きしてなかったら、いまごろ死んでたはずだとな」

「身動きしてよかったよ」キャッシュは答え、深く息をついた。「すでに発信者の番号は調べさせたんだろう？」

ヘイズは恨めしげな顔でキャッシュを見やった。「ああ、発信元はもう使われていない携帯電話だったんだ。おそらく使い捨てタイプのやつだろう。ちょうどぼくが撃たれた前日に、麻薬の売人が拘置所からかけた電話をたどってみたんだが、そのときも結果は同じだったよ」

キャッシュはうなずいた。「そういうことは、うちの署でもそれなりにある」ヘイズのベッドのそばに置かれた椅子から身を乗りだして続ける。「法執行機関に身を置く者は敵が多い。しかし今回の場合は特別だ。背後で操っている人間に心当たりがあるんじゃないか？」

ヘイズはうなずいた。「一カ月ほど前、うちの捜査員が裏社会のちょっとした情報を探りあてた。それである国境警備隊員の死を、やつらがエル・ラドロンと呼ぶ人物と結びつけることができたんだ」

「エル・ラドロン――盗《ぬす》っ人《と》か」キャッシュは笑った。「ぴったりだな」

「そいつの手下はそうは呼ばない。エル・ラドロンと呼ぶのはやつの敵だけだ」

「その敵が、そいつを引っくくる助けになるほど多いといいんだがな」

「一番の敵は、やつとコティージョの覇権争いをしている男だ。メキシコの麻薬取引に食いこんでいる南米の密輸組織のリーダーで、表面にはなかなか出てこないが、きわめて危険なやつだよ」

「その危険な麻薬取引のリーダーの素性はわかっているのか？」

ヘイズはうなずいた。「魅力的だが凶悪なメキシコの犯罪組織のリーダーといっしょに逃げた、アメリカ人の女相続人の息子だ。やつは父親をエル・ラドロンの手先に殺され、そのかたきをとるために母親の金を使ったんだ」

「どんどん複雑になっていくな」

「どんどんたちが悪くなっているんだ」ヘイズは歯を食いしばった。黒い目を細くして続ける。「その危険な麻薬王が、この地域にきわめて不愉快な問題をもたらしかねない形で、わが国とつながっている」

「まさかジェイコブズビルの市長と親戚だとか？」キャッシュは低く笑いながら尋ねた。

「もっと悪い」ヘイズは深く息を吸いこんだ。「やつには娘がいるんだ。が、当の娘はそのことを知らない」

キャッシュは眉根を寄せた。「新たな問題が出てきたな。父親が悪名高い麻薬の密売人だというのに、娘はそいつが父親だとは知らないのか？」

ヘイズはうなずいた。罪悪感がちくりと胸を刺す。「その男がブレント・ウェルシュに麻薬を供給し、ブレントはそれをレイチェル・コンリーに渡し、さらにレイチェルがその麻薬をぼくの弟ボビーに打ったんだ。致死量を超えるコカインをね」

「それは気の毒なことだったな」キャッシュはかすれ声で言った。「そんな事情があったんじゃ、よけいきついだろう」

「ああ」ヘイズは枕に寄りかかった。実際の年齢よりずっと老けこんだような気がする。「すでに知っているだろうが、ぼくの親父《おやじ》のダラスはここで死ぬまで保安官をやっていた。それでいざというときのために知っておけと、そうしたつながりを教えてくれたんだ。ただし、例の娘に実父のことはいっさいしゃべらないと誓わせたうえで」渋い顔で続ける。「おかげでぼくは口をつぐんでいるしかないんだ」

「なるほど」キャッシュは軽く頭を傾けた。「つまり、ぼくにも言えないというわけだな」

「そういうことだ」ヘイズは深く息をついた。「彼女が知ったらどんな反応を示すかわからない。父親のほうが彼女のことを知っているかどうかもわからないんだ。たぶん知っているとは思うがね。知っているとして、もし追いつめられて窮地に陥ったら、娘を利用して助かろうとするかもしれない」

キャッシュは目をむいた。「その娘は、それなりに影響力のある人間なんだな？」

「そうだ」

「やれやれだな」

「自分がこんなに葛藤するはめになるとは思わなかったよ。そのせいで夜もろくに眠れない」

「家族の秘密か」キャッシュはつぶやいた。「ティピーとぼくも家族の秘密に苦しんだ時期があった。彼女はいまでも自分のほんとうの父親が誰なのか知らない。母親にもわからなかったんだ。ティピーの弟の父親はジョージアの警察関係者だそうだが」

「聞いたことがある」ヘイズは言った。

「それで、どうするんだ？」

ヘイズは肩をすくめ、そのせいで胸に痛みを感じて身を縮めた。「わからない。状況次第だな」キャッシュと目をあわせる。「ぼくがここにいることで、ミネットの家族は危険にさらされている」唐突に言う。

「そうとも限らないさ」キャッシュの目に愉快そうな表情がたたえられた。「きみの知らないところで進んでいることもあるんだ」ヘイズが口を開きかけたのを片手で制して続ける。「きみは知らないほうがいい」

「ぼくたちの動きは逐一監視されているってことかな？」

「ああ、それは当てにしてくれていい」キャッシュは膝に腕をのせて前かがみになった。「ところで、リハビリのことだが――」

「その話はいい」ヘイズはさえぎった。

「悪いが、約束したんでね。ぼくは常に約束を守る男なんだ。撃たれた身のつらさはわかっている。きみより経験を積んでいるくらいだ」キャッシュは言葉をついだ。「きみもその腕が使えなくなってしまうのはいやだろう？」

ヘイズは目をむいた。「どういう意味だ？」

「筋肉がいかに萎縮するものか、医者から説明を受けただろう？」

「確かにそのようなことを言っていたな。ろくに聞いちゃいなかったが。そのときは退院許可証にサインさせることで頭がいっぱいだったからな。退院させてもらえるなら、コパーの家のペンキ塗りでも引きうけていたよ」

キャッシュは低く笑った。「気持ちはわかるよ。だが、ちょっとの辛抱だ。理学療法を受け、運動をする。銃を持ち歩いたり必要なときに撃ったりといったことを自力でできなくなったら困るだろう？」

「過去にも撃たれたことはあるんだ」ヘイズは抗弁

した。

「だとしても、そのときは今回ほど重傷ではなかった」キャッシュは黒い目をヘイズにすえた。「なあ、銃創が二つ以上ある人間は自らトラブルを探し求めていたんだと言われがちなものだ」

ヘイズは彼をにらんだ。

「きみに自殺願望があるなどと思ってるわけじゃない。だが、それにしても無鉄砲だ。新しい保安官とうまく折りあう方法を探すはめになるのはごめんだよ」キャッシュは意味深長な言いかたをした。「時間を食うからな」

ヘイズはなんとか笑ってみせた。「それはそうだろうな。ぼくの知りあいの中でも、あなたは社交性のあるほうではない」

「たぶん年とともによけいひどくなっていくだろうよ」キャッシュも笑った。「問題は……」真顔に戻って続ける。「きみに慎重さが欠けているということだ。銃創の数がそれを物語っている。撃たれた傷はのちのち問題を引き起こしかねない」

「自分の影にまでびくびくするのはまっぴらだよ」

「そんなことを頼んでいるんじゃない。ただ、もっと周囲に気をつけて、応援を呼ぶのをためらうなってことだ。マントをひるがえすヒーローではないんだからな。ここらにはスーパーパワーを与えてくれる特異な蜘蛛《くも》もいない」

ヘイズは笑った。「そうだな」

「リハビリに行ってくれ」キャッシュは言った。「そして、これから数週間という最後の休養期間できちんと体を治すんだ。そのうち気がついたら麻薬取引の覇権争いのど真ん中にいた、なんてことになるんだから」

「サイ・パークスと連絡をとっているんだな」

「ああ。前の麻薬取引業者が彼の私有地と隣接する土地を買ったのを覚えているかな?」ヘイズがうなずくのを待って話を続ける。「あの土地は転売されることもなく、サイはそこでの動きをずっと見張っていたんだ。建物ができたり、セミトレーラーが出入りするのをな。探りを入れたが、作業員たちはたいしたことは知らなかったらしい。なんでも馬の繁殖業者が引っ越してくるそうだ。サイはそこが麻薬取引の基地になるのではないかと考えて心配している」

「自分のところの純血の牛をたいそうかわいがっているからな」サイが飼っているのはテキサスの有名なキング牧場から来たサンタガートルーディス種の牛だ。

「ぼくの知っている何人かに調べさせてみるとサイには言っておいたが、背後にいるのはたぶんエル・ラドロンのライバルだ」

ヘイズはぱっと背筋を伸ばした。「まさか、あの男がここに？　冗談じゃないぞ！」

「ぼくの考えが正しければ、たぶんそうだ」

「くそ！」

「これはわれわれには有利に働くかもしれない」キャッシュは言った。「こっちに来ているなら、そいつを監視できる」

ヘイズは自分が考えていることを言う気にはなれなかった。へたなことを言ったら、いろいろとばれてしまうかもしれない。

「エル・ラドロンでなく、そいつがぼくのところに殺し屋を送りこんだのだとしたら？」ヘイズは声に出して考えた。

「それは違うだろう」キャッシュが言った。「殺し屋を雇うには、その男はまっとうすぎる」

ヘイズは眉をあげた。「まっとうだと？」

「教会に通う信心深い男なんだ。手下の面倒もよく見て、保険をかけてやっている。子どもたちにもきちんと教育を受けさせている」

「そいつは麻薬王なのか、聖人なのか？」ヘイズは憤然として言った。

「そいつがエル・ジェフ――ボスという意味のスペイン語で呼ばれているのはなぜだと思うんだ？　尊敬されてるからだ。同じ麻薬王でも、もうひとりのエル・ラドロンとは大違いだよ。聖人と罪人ぐらい違う」キャッシュは首をふりながら続けた。「そんな男がどうして麻薬取引なんかに手を染めるに至ったのか理解できないくらいだよ。ただでさえ金持ちなんだ。麻薬で稼ぐ必要なんかないはずだ」

「危険なことや、裏社会での地位が好きなんだろうよ」

「そうかもしれないな」

「ぼくを狙ったのがそいつでないことは確かなんだな？」

「いや、何も確かなことは言えない。ただ、状況からしてメキシコのほうのいかれたやつではないかと疑われる。ミネットが会社で別の殺し屋を差しむけるという脅しの電話を受けたと、そのやりとりを録音したテープを持ってきたんだ」

「なんだって？」

「今日のことだから、きみにもあとで彼女が話すだろう」キャッシュはなだめた。「ぼくはテープを聞かせてもらった。なまりを聞きわけるのは得意なんだ。相手は間違いなくメキシコ人のネイティブスピーカーだった。エル・ジェフに関してこれまで集めてきた情報からすると、彼が雇うのはほとんどがアメリカ人だ。生粋のメキシコ人をこういういかがわしいことに巻きこむのは気が引けるから、アメリカ人を使って麻薬を動かしているんだ」

「面白い男だな」

「面白いのか、変わっているのか」

「たぶん両方だ」

キャッシュは腕時計に目を落とした。「もう昼食をとりに帰らないと。ぼくの言ったことを考えてくれ。つまらないプライドは捨てて、完全に治すためにリハビリに行くんだ」

ヘイズはため息をこぼした。「わかったよ。それと、いろいろ聞きこんでくれてありがとう」

「きみのところの捜査員はきわめて有能だ。いずれは彼らがすべて明らかにしてくれるだろう。ぼくはただちょっとディープな情報源を持っているだけだ。早くよくなれよ」

「ああ、ありがとう」

キャッシュは笑顔で去っていった。

ミネットと顔をあわせたとき、ヘイズは言葉を尽くして彼女を責めたてた。彼女が受けた電話についてすぐに連絡してこなかったからだ。

「だって仕方がないでしょう？　真っ昼間のことだったし、わたしは幼稚園の先生との面談やら何やらいろいろやることがあって、あなたに電話するどころではなかったのよ！」ついにミネットは声を荒らげた。

「きみの家族も、ぼくと同じほど危険なんだぞ」ヘイズは歯を食いしばって言った。「ぼくはもう自分の家に帰るべき――」

「だめよ！」ミネットはすかさずさえぎった。「そんなの、絶対だめ！　わたしたちにはちゃんと見張りをつけるから心配いらないって、キャッシュ・グリヤも言ってくれたわ。あなたはまだひとりでは暮らせない。自分でわかっているはずよ」

ヘイズは口をぎゅっと結んだ。

「文句があるなら、いくらでもどうぞ。だけどもし帰ろうとしても、あなたの部下にすぐに連れ戻してもらうわ」ミネットは黒っぽい目をきらりと光らせた。

ヘイズはミネットをにらんだ。彼女もにらみかえす。

「いったいどうしたっていうのよ。気をつけてないと、わたしに毒を盛られるとでも思っているの？」ミネットの口調は皮肉たっぷりだ。

ヘイズは荒く息をついた。「そんなことより、壁を貫通してくる弾丸が心配なんだよ」

ミネットはベッドに近づいた。「ねえヘイズ、わたしは子どもたちや大おばを愛しているわ。わざわざ家族を危険にさらすようなまねは絶対にしない。でも、もしあなたが帰ってひとりになったら、今度こそ殺されてしまうかもしれないのよ。それがわからないなんて信じられないわ」

「ぼくのために誰にも怪我《けが》させたくないんだ」

ミネットはほほえんだ。「わたし自身や家族のことは、これまでわたしが面倒を見てきたのよ。ドーンは体が弱かった。シェーンが生まれても世話してやれなかったし、ジュリーのときはなおさらだったわ。だからわたしが母親がわりになったの。ドーンはほんとうに優しい人だったから。いまでも恋しいわ」

「義理のお父さんのことも？」

ミネットはうなずいた。「父もすばらしい人だったわ。母が死んだあと、あれ以上に親らしい愛情は得られなかったと思う」

「きみの母親はどんないきさつで彼と知りあったんだい？」

「品評会で出会ったのよ」ミネットは笑いながら答えた。「母は妊娠してたけど、ひとりぼっちで、父は颯爽《さつそう》としてハンサムだった……」ヘイズの表情を見て言葉を切る。「いえ、彼が実の父親でないことはわかっているの。その点、母は最初から正直だった。ある程度まではね。ほんとうの父が誰かということは、ついに教えてくれなかったわ。古い記録を調べてみたけれど、父と――というのは、わたしがずっと父と呼んでいた継父のことだけど——出会う前にどこに住んでいたかさえ、母は明らかにしなかった」

「それはつらかっただろうな」

ミネットはちょっと考えてかぶりをふった。「母がわたしに知られまいとするのは理由があってのことなんだと思ったから、そうでもなかったわ」悲しげな笑みをうかべる。「一番ありそうなのは、父が結婚していたから、母は迷惑をかけたくなかったというケースね。でも、どうだっていいの。たとえほんとうの親でなくても、わたしは両親に愛されて幸せな子ども時代を送れたから。もっとつらい境遇の子どもが大勢いたはずよ」

ヘイズはうなずいた。「ぼくの親は始終喧嘩ばかりしていた」ちょっとの間をあけて語りだす。「なぜかはわからない。とにかくいっしょにいて十分もすると必ず喧嘩になったんだ。ボビーとぼくには、それがほんとうにきつかった」彼の顔が険しくなった。「ボビーは耐えられなかった。性格的に感じやすく、まともに受けとめてしまったんだ。それで麻薬に逃げ、結局はそのせいで命を落とした。だからぼくは麻薬の売人や麻薬王をこの世の何よりも憎んでいるんだ」目に暗い光を宿して締めくくる。

「無理もないわ」ミネットはそっと言った。「弟さんを愛していたのよね」

ヘイズはひややかな目でじっとミネットを見た。

ミネットは片手をあげた。「前もこんなふうになっちゃったわね」疲れたように言う。「わたしは弟さんの死とはなんの関係も——」

「ないわけがないだろう」冷たい声だ。

「いったいどうしてなの？」ミネットは降参するように両手をあげた。「わたしは麻薬を使ったこともなければ、使っている人とつきあったこともないのよ！」

ヘイズは唇をかんだ。あやうく約束を破るところだった。

ミネットはヘイズを見つめた。ばらばらだった断片が頭の中でまとまりはじめていた。ヘイズがぶつけてくる憎悪。麻薬のことなど何も知らないとわかっているのに、ボビーが死んだのはわたしのせいだとつらく当たってきたこれまでの日々。

「ヘイズ」ミネットはささやくように言った。「わたしについて知っていることがあるなら話してよ。いったい何を知っているの？」

突然ヘイズの顔が感情を失った。彼は目をぱちくりさせた。「どういう意味だい？」無邪気に尋ねる。「そういえば、キャッシュにいまいましいリハビリを受けると約束させられてしまったよ」

「そうなの？」ミネットは急に話題を変えたことについてはとがめなかった。ヘイズの態度は変だけど、そのことはまたあとで考えればいい。「それはよかったわ！」

ヘイズは仏頂づらになった。「また腕を使えるようにならないといけないから仕方がない」

「リハビリに行くときはサラおばさんが車で送っていくって。前からそう言っていたのよ」

「それはありがたい」

「たいしたことじゃないわ」

ヘイズは興味をそそられたようにミネットを見た。「きみがなぜぼくを泊めてもいいと申しでてくれたのか、いまでも理由がわからないんだが」静かに言う。「ぼくは長いこときみを邪険にしてきたのに」

「敵の頭上に燃える炭火を積むためよ」ミネットは言った。

ヘイズはくすりと笑った。「そうなのかい？」彼女の大おばからすでにその話を聞いていたことは明かさずに言う。

ミネットは大きくうなずいた。

「それでも、まあ……ありがたいことだ」

「あるいは……」ミネットは小生意気な口調で続けた。「わたしは隠れマゾヒストなのかも。虐げられるのが好きなのよ」

「まさか」

「夕食の支度をする前に、何か持ってきてあげましょうか？」

「夕食ならサラがもう料理しているかと思っていたけど」

「ええ、だけどわたし、チキンとダンプリングの煮こみにはこだわりがあるの。ここだけの話だけど、おばさんの作りかたには納得がいかないから、自分で作るのよ」

「チキンとダンプリングの煮こみはぼくの好物だ」

「わたしも好きなの」

「オフィスの机の引き出しには銃を入れてあるだろうね？」だしぬけにヘイズは言った。

ミネットは眉を吊《つ》りあげた。

「銃を持ったやつが押し入ってくるかもしれない」

「ジョン・F・ケネディ大統領が大昔に言ったとされる言葉を何かで読んだ覚えがあるわ。もし自分と刺し違える覚悟で殺しに来る人間がいたら、逃れるすべはないって。その言葉は当時も真実だっただろうし、いまも真実だわ。そのうえ、わたしは命運が尽きるときはそうなるものだと思っているの」

「ああ、ぼくもそう思っている」

「あなたが銃弾の飛びかう中に平気で飛びこんでいくのはそのせいなの？」ミネットは調子に乗って問いかけた。

ヘイズは彼女をにらみつけた。「いままでのは二回とも、銃を持ったのがもうひとりいるとは気づかなかったんだよ」

「二回とも気づくべきだったんだわ」

「ミネット」彼は歯ぎしりせんばかりの口調になっ

た。「きみは銃撃戦のことなどまるでわかってないんだ」

「いいえ、それだけじゃないわ」ミネットは彼から目をそらさなかった。「あなたはわたしを責め、レイチェル・コンリーを責め、麻薬の密売組織を責め、ご両親を責めてきたけど……それ以上に自分を責めているんじゃないの？　ボビーがあそこまで深く麻薬にかかわっていることになぜ気づかなかったのか、なぜとめられなかったのかって」

ヘイズは無言だった。その顔は石のようにかたい。

「そうなんでしょう？」ミネットは静かに続けた。「あなたは彼が亡くなってしまったために、自分を罰する方法を探しているんだわ」

「きみの知ったことじゃない」

ミネットはさらにベッドに近寄った。「もしあなたが知っていたとしても、彼をとめることはできなかったわ。わたしの高校時代の友人に、父親がアルコール依存症だという子がいたの。その父親は文字どおり死ぬまで飲んだ。母親はそうならないようあらゆる手を尽くしたわ。留置所から牧師から精神科医まで頼ってね。こんな調子で飲みつづけたら死んでしまうと、本人も自覚していたのよ。だけど、彼はありとあらゆる場所に酒瓶を隠し、ある日家族が教会に行っているあいだに大量に飲んだうえ、薬もいっしょに服用して亡くなってしまったわ。奥さんは自分を責めて自殺しようとした。決して彼女のせいではなく、彼女が必死にやめさせようとしていたのを誰もが知っていたのに……。夫が自分の意思で選んだ道なのだと納得するまで、彼女は何年も心理療法を受けたそうよ」

ミネットはさらに一歩近づいた。もうヘイズの表情はそれほど恐ろしくなくなっていた。

「人は間違った決断をすることがある。そういう人を守ろうとすることはできるけれど、それがいつもうまくいくとは限らないわ。あなたはベストを尽くしたのよ、ヘイズ。誰でもベストを尽くすことしかできないわ。ボビーの死はわたしのせいではないのと同様、あなたのせいでもないの。彼の寿命だったのよ。何をもってしてもそれは変えられなかったんだわ」

5

ヘイズはしばらく押し黙っていた。無言でただミネットを見つめていた。

「あなたがしてきたのは、そういうことだったんでしょう？」ミネットは優しく答えを促した。

ヘイズは深々と息をつき、目をそらした。「意識はしていなかったが」ようやく言う。

それからまた黙りこんでしまったが、ミネットは彼に考えるきっかけを与えてやれたのだと感じた。

「夕食の支度をしてくるわ」そう言うと、彼女はそっと部屋から出た。

二時間後、ミネットは煮こみ料理とグリーンサラダとデザートの小さなアップルパイを盛りつけた皿をヘイズのもとに運んでいった。

ヘイズは礼を言ったが、相変わらず寡黙だった。彼が話をするそぶりを見せたのは、皿をさげに再び部屋に行ったときだった。

「きみの言ったことを考えていた」彼は切りだした。

ミネットは微笑した。

「やっぱりぼくは罪悪感を抱いていたのかもしれない」ヘイズはわずかな間をおいて続けた。「ボビーはぼくよりひと世代近く下だった。ぼくはあいつが麻薬を使っていることに気づいてもいい年だったんだ」

「当時のあなたは家を出ていたわ」ミネットは静かに言った。

「それでも週末ごとに帰っていたんだから」

「だけど、いっしょに暮らしていたわけではないんだもの」

ヘイズは枕に寄りかかった。ブロンドがまじった豊かな茶色の髪は清潔で、くしゃくしゃに乱れているのがかえっていっそう魅力的だ。一日分のひげが伸びた顔も無頼な雰囲気を漂わせている。しみひとつない白いTシャツにワイン色のフランネルのパジャマズボンがやけに男らしく、ロデオライダーらしい体格を最大限に誇示している。この世で一番ハンサムだ、とミネットは思った。むろんその思いを顔に出すようなことはしないけれど。

「ぼくの父親は頭の切れる人間だった」ヘイズは言った。「だが、物事の裏の裏まで見たがるタイプではなかったのかもしれない。ボビーが素行の悪い若者とつきあっているのを叱ったけれど、ボビーは相手を更生させようとしているだけだと言い訳した」暗い笑い声をもらして続ける。「親父《おやじ》は教会に通っていて、道を誤った人間でも立ちなおることは可能だと信じていた。それでボビーに説得されてしまったんだ。それはぼくも同じだった」

「あなたもお父さんも人のいいところを探していたのよ。ついた職業では逆のことを教えられてもね」ミネットは指摘した。「わたしにはわかるの。新聞記者という仕事も人間の善行だけを見てればいいわけではないから」

「そうだな」

「それに正直なところ、あなたのお父さんは年を感じはじめていたんだと思うわ」

「親父もいろいろと健康に問題があったからね。とくに最後のほうでは心臓に」彼は言った。「ぼくができるかぎりのことをしてやったが、本人は体をいたわろうとはしなかった」

「あなたは、お父さんのためにも弟さんのためにも最善を尽くしたのよ」

「そうかな？」ヘイズの目にせつなそうな色がうかんだ。「当時ですら、ぼくは仕事で手いっぱいだった。まだ保安官代理だったのにね」

「あなたは、テキサスの法執行機関に携わる男性の中ではとても裕福な部類なのに」ミネットは笑いながら言った。

ヘイズは肩をすくめた。「遺産を受けついだからだよ。だからといって遊んで暮らすつもりはない」

「わたしもよ」ミネットはほほえんだ。彼女の親も生活に困らない程度の財産を遺《のこ》してくれていた。

「仕事中毒だな」ヘイズは考えこむように言った。

「言えてるわね」彼女は応じた。「おしゃれをして、おしゃれなお客さまをおしゃれにおもてなしするなんて、昔から性にあわなかったわ。それよりは子どもたちと泥まんじゅうを作っているほうがいいもの」

「実際に作ることもあるのかい？」ヘイズは感心したように言った。

「だって子どもの相手は楽しいわ。二人ともほんとうにかわいいの」

「しかし子育てはたいへんだ」

「わたしはちっとも苦にならないわ」ミネットはにっこりした。

ヘイズは黒っぽい目でひたと彼女を見つめた。そのまなざしに、ミネットは顔を赤らめた。

ミネットが赤くなったのを見て、ヘイズは尊大になり、ゆったりとほほえんで彼女がもじもじするまで見つめつづけた。

「この食器を洗浄機に入れてこなくちゃ」ミネットはぎこちなく言って、皿とカップを手にドアに向かった。「用ができたらいつでも呼んでね」

「ありがとう」ヘイズは笑みをうかべたまま、出ていく彼女をまだ見つめていた。

ミネットはとまどった。ヘイズはいままで非難の言葉やいやみなせりふを口にする以外、ろくに話しかけてもくれなかった。だが、さっきわたしを見つめたときの目はこれまでとはまったく違っていて、居心地が悪くなるほどだった。

わたしが彼に心を奪われてしまったのはもう何年も前、ボビーと同じ学校に通っていたころのことだ。以来ヘイズはわたしの空に輝く太陽となり、だから彼に敵視されるのが悲しくてたまらなかったのだ。でも、いまの彼はこれまでとは変わってきたようだ。以前ほど喧嘩《けんか》腰ではなくなって、友好的になっているような気がする。


翌週はサラ大おばが病院の予約を入れてあったので、ミネットがヘイズをリハビリに連れていった。彼女は子どもたちの送り迎えにはＳＵＶを使っているが、ほかにピックアップトラックも持っていた。セカンドカーとして、高級なスポーツカーでもなんでも買える余裕があるのに、彼女はトラックが好きなのだ。


「だって、かっこいいでしょう？」敷地の外へと車を出しながら、ミネットはヘイズに言った。「これに乗っているとクラクションを鳴らされたり、口笛を吹かれたりするけれど、とにかく頑丈なところが気に入ってるの」

「確かに頑丈だな」ヘイズは低く笑った。「じつは、ぼくもこれと色違いのほぼ同じタイプの車に乗っているんだ。きみのは黒だけど、ぼくのは白だ」

ミネットは共通点があったことに頬を染めてしまいそうなのをこらえながら、笑い声をあげた。いままで同じ車に乗っていることなど気にとめていなかったのだ。「偶然ね」

「もう一台きみが持っているのはＳＵＶだ。車は好きではないのかい？」

「好きよ。ただ、トラックのほうがシートが高いわ。ＳＵＶは子どもたちの安全のためよ。それに……」ミネットは笑いながら続けた。「わたしが運転しているあいだ、ジュリーとシェーンにＤＶＤを見せられるようなシステムを装備できたから。おかげで道中は静かに走れるわ」

「安全に関心を持ったのはどうしてだい？」

「春に交通事故の取材をしたの。デイン家の男の子が古いＳＵＶに横からぶつけられて死んだ事故を覚えてない？」

「ああ、あれは悲惨な事故だった」

「彼は軽量の小型セダンに乗っていたわ。その一方、ＳＵＶは金属のかたまりだった」ミネットは顔をしかめた。「あの光景はいまでも忘れられないわ」

「それできみはＳＵＶとトラックを買ったというのか？」

ミネットは赤信号で停止してうなずいた。「両方ともＶ８エンジンだから、燃費はよくないわ。でも、このトラックはパワフルで、ほかの車に押しつぶされる心配がないところが気に入ってるの。さまざまな面で安全に配慮してあるから」

「同じように安全な車はトラックでなくてもあるんじゃないかな」

「ええ、でも、そういう車は派手だし高価なのよ」

「派手で高価な車だと、何か……？」

ミネットは再び車を発進させた。「子どもたちに贅沢《ぜいたく》させて優越感を持たせるようなことはしたくないの。確かに子どもたちの送り迎えには最高級のＳＵＶを使ってるけど、ＳＵＶは派手なスポーツカーとは違う。子どもたちの服もほどほどのデパートで買い、クリスマスにも高価なプレゼントではなく、中流階級の親があげるようなプレゼントにしているわ。お金で価値ははかれないから」

「いいことだ」ヘイズはかすかに微笑した。

「わたしの親も生きていたらそう言うでしょうね。わたしをそういうふうに育ててくれたから。わたし自身、高価なプレゼントはもらったことがなかったわ」

「しかし、きみにだって喉から手が出るほどほしいものがひとつや二つはあるんじゃないかい？」

ミネットはにこやかに言った。「ないわ。ほんとうにないの。いえ……あることはあるかしら……」

「なんだい？」

「わたし、カメオが大好きなの。ブローチやネックレスになっているカメオ。特別な機会や教会に行くときには、クロゼットの中のスーツにそれをつけていけたらって思うわ。でも、いつも不必要に高い気がしてしまうのよね」笑いながら続ける。「だから、どうしても買う気になれないの。たとえ自分へのクリスマス・プレゼントとしてもね。あなたはどう？」

「ああ、ぼくは簡単さ。ネクタイが好きなんだ」

ミネットは目をまるくしてヘイズをちらりと見ると、彼が笑いをこらえていることに気づいた。

「ネクタイしかもらえないなら、好きになったほうがいいだろう？」

「あなたの部下たちに誰かが話をするべきね」

「部下の奥さんたちにね」ヘイズは低く笑う。「なんでも持っている男に何をプレゼントするか？　ネクタイだ。だけど、その気持ちはありがたいよな」

「それじゃ、ほんとうにほしいのは何？」

「いいリールだよ」彼はため息まじりに言った。

「釣りが大好きなんだ」

「ほんとう？」ミネットは驚いた。彼が趣味の話をするとは思いもよらなかった。

「狩りも好きなんだが、狩りには行く時間がなくてね。釣りは狩りより手軽だ。トラックに釣り竿《ざお》を積んでおいて、昼休みにちょっと時間があるとき川辺に行くんだ。たいして釣れないけど、ときにはバスやブリームを釣りあげることもある」

ミネットは笑った。「わたしも釣りは大好きよ」

「え？　きみも？」

「ええ。父がよく連れていってくれたの。それで黙っていることを覚えたのよ。父は釣りにはすごく真剣だったわ。二人でひとこともしゃべらずに二時間も川岸に座っていたこともあるの。だからといって、たくさん釣れたわけじゃないけどね。父はルアーが好きだったの。わたしは虫餌で釣りたかったんだけど、父に虫餌はよくないって言われたの」

「虫はいい餌だ」

「ええ、でも、わずか十歳の子どもに議論はできなかったわ」

「そうだろうな」病院が近づき、ヘイズは眉間に皺《しわ》を寄せた。「行きたくないな」

「その腕を治したくないの？」ミネットは澄まして言った。

ヘイズは彼女をにらんだ。

「いいわ。それじゃUターンして、片手で釣りをする練習を――」

「クラッカーとミルク！」彼はどなった。

ミネットは彼をまじまじと見た。

ヘイズはきまりの悪そうな顔になった。「麻薬について、ときどき子どもたち相手に話をすることがあるんだ」と言い訳する。「ふだん悪い言葉を使ってたら、学校でもつい口走ってしまうかもしれないだろう？」

「いまどきの子どもは、あなたより悪い言葉をたくさん知っているんじゃないかしら」ミネットは苦笑しながら言った。

「そうかもしれないが、ぼくは使わないようにしてるんだ」

ミネットは笑った。「そんなにすまなそうに言うことはないわ。いいことだと思うわよ」

「ほんとうに？」ヘイズはいままでにない笑みを彼女に投げかけた。

そのせいでミネットは縁石に近づきすぎ、慌ててハンドルを切った。そして玄関前で車をとめ、ヘイズのシートベルトをはずした。「終わったら電話して。五分でここに来るわ」

ミネットは身を乗りだしてヘイズのシートベルトをはずした。そのあと体勢を戻そうとしたとき、息がかかりそうなほど彼の顔がそばにあることに気づき、心臓が激しくとどろきだした。

「ぼくといると、きみはやけに緊張してしまうんだな」深みのある滑らかな声で、ヘイズは言った。

「き、緊張なんて……してないわ」ミネットは顔を赤らめた。「早く行かないと遅れるわよ！」

「そうかな？」ヘイズはじっとミネットを見つめた。心臓が破裂するかと彼女が思うまで。

「そうよ！」

「それじゃ、行ってくるよ、ミネット」

その名前の呼びかたに、ミネットはますます心を乱された。彼がようやく向きを変えて車をおりたときには、心底ほっとした。だが、彼はドアを閉める前にもう一度ミネットに笑いかけた。そのせいでミネットは仕事に戻るまでずっと上の空だった。

昼休み、ミネットはヘイズを迎えに再び病院へ行った。ヘイズは抗議したにもかかわらず、車椅子に乗せられて玄関を出てきた。

「負傷したのは肩であって、脚ではないのに」彼はぼやいた。

「当院の規則です」看護師が言った。「それに、あなたの車椅子を押すのは気分がいいわ。わたしの思いどおりに動かせるんですものね」

ヘイズは小声で何かつぶやいた。

「え？　なんですって？」

「貨物扱いはごめんだと言ったんだよ」

看護師は声をあげて笑った。

　ミネットは車からおりて、助手席のドアをあけた。

「重病人じゃないんだぞ」ヘイズは腹立たしげに言いながら車に乗りこもうとした。

　ところが、手を貸そうとしたミネットはうっかり縁石につまずき、ころんでしまった。

「おっと、危ない！」ヘイズがすかさず助け起こそうと手を伸ばした。

「だめ！」ミネットは叫び、ほとんど同時に看護師も同じ言葉を口にした。「その腕でわたしを引っぱりあげるなんて、もってのほかよ！」

　ヘイズは何事か低くつぶやいたが、〝クラッカーとミルク〟と言ったようには聞こえなかった。

「わたしなら大丈夫よ」ミネットは自力で立ちあがり、足を動かそうとして身をすくめた。「まったくわたしときたら、どじなんだから！」

「中でレントゲンを撮りましょうか？」看護師が心配そうに言った。

「足首をひねっただけですから」ミネットは安心させるように答えた。「しょっちゅうやってしまうの。いいおとながまともに歩けないなんてね」声に笑いがまじる。

「ほんとうに診察を受けなくて大丈夫？」看護師はなおもおろおろと言った。

　ミネットは看護師をじっと見つめた。「わたし、いままで誰も訴えたことはないわ」

　看護師は笑いだした。「近ごろじゃ、こういう事故にみんな神経質になっちゃってるのかもね。とにかく大丈夫ならよかった。でも、もしあとでひどくなったら、必ず診察を受けに来てくださいね」

「ええ、そうします」ミネットは看護師がヘイズのシートベルトを締めるのを待ってドアを閉め、ゆっくりと運転席にまわった。

　看護師は玄関先に立って見送ってくれた。

「今夜までによくならなかったら、医者に診せるんだぞ」ヘイズが言った。「ちょっとした事故でもおおごとになってしまう場合だってあるんだ」

ミネットは顔をしかめた。「そうでしょうけど、ほんとうに大丈夫よ。単に痛いだけだわ」

「まあ様子を見よう」

ミネットは運転しながら彼にちらりと目をやった。

「今日はリハビリに対する文句はなし？」

ヘイズは肩をすくめ、ついで痛さに首を縮めた。

「まあね。あそこのスタッフは自分たちの仕事をよくわかっている。それに温熱療法はなかなか気持ちがいい」

ミネットは笑った。「そうらしいわね」

と、そのときヘイズの携帯電話が鳴りだした。彼はベルトにつけたホルダーから電話を取って応答した。「カーソンだ」相手の言葉に眉をひそめる。「ほんとうか？　そうか。それならぜひ話を聞かせてもらおう。こっちはいま……」窓の外に目をやる。「ミネットの家から五分ほどのところにいる。ちょっと待ってくれ」彼はミネットのほうに首をめぐらした。「うちの捜査員を家に来させて構わないかな？」

ミネットは彼の礼儀正しさに驚き、好感を抱いた。

「もちろんよ」

ヘイズはうなずいた。「了解してもらえたから彼女の家で待っているよ、ヤンシー。そうだ、それじゃまた」

物思わしげな顔で電話を切る。

「ぼくの事件に関して何かつかんだらしい」

「迅速ね」ミネットは彼の顔に目を走らせた。「これは特ダネをものにできそうだわ。わが家で銃撃事件の捜査会議が開かれるんですものね」

ヘイズは笑った。「いつもは天使のふりをしていただけかな、お嬢ちゃん？」

「わたしはお嬢ちゃんじゃないわ。クリスマスの前に二十六歳になるのよ」

「それほど先のことじゃないな。きみのところでは感謝祭のあたりから飾りつけを始めるんだろうね」ヘイズはため息まじりに言った。

ミネットはうなずいた。「ツリーを立てるときには子どもたちが大はしゃぎするわ。感謝祭の夜に点灯するの」

「ぼくはもう何年もツリーを立ててない。家にぼくしかいないのでは意味がないからね」

「ミセス・マラードがいるじゃないの」

ヘイズは顔をしかめた。「彼女は週に三回、掃除に来るだけだ。ぼくがツリーなんか立てたら頭がおかしくなったと思って、辞めてしまうだろうよ。二メートル近いイグアナのいる家に掃除に来てくれるよう女性を説得するのに、いったいどのくらいかかると思う？」

「何週間もかかるでしょうね」ミネットは笑いながら言った。

「何カ月もだよ。またあんな苦労をするのはまっぴらだ」

「ミセス・マラードも自分の家にはツリーを飾るんじゃないかしら」

ヘイズは無言だった。

「彼女にはお孫さんが六人いるの。そのうちの少なくとも二人は毎年クリスマス・イブに親に連れられて食事に来るのよ。だから絶対ツリーを飾ってるわ」

「だが、ぼくは立てる気はないね」彼はミネットをじろりと見て言った。

「自分の家でどうするかはあなたの自由だわ」ミネットは言った。「でも、わたしの家ではツリーを飾るの」

ヘイズは喉の奥で耳ざわりな音をたてた。

「あら、いま気づいたけど、今度の木曜がもう感謝祭なのね」ミネットは大きなビクトリア朝様式の家の前で車をとめながら言った。「それじゃ、いろいろと用意を始めなくちゃ」黒っぽい目をきらめかせてヘイズを見る。「まずはツリーにする木を買って立てないとね」

ヘイズは彼女をにらみつけた。「ぼくは手伝わないよ」

「べつに頼んでないわ」ミネットは横柄な口調になって言った。「あなたにやらせたら、飾るものをわざと落っことして全部壊してしまいそう」

「ツリーにロープを巻きつければいい。それが飾りになる」

「うちには、わたしが子どものころから伝わる飾りもあるんだから。曾祖母が集めたものもあるわ。サラおばさんが綿を敷いた箱の中に保管しているの」

「聞いてるだけでむずむずしてきた。ぼくは祝いごとにアレルギーがあるのかもしれないな」

ミネットは声をあげて笑った。「でも、まだご自分の家には帰れないわよ。だから、うちでクリスマスを迎えるしかないわ」

「部屋にこもっていよう。食事はドアの下からトーストを入れてくれればいい」

ミネットはにっこりした。「大丈夫よ、ヘイズ」彼の追いつめられたような表情を見て言葉を添える。「案外あなたも楽しめるかもしれないわ」

「七面鳥は好きじゃないんだ」

「ハムも用意するわよ」

ヘイズは迷いの色を見せた。

「スイートポテトのスフレやポーチドアップルもあるわ。それに自家製のグレービーを使ったドレッシング、自家製のバターロール……」

「やめてくれ」ヘイズがうめくように言った。「いま腹ぺこなんだ」

ミネットはにんまりした。「それでもまだドアの下からトーストを差しいれてほしい？」

「自家製バターロールのためなら、わが身を犠牲にしてもいいかもしれないな。最後に食べたのがいつだったか思いだせないくらいなんだ」

ミネットは声をあげて笑った。

家に着くと、ミネットはヘイズのために助手席のドアをあけたが、片足を引きずらずにはいられなかった。

「だから医者に診てもらえばよかったんだ」ヘイズが心配そうに言った。

「ちょっとくじいただけよ」

「ほら、寄りかかって。腕は心配ない」彼は辛抱強く続けた。「撃たれたのは反対側の肩だ。さあ」

ミネットはあきらめ、ささえてもらった。彼の体はあたたかくて頼もしく、ウエストにまわされた腕の感触が心地いいけれど、服越しとはいえ体を密着させていると全身がうずうずしてきた。

「まあ、どうしたの？」サラが玄関で二人を迎えて眉をひそめた。

「病院の前でつまずいてしまったんだ」ヘイズがかわりに答えた。

「足首をひねったのね？　腫れが引くよう、すぐに水につけなくちゃ。ヘイズ、ひとりで階段をあがれる？」

「大丈夫だよ。ぼくの部下がいまこっちに向かっているんだ。捜査に新展開があったらしくてね。ミネットには許可をもらったけど、あなたにも聞くべきだったな……」

「いまはここがあなたの家なのよ」サラはのんびりと言った。「お客をよぶのにいちいち家族に許可を求めることはないわ。さあ、あなたはこっちにいらっしゃい、ミネット」そしてヘイズの顔にうかんだ表情を見る間もなく、ミネットをキッチンのほうに促した。

ヘイズは父の死とともに家族を失った。それがいま、ミネットの家族の一員とみなされている。妙な感じだ。ゆっくりと向きを変え、居間に入っていく。大きな肘掛け椅子に腰をおろし、クッションのきいた背もたれに身を預ける。まだ体力が戻っていないうえに慣れないリハビリで疲れていた。だが、それを認めたくはない。自分は大きくて強くてタフな保安官なのだ。

そうなのだ。

サラはエプソム塩をとかした湯にミネットの足をつけさせた。「これで腫れが引くわ」

「わたしったら、砂袋みたいにどさっところんじゃったの」ミネットは吐息をもらした。「われながら、とろいったらないわ！」

「血筋ね。あなたのお母さんもまったく同じだったわ。ドアノブに袖を引っかけて、生地を裂いちゃったことがあったのを覚えてない？」

ミネットは笑い声をあげた。「そういえば、そんなことがあったわね」

「お母さんのそういうところをあなたも受けついだのよ」

「ところで今日、子どもたちを迎えに行く前に、買い物をしてきてもらえるかしら？」

「いいわよ。何がいるの？」

「今度の木曜は感謝祭だわ」

「ああ、そうね。それじゃクランベリーソースと小麦粉とイーストを仕入れなくちゃ。七面鳥とハムは冷蔵庫で二、三日かけて解凍できるよう、月曜日に買ったほうがいいわね」サラは考えながら言った。

「どうがんばっても冷凍庫には入らないものね」ミネットは言った。「冷凍庫は女に設計させるべきだわ」

「同感よ」

玄関の外で車がとまる音がした。

「ヘイズの部下の捜査員だわ」ミネットはサラに言った。「通してあげてくれる？」

「ぼくが通すよ」ヘイズが廊下から言った。「撃たれたのは脚じゃなくて肩なんだから」

ミネットはヘイズに向かってしかめっつらをしてみせた。彼も同じようにしかめっつらを返した。

ヤンシーはブロンドの颯爽《さっそう》とした男だが、結婚していて六歳の息子がいた。彼はヘイズににっこりと笑いかけた。「元気になってきたね、ボス」

「早く仕事に戻りたいよ」ヘイズは応じた。「入ってくれ」

「コーヒーはいかが、ヤンシー？」サラが声をかけた。

「いただけるんなら遠慮はしませんよ。ありがとう、サラ」ヤンシーが答えた。

「ちょっと待っててね。ヘイズ、あなたもミネットに飲まされた、しゃれたコーヒーにはまっているのよね？」

ヘイズは笑った。「ああ、悪いね」

「いいのよ。簡単なんだから。ヤンシーもラテを飲むでしょう？」

「ぼくはふつうのブラックコーヒーで」ヤンシーは言った。「凝ったコーヒーに興味はないんでね」

「それでどれだけ損をしてるか、わかってないんだわ。ね、ヘイズ？」ミネットが言った。

「ああ、そのとおりだ」

「やあ、ミネット」キッチンで湯を張った桶《おけ》に片足を浸しているミネットを見て、ヤンシーは眉根を寄せた。「どうしたんだい？」

「スーパーヒロインのまねをして、ころんじゃったの」ミネットはいまいましげに言った。「こんなんじゃ、マントを返さないといけないわね」

ヤンシーはふきだした。

「足首をひねっただけなのよ」ミネットは続けた。「もう痛みもおさまりつつあるわ。サラおばさんは魔法使いだわ」

「あなたのお母さんでずいぶん練習したのよ、ダーリン」サラは笑顔で言った。

「それじゃ、お大事に」ヤンシーは言った。

「ありがとう」

ヤンシーはヘイズのあとから居間に入った。二人だけになると、その表情が引きしまる。

「やつらが来る」ヤンシーは声を落としてヘイズに言った。「サイ・パークスの地所に隣接した土地に引っ越してくるらしい」

「またにせの養蜂業者が来るんじゃないだろうな」蜂蜜を売るふりをして倉庫いっぱいにマリファナをためこんでいた前の所有者のことに触れ、ヘイズはうめくように言った。

「それどころか、今度は合法的な事業をやる気らしい。馬だよ。純血の馬。とても高価な競走馬だ。ケンタッキーダービーに出すんだとさ。大金をつぎこんで厩舎《きゆうしや》を建てているらしく、馬たちはそこらの人間よりいい暮らしができそうだ」

ヘイズは眉間に皺を寄せた。「合法的な事業か」

「合法的な馬牧場だ」ヤンシーはうなずいた。「だが、そのオーナーは過去に二度、麻薬の密売で起訴され、二度とも無罪で釈放されている」

「ちくしょう！　エル・ジェフだな？」ヘイズは歯ぎしりした。

「そのとおり」

「となったら、ぼくはもっと生命保険をかけ、防弾服を買ったほうがよさそうだ」

「いや、ボスを狙撃させたのはやつではない。その点にはほとんど疑問の余地がないんだ」ヤンシーは言った。「あの事件の黒幕はもうひとりの麻薬王メンデス、通称エル・ラドロンだ。こいつはいかにもたちが悪い。自分に盾突くやつや邪魔なやつは容赦なく始末する。あのロペスよりも悪辣だ」暗い声で付け加える。

「サイ・パークスならロペスについて本が書けるだろうな」

「サイだけでなく、町の傭兵《ようへい》たちの半数は書けるだろうね。むろん麻薬取締局の何人かも」ヤンシーは言った。「ロペスはバハマにあったドクター・マイカ・スティールの古い家の近くで、クルーザーの謎めいた爆発事故で死んだと記憶しているけど」

「公式には、マイカはいっさいかかわっていない」

ヤンシーの目がきらりと光った。「そう言われてはいるが、ずいぶん都合のいい場所だったよね？」

「実のところ――」ヘイズは言いかけた。

「実のところ、世間はマイカが深くかかわっているのだと噂《うわさ》していたわ」ミネットがドア口にたたずんで言った。「公然の秘密ね」天使のように無垢《むく》な微笑をうかべる。「有能な記者はいかなるものも見逃さないのよ」

「いまみたいなことを人前で口にしたら、コンクリートの靴をはかされるはめになるかもしれないよ」ヤンシーが苦りきって言った。

ミネットは片手を胸に当てた。「絶対に言わないわ。身の破滅になっちゃうもの」

ヘイズは興味深そうにミネットを見つめていた。夜になると彼女の髪が夢に出てくる。見たこともないほど美しい、淡いゴールドのカーテンのような髪。黒い目に、ピーチとクリームをまぜた色の肌。一般的な意味での美人ではないけれど、笑った顔は光り輝いている。ぴったりしたブルージーンズとタートルネックのセーターに身を包んだ彼女の姿に、ヘイズはわれ知らず笑みをうかべた。

「わたしの顔に何かついているかしら?」ミネットが言った。

ヘイズは含み笑いをもらした。「薄い黄色がよく似あうと思ったんだ」彼女のセーターを指さして言う。「その髪の色も目が覚めるようだ」

ミネットは頬を染めた。「ありがとう……で、いいのよね?」

「もちろん、ほめてるんだよ」ヘイズは笑い、ヤンシーに目をやった。「彼女は料理もできるんだ。ほんとうの料理だぞ! 自分でパンも作れるんだ。うちに帰ったら、きっと毎晩ここで食べたものを夢に見るだろうよ」そこでひるんだ表情を見せる。「焦げた卵とまずいビスケットを食べながらね」

「料理人を雇ったらいいのに」ヤンシーが言った。

「胃袋は喜んでくれると思うけどな」

「アンディのせいでしょう」ミネットが見当をつけて言った。

ヘイズはため息をついた。「そうなんだ。料理人を雇おうとしても、一歩うちに入ってアンディが居間のソファーでテレビを見ているのを目にしたとたん、まわれ右して出ていってしまう」首をふりながら続ける。「以前、電気工に天井のシーリングファンを取りかえに来てもらったことがあった。アンディは大理石のコーヒーテーブルの上で大の字になっていた――夏のことで暑かったんだよ。電気工はてっきりセラミックのおもちゃだと思ったらしい。アンディが結構長くじっとしていられるのは知っているだろう?」その言葉にヤンシーがうなずく。「それで電気工ははしごをセットしてのぼりだしたんだが、そのときアンディがそのはしごがコーヒーテーブルより高いことに気づいたんだ」

「どういう結末に向かうのか想像がつくわ」ミネットが笑いながら言った。

ヘイズはうなずいた。「アンディもはしごをのぼりだした。電気工は驚いて一番上の段からソファーに落ちてしまったらしい。真夏にスプリンクラーがまき散らす水の下で、子どもみたいに絶叫してたよ」

「それでファンは取りかえてもらえたの？」

「その電気工にはやってもらえなかったよ。十軒も電話して、ようやく爬《は》虫《ちゅう》類を怖がらない業者を見つけ、はるばるサンアントニオから来てもらった」ヘイズは両手をあげた。「逃げ帰った電気工がみんなに触れまわったおかげで、いまでは水道管が破裂しても配管工も呼べないだろうよ」

「二メートル近い爬虫類にひるまない人はそうそういないわ」ミネットは指摘した。

「草食系で、おとなしくて、まるで牝牛《めうし》みたいなのに」ヘイズはうめくように言った。

「緑色のうろこにおおわれた牝牛ねえ。やれやれ」ヤンシーが口をとがらせた。

「うるさいぞ、ヤンシー。いまはぼくのペットのことより重大な問題があるだろう」

「ああ、そうだった」ヤンシーは顔をしかめて続けた。「大物の麻薬王がサイ・パークスの家の隣に越してくるんだ」

ミネットの黒っぽい目が見開かれた。「それじゃ、噂はほんとうだったのね」

「ということだな」

「でも、もしその麻薬王があなたを狙撃させた犯人だったらどうするの？」ミネットは心配そうに顔を引きつらせてヘイズに言った。

ヘイズは体の中に奇妙なうずきを感じながら見つめかえした。彼女は本心からぼくの身を案じている。しっかりと視線をからみあわせると、つかの間世界が遠のいたような気がした。

6

ヘイズに見つめられ、ミネットは脚がとろけそうな気がして無言で見つめかえした。

「別のやつなんだ」ヤンシーが言った。

ヘイズもミネットもぼんやりした顔で彼を見た。

「ヘイズの命を狙っているのは別の麻薬王なんだよ。エル・ラドロンというやつだ」ヤンシーは説明した。「エル・ジェフは無関係だと、われわれは見ているんだ。殺し屋を使っての暗殺なんて、やつの主義に反しているからね」

「倫理観の発達した麻薬王なの？」ミネットはヘイズの目を避けて不安げに笑った。心臓が激しく鼓動している。

「そう言ってもいいのかもしれない」ヘイズが言った。「なにしろ教会に通っているぐらいだ」

「ちょっと待って。わたし、アルコールが必要みたい」ミネットは冗談めかして言った。

「だめだよ、アルコールは。きみが飲みはじめたらここの食べ物が全部だめになって、ぼくは空腹のあまり、あのまずいゼリーでもいいから食べさせてくれと病院に戻るはめになる。そうしたら郡全体の法執行機関ががたがたになってしまう。よってアルコールは禁止だ」

ミネットもヤンシーも声をあげて笑った。

「わかったわ。だけど、その麻薬密輸業者がほかの麻薬王とはずいぶん違うみたいだということは事実よね」

「もっとややこしいことに、やつはサラブレッドの馬を飼育しているんだ」ヤンシーが言った。

「あら、変ね」ミネットが眉をひそめた。「わたしの母がよくサラブレッドの飼育について話をしていたわ。誰か知人がそういう仕事をやってたらしくて。いままで忘れていたけれど」

「きみだって馬を飼っている」ヘイズが言った。

「わたしが飼っているのはパロミノ種だけよ。アーチボルドがきっかけだったの。アーチボルドのせいでパロミノ種に夢中になっちゃったのよ。アーチボルドは処分されるところだったの」ミネットの顔が曇った。「人を殺したためにね」

「そんな馬を引きとったのか？」ヘイズが言った。

ミネットは片手をあげた。「その男はアーチボルドをスツールで叩《たた》いていたの」自分が聞いた話を思い出して身をすくめる。「アーチボルドは血だらけになりながらもじっと耐えていたんだけど、男には継子がいて、その小さな男の子が馬をいじめるなと抗議すると、今度は彼をスツールで叩きはじめた。アーチボルドは前足をあげて、男の頭を蹴ったのよ。それでおしまい。あっという間にね」

「その馬をどういういきさつできみが引きとることになったんだい？」ヤンシーが尋ねた。

「知りあいからその話を聞いたの。彼は子どもをかばった馬を殺さなければならないのがとても残念そうだった。それでわたしが介入したのよ」弁護士やテレビ局に勤めている友だちや動物愛護の活動家たちを巻きこんで、結局ミネットがアーチボルドを保護することになったのだった。

「いろいろたいへんだったんだろうな」ヘイズが行間を読みとって言った。

「ええ、いろいろとね。だけど卑劣な人間がやったことの責任を馬に取らせることはできなかったの」

「子どもはどうなった？」

ミネットはほほえんだ。「母親のもとに帰されたわ。継父と暮らすようになってから救急外来に頻繁にかかるようになって、しかも二箇所も骨折していたことがわかったの。継父は自分を捨てた元妻を恨んで子どもの親権を奪いとるため、彼女が実子である息子を虐待していたと嘘《うそ》をついて、その子を引きとっていたのよ。何から何までひどい話だわ」

「で、アーチボルドはいまでは幸せに暮らし、仲間もたくさんできたというわけか」ヘイズが顔をほころばせた。

「ええ。アーチボルドはほんとうに優しい馬なの。馬には感情がないから虐待しても大丈夫なんだと考える人がいるのは、ほんとうに驚きだわ」首をふりながら続ける。「まったくなんて世の中かしらね」

「それでも少しずつよくはなっているんだ」ヘイズは言った。「啓蒙《けいもう》には時間がかかるんだよ」

「さて、ぼくはもう戻らないと」ヤンシーがそう言って腰をあげた。

「だって、もうコーヒーがはいったのよ」サラがトレイを運んできて、ヤンシーをにらんだ。「もう一度そこに座って、コーヒーとミネットが作ったおいしいレモン風味のパウンドケーキを賞味していきなさい」と高飛車に言う。

ヤンシーは低く笑った。「コーヒーを飲んでケーキを食べていくように強制されたのは初めてだけど、文句は言わないよ。なんといっても上司がその目で目撃しているんだからね」ヘイズのほうにぐいと顎をしゃくる。

ほかの三人は声をあげて笑った。

ヤンシーが帰ってしまうと、ヘイズが足首を休ませたほうがいいと言ったにもかかわらず、ミネットはまた仕事に行ってしまった。ヘイズは居間に残り、ひとり物思いにふけった。

「あなたはお部屋で横にならなきゃだめよ」サラがドア口から言った。

ヘイズはため息をついて首をめぐらすと、思案するように目を凝らして彼女を見つめた。「サラ、あなたはミネットの母親についてどの程度知っているんだい？」

サラは居間に入ってきて、ヘイズの椅子の隣にあるソファーに腰かけ、真面目な顔で見つめかえした。

「彼女の夫になった人がミネットの実の父親でないってことは知っているわ。それはミネットも知ってることよ」

「うん。しかし、それ以外に知っていることはないのかな？」

サラは心配そうな顔になった。「わたしの姪《めい》は、ミネットの父親についてはとにかく口が重かったわ。もしかしたら奥さんのいる人だったからじゃないかしら」悲しげにほほえんで続ける。「彼女、世間知らずだったしね。気立てはよかったけど、お人よしだった。ミネットを身ごもったときはずいぶん喜んでたわ。もしミネットの父親を愛していなかったら、あれほど喜ばなかったんじゃないかと思うのよね」

「なるほど」

「わたし、一度、彼はミネットのことを知っているのかと聞いたことがあったわ。フェイは何も答えなかった」

ヘイズの心臓はどきどきした。もしミネットの実父が彼女の存在を知っているのだとしたら面倒なことになりかねず、ひどく胸騒ぎがした。

サラは鋭かった。そしてヘイズを見すえて問いつめた。「あなた、この件に関して何か知っているんでしょう？」

「そうかもしれない」

「だけど、人には言わないって誰かと約束した。そうなのね？」

ヘイズは微笑した。「ぼくの評判はぼくが行く先々についてまわっているみたいだな」

サラはうなずいた。「あなたが約束を守る人だってことはみんな知ってるわ」そう言うと身を乗りだす。「でも、もしミネットの父親が悪い人で、ここにいきなり現れたら、彼女はどれほど動揺するかしれないんじゃない？」

ヘイズは顔がこわばるのを感じた。「あなたの話は、ただの推測だ」

「そう？　だけど、たとえ約束を破ることになっても、ミネットが人にも知れてしまうような屈辱的な形で真実を知ってしまうよりは、そうなる前にあなたから教えてあげたほうがいいと思わないの？」

ヘイズの心に迷いが生じ、それが顔にも表れた。

「よく考えてみて」サラは立ちあがった。「わたしはもう何も言わないから」

「あなたは物事が見えすぎる」ヘイズは穏やかにほほえんだ。

サラは鼻に皺《しわ》を寄せた。「人の気持ちを読むのがうまいのよ。たとえ相手がポーカーフェイスの保安官でもね」そう言うとにっこり笑った。

ヘイズの心は千々に乱れた。父親との約束に縛られながら、ミネットのことが心配でならない。彼女の実父エル・ジェフは麻薬取引で逮捕され有罪になるのを逃れるため、彼女を切り札に使おうとするかもしれない。エル・ジェフと敵対するもうひとりの麻薬王エル・ラドロンは縄張りを荒らされた仕返しに彼女を誘拐するとか、もっとひどい目にあわせるかもしれない。

しかも、エル・ジェフはジェイコブズビルの住人になろうとしているのだ。あの麻薬王が腹の底で何をたくらんでいるのか、なんとか突きとめる方法が見つかったらいいのに。ヘイズはそう思った。

ヘイズの願いは思いがけない形でかなえられた。二日後、ザックが深刻な顔をしてやってきたのだ。

「多少は疑問が解けたような気がするんだ」ヘイズの寝室で二人きりになると、ザックは言った。「ボスはきっと気に入らないだろうけど」

「言ってみろ」ヘイズは答えた。

「エル・ジェフにはヒューストンにスパイがいるらしく、そいつの友人がデイン・ラシター率いる大手の私立探偵事務所に勤めているんだ」

「デイン・ラシター……聞いたことがあるな」ヘイズは言った。「銃撃戦で重傷を負う前は法執行機関にいたとか」

「そのラシターだ。全国の主要都市に探偵事務所を展開していて、評判がいい。二、三週間前、エル・ジェフはスパイを通じてラシターの事務所にプライベートな調査を依頼していた」

「エル・ジェフがどんなやつか知っていたら、ラシターは依頼を受けはしないだろうよ」

ザックはほほえんだ。「そうなんだ。ラシターはちゃんと下調べをした。その結果、エル・ジェフはよその事務所に協力を求めるしかなくなった」

「やつの狙いはなんなんだ？」ヘイズは静かに尋ねた。

「何というより、誰と聞くべきだよ」ザックは言った。「少なくともそう考えられるという話だけどね。エル・ジェフにはどこかに子どもがいて、その子を捜しているようなんだ」そこでため息をつく。ヘイズの表情がふいにこわばったことには気づかない。

「ぼくの考えでは、やつはもうほしかった情報を手に入れている。だって麻薬王が合衆国当局の先手を打って、突然テキサスに引っ越してきたんだから」

「つまり、エル・ジェフと血のつながった人間がジェイコブズビルにいるということか」

「たぶん間違いない」

「その子どもがいったい誰なのか、多少は見当がついているのか？」ヘイズは極力さりげない口調で問いかけた。

「いや、さっぱり」ザックは答えた。「しかし、エル・ラドロンも私立探偵を雇ったという話が聞こえてきている。むろん目的は同じだろう」険しい表情で続ける。「だから危険が迫っている誰かを守るため、われわれは麻薬王同士の縄張り争いにいやおうなく巻きこまれるはめになるだろうね」

「そうだな」

「それで考えたんだけど、麻薬王どもが私立探偵を使ったんなら……われわれだって使ってもいいんじゃないかな？」

「そのための費用を請求しに行ったら、郡政委員会はさぞ喜ぶだろうよ」ヘイズはミネットを気遣う気持ちを押し隠して言った。

「ヤンシーに行かせればいい」ザックが言った。「ベン・イェーツじいさんはヤンシーを怖がっている。きっと二つ返事で承諾してくれるだろう」

ヘイズは顔をしかめた。「なんでヤンシーを怖がってるんだ？」

「数年前、商工会議所が郡の主要な道路に植えた樫《かし》の木々に関してもめたことがあっただろう？　ベンは正式な許可を取らずに植えられたものだと断じて、切り倒すための動議を可決させようとしたんだ」

「なぜそんなことをしたがったのか意味不明だな」

「ベンがその道路沿いに住んでいて、当時大きな薪《まき》ストーブを家に備えつけたばかりで、薪は高価だということを考えれば意味は通るんだ。彼は切り倒す作業を自分がやってもいいとほのめかしたんだよ」ザックは口をとがらせた。「樫は燃えかたがゆっくりしていて、火持ちがいいからね」

「一本でも切り倒しているところを見つけたら、逮捕してやろう」ヘイズはいらだたしげに言った。

「ヤンシーもそれと同じことを言ってやったんだよ、いや、それ以上のことをね。あいつはかっとなるとかなりおっかないし、郡の誰も理解できないような変わったスペイン語の方言で悪態をつく。それでベンは何を言われているかさっぱりわからなかったけれど、その口論が起きた金物店から飛びだして家に逃げ帰ったんだ。以来ヤンシーの名前を出されただけで落ち着かなくなり、斧《おの》なんか持ってもいないと口走るようになったんだよ」ザックはくすくすと笑った。「笑える話だろう？」

「それでも世間では政治家は正直だと思われているんだからな」ヘイズは首をふった。

「まあ、ほんとうに正直な政治家もいるんだろうけどね」

ヘイズは唇をかんだ。「ヒューストンよりもっと近い、どこかこのあたりに、われわれの依頼を受けてくれそうな私立探偵がいるだろう」

「調べてみるよ。しかし、郡で金を出してくれるかどうか――」

「いま思いついたんだが、ウィニー・キルレイブンのだんなは連邦捜査官だ」ヘイズは言葉をついだ。「そして誘拐は連邦犯罪だ。まだ実際に誘拐事件が起きたわけではないが、エル・ジェフの敵がやつの子どもの所在を調べているなら、誘拐事件に発展する可能性は高い。だから私立探偵をキルレイブンに使わせてもいいんじゃないかと思うんだ」

「なるほど、いい考えだね」ザックが感心したように言った。

「まあ、ぼくは頭のよさではちょっと知られた男だからな。実際、自分がいかに切れ者かをいつもみんなに宣伝してるんだ」ヘイズは笑いながら言った。

「みんな聞いてないに違いない。そんな話、こっちには全然伝わってこないからね。おっと、ぼくはもう行かないと！」ザックは両手をあげて笑った。

ヘイズはにやりとした。「何かわかったら知らせるよ」

「ああ、よろしく、ボス」

しかしザックが帰ったあと、ヘイズは物思いに沈んだ。いやな予感がしてならないのだ。二人の麻薬王が何をたくらんでいるのかはっきりするまでは何もできそうにない。キルレイブンが快く協力してくれて、その協力をあおげるだけの予算があることを祈りたい気分だった。

「麻薬密輸業者がジェイコブズビルの誰かを誘拐するつもりでいるかどうか、ぼくに私立探偵を使って調べてほしいだって？」ヘイズの電話に、キルレイブンはあきれたような声で応じた。「ヘイズ、撃たれたとは聞いていたが、頭に銃弾を食らったのか？」

ヘイズは声をあげて笑った。「いや、撃たれたのは肩だよ。確かに、ばかばかしく聞こえるかもしれないが、エル・ジェフの子どもがこのあたりにいることは確かなんだ。それにエル・ラドロンの手下が捜しているんだ、かの……その子どもを」急いで言いつくろう。「ライバルを蹴落とすのに、そいつの子どもを誘拐するほどいい方法はないだろう？」

「いま〝彼女を〟と言いかけたな」キルレイブンは鋭かった。「私立探偵なんか頼むまでもなく、おまえには正体がわかっているんだな？」

「くそ」ヘイズはつぶやいた。

「心配するな。この回線は盗聴の恐れはないし、ぼくは貝のように口がかたい」キルレイブンは安心させるように言った。

ヘイズは短く息をついた。「わかったよ。確かに、ぼくにはわかっている。しかし、それを認めるわけにはいかないんだ。親父《おやじ》と約束したから」

「当の子どもは知っているのか？」

「いや。だからどう伝えたらいいのかわからないんだ」ヘイズは重苦しい口調で言った。「彼女に危険が迫っていることをね」

「親父さんに話をして、彼女に話すのが正しいことだという確信がないかぎりは決して話さないと、約束しなおせばいい」

「親父はもう死んでるんだよ、キルレイブン」

「わかっている。それでも話すんだ。ぼくも自分の父親と話している。キャッシュ・グリヤからなんと聞かされていようと、ぼくは正気なんだよ」

「いや、きみが死者と話をするからといって、キャッシュ・グリヤはきみの頭がおかしいとは考えていないよ」ヘイズは言った。「彼が狂っていると思っているのは、きみが十六世紀のスコットランドの政治史について誰彼構わずしゃべりまくるからだ」

「十六世紀のスコットランドの政治史ほどスリリングで興味深いものはないんだぞ」キルレイブンは言った。「いや、十六世紀のイギリスの政治も面白いけどね」

「ぼくにとっては歴史はテレビのコマーシャルと似たようなものだな。どちらも音を消してれば害はない」

「いまの言葉は聞かなかったことにしよう」

ヘイズはため息をついた。「わかったよ。それじゃ、ついでにきみが私立探偵を雇ってエル・ジェフの子どもがどこの誰かを突きとめ、ぼくに教えてくれたってことにしてくれないか？　そうすれば、ぼくも親父との約束を破らずにすむだろう？」

「屁理屈《へりくつ》もここにきわまりだな」

「頼むよ。引きうけてくれ」

「わかったよ」キルレイブンは言った。「それじゃ行くぞ。エル・ジェフには子どもがいた。やつはその子のことをもっと知るためにジェイコブズ郡に引っ越してきた。エル・ラドロンはそれを知って、その子の誘拐をもくろんでいるようだ。これでいいか?」

「ああ、ばっちりだ。うちの土地の一部を遺言できみに遺《のこ》すよ」ヘイズは言った。「ちょうどイラクサの生えた六メートル四方の土地があって……もしもし?」

キルレイブンは含み笑いを最後に電話を切っていた。

ヘイズは天井を見あげた。「ごめん、父さん。わかってる。だけど彼女のためなんだ。彼女に知らせなければならないんだよ」

なんと言うべきかはわからなかった。シャワーでも浴びれば考えがまとまるかと思い、彼はそうした。

まだ体が本調子ではなかった。体を拭いて、下着とワイン色のパジャマのズボンをなんとか身につけたものの、頭のふらつきがおさまるまで蓋をしたトイレに腰かけていなければならなかった。いやでも年を感じてしまう。思うように回復していないのだ。いまだに肩が痛むし、動きも完全ではない。それでもこの障害は一時的なものだと思いたかった。コルトレーンは当たりさわりのないことしか言わないし、リハビリの看護師は何も教えてくれない。ただほほえんで、ずいぶんよくなっていると言うばかりだ。

むろん少しはよくなっているが、とヘイズはむっとしながら胸につぶやいた。この調子なら来年の夏ごろには、気絶する心配をせずに風呂に入れるかもしれない!

間もなくヘイズは立ちあがり、片手で髪を拭きはじめた。鏡に目をやると、気持ちが萎えた。引きつった青い顔をしている。ブロンドがまじった豊かな茶色の髪は切る必要があった。ひげは剃《そ》ったばかりで、四角い顎を薄汚れてみせる無精ひげがまったく伸びていないのがせめてもの救いだ。しかし目の下には黒っぽいくまができている。

胸を見おろすと、ヘイズはたじろいだ。筋肉をおおうブロンドの胸毛をすかして、あばた状になった一番新しい三つの傷痕がはっきりと見える。傷は癒えかかっていても、決して心地よい眺めではない。肩の裏側にももうひとつある。ヘイズは顔をしかめ、シャワーの湯気で曇った鏡を見すえた。体のわきと腕の下には、撃たれた直後に肺のドレーンのチューブを入れられた痕がある。

　こんな体に魅力を感じる女はいないだろう。ここに持ってきた清潔な白いシャツを着たいけれど、腕をあげると痛むのだ。この痛みは新たな問題が生じていることを示しているのではないか？　ヘイズにはわからなかった。コルトレーンに話を聞くべきだろう。回復が遅いのがだんだん心配になってきている。

　ヘイズはタオルを片方の肩にかけ、Ｔシャツをつまんで廊下に出た。すると、ちょうど廊下を歩いてきたミネットと鉢あわせした。

　ヘイズはとっさにタオルを胸へとずらし、気になる傷痕を隠した。

　ミネットは驚いて彼を見つめた。その顔がうっすらと朱に染まっていく。彼女は下唇をかんだ。

「なんだい？」ヘイズは好戦的な口調で言った。

「あなた、胸を隠そうとしているの？　ひょっとして……ブラジャーか何かをつけているの？」ミネットは言うなりふきだし、体を二つに折って爆笑した。

　ヘイズは口をかたく結び、Ｔシャツを床に叩きつけた。「ちくしょう！」

　ミネットはすぐに真顔になった。ヘイズは本気で怒っている。ミネットはぼんやりと彼を見つめた。

　ヘイズは胸からタオルを取ってＴシャツの横に放った。そしてそこで立ったままミネットをにらんだ。

「ああ、そういうこと……」彼女の黒っぽい目にすまなそうな表情がうかんだ。「ごめんなさい。わたしったら……。その傷……」どぎまぎして言葉をつぐ。「さぞ痛かったでしょうね」

そんな言葉を聞くとは予想もしていなかった。ヘイズの怒りがすっとおさまった。「見苦しいと言われるのかと思ったよ」いらだちを秘めた声で言う。

「見苦しい？」

ミネットの驚きように、ヘイズはますます羞恥を感じた。新しい傷痕に手をやり、彼女から目をそらす。「鏡を見るまで、この傷痕がどれほど見苦しいか気づいていなかったんだ」

「見苦しくなんかないわ」ミネットは優しく言った。

口先だけだ、とヘイズは思った。が、目をあわせてみると、本心から言っているようにしか見えなかった。

「見苦しくなんかない？」おうむ返しに聞きかえす。

ミネットはうなずいた。「ええ、全然」

ヘイズは片方の肩を動かした。「自分で思っていた以上に、自意識過剰になっていたみたいだな」

ミネットは微笑した。「気にすることはないわ」そう言うと背をかがめてTシャツとタオルを拾いあげ、彼に手渡した。暗い金色の胸毛におおわれたたくましい胸に目をやると、わずかにその顔が赤くなる。「半裸の男の人とうちの廊下で行きあうことには慣れてないの」

ヘイズは微笑を返した。「そうか」

ミネットの目が再び傷痕へとさまよった。「まだ少し赤いわ。それって正常なの？」

「わからない。ドクター・コルトレーンに電話するつもりだったんだ」ヘイズは吐息をもらした。「思った以上に回復に時間がかかっているから」

「早くご自分の家に帰りたい？」

「もちろん。焼きすぎたベーコンや焦げたトーストをうちで食べるのが待ちきれないよ」

ミネットは笑った。

「こんな形でここにいるのが不本意なだけなんだ」

彼は言った。

「そうでしょうね。子どもたちはあなたとＤＶＤを見られて大喜びだけど。いまあの子たちがわたしの言うことをなんでもおとなしく聞くのは、毎晩あなたにもう一本つきあわせることを認めてあげているからなのよ」

「ぼくはちっとも苦にならないよ」ヘイズは笑いながら言った。「二人ともすごくいい子だ」

「ありがとう」

ヘイズはそこでひと呼吸置いた。「じつは話がある。きみに言わなければならないことがあるんだ」

ミネットは眉をあげた。「ほんとうにブラジャーをつけているの？」

ヘイズは彼女をにらんだ。「よせ」

「ごめんなさい。つい口から出ただけなの」

ヘイズは目をくるりとまわしてみせた。

「わかった、真面目に聞くわ。いったいなんなの？」

ヘイズは彼女の目の中をゆっくりと、ためらいがちに探った。彼女に教えたくはなかった。きっと何かと厄介なことになるだろう。

ヘイズは一歩ミネットに近づいた。片手を彼女の柔らかな頬に当てる。女性にしては背が高いが、それでも彼の鼻ぐらいまでしかない。ヘイズは魅せられたように黒っぽい目をのぞきこんだ。

ミネットの胸は鼓動をきざむごとに震えていた。ヘイズのあたたかな息が鼻にかかる。力強い体が発する熱が感じられる。ひんやりした手を思わず彼の胸に押しあて、かたい筋肉をおおう柔らかな胸毛の中へとすべらせた。

「あなたは……とても背が高いのね」何か言うことを探して、ミネットはだしぬけに言った。

「うちの血筋なんだ」ヘイズはささやいた。両手で彼女の顔をはさみ、上に向けさせる。きれいな唇だ。

弓形の、自然なピンクの唇がわずかに開いて、白い歯がのぞいている。

ミネットの爪がたくましい筋肉に立てられ、ヘイズはうめいたが、それは痛みのためではなかった。

「ごめんなさい」ミネットはそうつぶやいて手を引っこめようとした。

「もう一度やってくれ」ヘイズは彼女の目を見つめたまま、歯を食いしばるようにして言った。

「なんですって？」

「もう一度やってくれと言ったんだ」そうささやき、そっと顔を寄せる。

ミネットが彼の広い胸に手のひらを押しつけ、指先で軽く引っかくあいだに、ヘイズは唇に唇を近づけ、少しだけ離れたところで静止した。ミネットは彼のたくましい体のぬくもりを感じ、じっと立ちつくした。聞こえているのは互いの息遣いの音と、ヘイズが使っている寝室の大時計が規則正しく時をきざむ小さな音だけ。

「きみの手は冷たいな」ヘイズが唇を寄せたまま言った。

「ええ」ミネットはなんとか答えた。目は彼の口に釘《くぎ》づけになっている。その感触や味までもがまざまざと感じとれるくらいだ。長いあいだ彼の腕に抱かれ、求められ、必要とされ、愛されることを夢見てきたのだ。それがいま、思いがけず現実になろうとしている。ヘイズへの思いが単なる一過性の熱病ではないと気づいたときから、ずっと望みつづけていたところまで来たのだ。

ヘイズは鼻先を彼女の鼻にそっとこすりつけた。ミネットは薔薇《ばら》のにおいがした。ヘイズは目を閉じ、唇をごく軽く、彼女のわずかに開いた唇に触れあわせた。ミネットは息を詰め、なかば目を閉じて、じっと待った。待って、待って、待ちつづけ……。

彼女の顔をはさんでいる大きな手にぎゅっと力が

こめられた。

「ああ、ちくしょう」低くつぶやくと、ヘイズはやにわに強く唇を押しつけた。

ミネットは純然たる喜びに身震いした。後先考えずヘイズの体に両腕を巻きつけて、開いたままの唇を彼にゆっくりと貪られながら、無我夢中でしがみつく。

さらに体を押しつけると、ヘイズが興奮しているのが感触でわかったけれど、構いはしない。

だが、ヘイズのほうはそれ以上距離を詰めようとはしなかった。むしろ自分の男っぽさに脅威を感じさせまいと、わずかに体を引いた。それでもミネットの卵形の顔をしっかり両手にとらえ、唇を重ねあわせて、彼女の胸のふくらみが平たくつぶれるまで上半身を密着させる。

喜びがほとんど痛みを押さえこんでいたが、まだ充分ではなかった。ヘイズは今度は喜びゆえではないうめき声をもらし、顔をあげた。その顔は痛そうにゆがんでいる。

「ちくしょう……肩が」

「まあ」ミネットはうろたえた。

それでも動きはせず、ヘイズもまた動かなかった。ミネットは彼の目を見あげ、緑の葉の先から落ちそうになっている水滴のようにじっとしていた。

「病みつきになってしまうな」

その言葉に彼女は目を白黒させた。「え？」

ヘイズはゆったりとほほえんだ。「いや、なんでもない。おいで」

彼は再び顔を寄せてキスをした。さっきより遠慮のない、飢えたようなキス。ミネットの口からかすかな声がもれるまで唇を押しつける。キスを受けながら、ミネットは彼の手が長い髪に触れ、なめらかな感触をいつくしむように動くのを感じた。

彼女の手もヘイズの長い筋肉質の背中を上下し、

ぬくもりとたくましさを味わいはじめる。その感触に夢中になり、彼の手がヒップをとらえて輪郭の変わった下半身を押しつけられたときにも抗議すらできなかった。

めらめらと燃えあがる炎のような飢餓感に無垢《むく》な体をあぶられ、ミネットは全身が熱く腫れてうずいているような気がした。いったいなんなのか理解すらできないものを求めている。

「ヘイズ」彼女は唇をふさがれたままうめくように言った。

「しーっ」ヘイズはささやいた。「逆らわないで。楽にしてればいいんだ……」

彼の情熱がミネットを絶対服従の状態に陥らせた。これまでこんな喜びを感じたことはなかった。世界が終わるまでとぎれることなくずっとキスを続けてほしい。切実な欲求がすべてのためらいを押しのけ、ベッドでこのうずく体から一枚残らず衣類をはぎとってほしいという願いだけが頭を占めていた。

「ミネット！」

階下から響いた声に、二人はぱっと離れた。茫然《ぼうぜん》として互いに見つめあう。

「ミネット？」サラがまた階下から呼んだ。「悪いんだけど、レンジフードの電球を取りかえるのを手伝ってくれない？　わたしじゃ、この電球が取れないのよ！」

「もちろんよ！」ミネットは自分のものとも思えない声で叫びかえした。「すぐに行くわ！」

ミネットはヘイズの顔を見つめた。ヘイズは邪魔が入ったことを喜ぶべきか悲しむべきかわからなかった。事態は複雑になりはじめている。頭のてっぺんから爪先までずきずきするのは肩の傷のせいばかりではない。

下を見ないでくれるよう祈りながら、彼はそっとミネットを押しやった。彼の体は誰の目にも秘密を暴露していた。自分の欲望を隠せないことに、うめき声をあげたい気分だ。

「あなたの肩……かわいそうに」ミネットは苦しげにゆがんだヘイズの顔を見て、眉を曇らせた。

ヘイズは言いたかった。かわいそうなのは肩ではなく、ぼくの……。そこで思考にブレーキをかけ、かすれた笑い声をあげる。

「大丈夫だよ」長く甘美なくちづけでわずかに腫れた唇をとがらせる。「それに痛い思いをしただけのことはあった」目をきらめかせて彼は言った。

ミネットは頬を染めた。「ええ」

「ミネット？」

「いま行くわ！」ミネットは向きを変えようとして躊躇《ちゅうちょ》し、またヘイズに向きなおった。「わたしに何か言いたいことがあったのよね？」

「それはまたあとで」ヘイズは答えた。これが一時逃れなのかどうかは自分でもわからない。「べつに心配することはないんだ。さあ、サラおばさんを手伝っておいで」

「わかったわ」ミネットは最後にひっそりほほえんでその場から立ち去った。

7

ミネットが夕食のトレイを運んでいったときには、ヘイズはＴシャツにパジャマのズボンという格好でベッドで半身を起こしていた。

「運んでくれなくても、ぼくが階下《した》に食べに行ったのに」彼はすまなそうに言った。

「来週からね」ミネットは言った。「いまはまだよくなることに専念しなくちゃ。回復の仕方が遅いのはわかっているけど、ドクター・コルトレーンも一朝一夕には治らないって言ってたわ」

ヘイズは顔をしかめた。「仕事ができないなんて初めてだよ。長期休暇も五年間取っていなかったのに」

「知ってるわ。もっと早く取るべきだったのよ」ミネットはそれまでとは違うほほえみかたをした。二人のあいだに親密な雰囲気が生まれ、胸が躍るようだった。彼をひとりじめしているような気がする。

ヘイズはそれを見てとり、胸をうずかせた。彼女に向かってにっこり笑う。

ミネットは顔を赤らめ、笑い声をあげてから尋ねた。「さっきは、なんの話をするつもりだったの？」

「ヘイズ！」ジュリーがシェーンとともに部屋に駆けこんできた。

「ベッドにあがっちゃだめよ」ミネットは慌てて言った。「ヘイズはこれからお食事なのよ」

「あ、ごめんなさい」ジュリーはベッドの手前で急停止して言った。「お食事のあと、ドラゴンのアニメをヘイズといっしょに見ていいか聞きたかったの。ねえ、いいでしょう？　ずっといい子にしているから！」

「ドラゴンのアニメはもう十回も見たじゃないの」ミネットはうめくように言った。

「六回よ」ジュリーは言った。「まだ六回しか見てないのよ、ミネット！」

ミネットは天をあおいだ。

ヘイズは声をあげて笑った。「ぼくはまだ二回しか見てないから、早く追いつかなくちゃね。いいよ、ミネットがいいと言ったらいっしょに見よう」甘やかすように言う。

「ミネットもいいと言うわ」ミネットはものうげに言った。「だめだと言っても無駄でしょうしね。どうせ数では勝てないんだから」

「ミネットもいっしょに見ていいわよ」ジュリーが無邪気な目をして言った。

「そうだよ、ぜひ」ヘイズがいたずらっぽく目をきらめかせ、ベッドの隣のスペースを軽く叩《たた》いて続けた。「スペースもたっぷりあるし」

「でも、あの、わたしは何本か電話をかけなくちゃならないから」ミネットは恥ずかしそうにほほえんだ。「アニメはまた今度ね」

「それじゃ、また今度」ヘイズは優しく言った。

「あとでトレイをさげに来るわ。デザートはアップルパイよ」ミネットは子どもたちを追いたてながらドア口に向かった。

知りあいの日刊紙の記者と、ミネットはこのところ流れている噂《うわさ》について電話で話していた。

「そのエル・ジェフという男は、噂によると、このジェイコブズビルに引っ越してきて馬牧場を経営する気らしいの」電話の向こうのジニー・ライアンに言う。「だけど、確かなことを知っている人はひとりも見つからないのよ」

「こっちもよ」ジニーは言った。「だけど変よね。国境の向こう側にいる分にはわりと安全だけど、合衆国では彼は麻薬取締局の捜査の対象になるのよ。少なくともわたしはそう聞いてるわ。サイ・パークスは麻薬取締局の捜査官を何人か個人的に知っているわ。ひょっとして彼から情報を引きだすことは可能なんじゃない?」

「わたしはそこまで彼と親しくないのよ」ミネットは残念そうに言った。

「カーソン保安官は、いまあなたのところにいるんでしょう?　彼はサイと親しいわ。彼に頼めるんじゃない?」

ミネットは口ごもった。「頼めるとは思うけど……」

「それじゃ、何かわかったらわたしにも教えてね。あなたたち週刊紙の記者は日刊紙のわたしたちよりずっと詳しいんだし」

「まさか」ミネットは笑った。

「あら、ほんとうよ」ジニーは言った。「それにあなたが暮らす小さな町では、誰もがお互いのことをなんでも知っている。わたしは、ここサンアントニオで噂を聞くだけだわ」

「わかったことは知らせるわ」ミネットは笑いながら言った。

「わたしも何かかぎつけたら教えるわね」

「約束よ。また電話を……あら、別の電話が入ったわ。ごめんね」

「いいのよ。それじゃ、おやすみなさい」ジニーは電話を切った。

ミネットは別の呼び出しに応答した。「もしもし、ミネット・レイナーですが」

「ミネット」深みのあるゆったりとした男の声だった。英語にかすかなスペイン語なまりがまじっている。「彼女はいつも女の子ができたらその名前をつけたいと言っていた」

ミネットの心臓がぴたりと鼓動をとめた。「誰なの？」

「きみの父親だ」

ミネットはなんと言ったらいいのかわからなかった。母は父についてほとんど話してくれず、ミネットが詳しく聞きだす前に死んでしまったのだ。

「もしもし、聞いているかい？」声が問いかけてきた。

ミネットは唾をのみこんだ。「ええ」

「きみがショックを受けているのはわかっている。ふつうの状況だったら、わたしもこんなふうにいきなり名乗りでたりはしなかった。しかし複雑な事情があってきみの身に危険が迫っているから、私立探偵に居所を捜させたんだ」

「複雑な事情」ミネットはおうむのように繰りかえした。頭が働かなかった。

「そうなんだ。わたしには敵がいてね。そいつがプロの殺し屋にきみの郡の保安官を狙わせたんだ。手下のひとりを彼に逮捕されたのを恨んでね。やつは充分な数の人間を殺せば、法執行機関も手が出せなくなると信じているんだよ。愚かな考えだが、本人がことのほか愚かな人間だから仕方がない」相手は自分自身の冗談に低く笑った。

「あなたは何者なの？」ミネットはいやな予感を覚えて尋ねた。

「わたしのほんとうの名前はディエゴ・バローハ・サンチェスだ」彼は言った。「だが、たいていの人からは単に〝エル・ジェフ〟と呼ばれている」

エル・ジェフ。〝ボス〟という意味のスペイン語だ。

ミネットは息をのみ、座ったまま背筋を伸ばした。

「麻薬王の……」

「おや、ミ・イーハ、頼むからそんな陳腐な呼びかたはやめておくれ」彼は〝わたしの娘〟という意味のスペイン語をまじえてうめくように言った。

「あなたこそ、わたしのことをそんなふうに呼ばないで」ミネットは言いかえした。

彼は声をあげて笑った。「急すぎるし、複雑すぎるかな？　よし、それじゃミネットと呼ぼう」

ミネットはまたごくりと唾をのみくだした。受話器を握りしめた手が震えている。「あなた、サイ・パークスの隣に土地を買ったと……」

「そう、あの悪名高き傭兵《ようへい》の隣にね」彼はまた笑った。「あそこなら安全な気がするんだ。彼の仲間も大半が海外の紛争に慣れているからね」

「彼は、麻薬王は嫌いよ」ミネットは吐き捨てるように言った。

「ああ」彼は人さし指をふりたてる仕草を思わせる口調で言った。「また陳腐な決まり文句だ。わたしは違法なものを取引しているが、べつにその支配者ってわけではない。それに、サイ・パークスはきっとわたしを好きになる。なぜならわたしはエル・ラドロンの最大の敵だから」敵対するもうひとりの麻薬王の名を口にしたときには声がとがった。「ペドロ・メンデスという名の男で、麻薬の帝王を自称しているが、やつを憎んでいる連中からは――そういう連中はたくさんいるんだよ――〝盗っ人《エル・ラドロン》〟と呼ばれているんだ。やつは金のためなら人の命も奪う。やつの持ち歩いている拳銃はダイヤがちりばめられた金張りで、ホルスターにも金をかぶせてあるんだ。想像できるかい？」笑いながら言う。

ミネットは自分の人生ががらがらと崩壊していくような気がした。わたしは世界に悪名をとどろかせている犯罪者の娘だったのだ。ヘイズはきっと嫌悪感を抱く。せっかくうまくいきはじめたところなのに！

「ああ、きみは銃の話はしたくなさそうだな。わたしはきみのことをつい最近知ったばかりなんだ。妻には――失礼、元妻だ――わたしに連絡をとろうとしてはいけないと言い渡していたし、わたし自身、彼女を捜そうともしなかった。彼女を守るためには完全に接触を断つしかなかったんだよ。当時でさえ、エル・ラドロンは、わたしの近しい者にとっては危険人物だったからね。お互い同じフィールドで、いわば出世の階段をのぼっている敵同士だったから……。わたしは彼女を命よりも愛していた」彼は静かに言葉をついだ。「ほかに女がいたことはない。彼女との別れは大きな痛手だったよ。彼女がアメリカへと発《た》ったときに身ごもっていたことは、まったく知らなかった」

　ミネットはいまや真剣に聞きいっていた。「母を愛していたのね？」

「もちろんだ、彼女がわたしを愛するようにね。彼女の死を知っても、わたしは花ひとつ送れなかった。彼女が再婚して、夫とのあいだに子どもができたことを聞いていたからね。その子がわたしの子どもだとは、エル・ラドロンが国境の向こうで新聞社をやっている女に興味を持ちはじめるまで疑いもしなかったよ。そのときでさえ、やつが関心を抱いたのは、きみが麻薬がらみの犯罪を恐れもなく報じることで有名だからだと思っていた」

「あなたが私立探偵を使ってまでわたしを捜しだしたのはなぜなの？」

「きみが元妻と再婚相手の子ではなく、わたしの子どもだという情報を入手したからだ。エル・ラドロンはわたしよりひと足先にその事実を探りだしていたんだ」かたい口調で彼は続けた。「やつはわたしにダメージを与えるため、きみを殺したがっている。だが、まずは誘拐し、考えるのもおぞましいことをして、その様子を録画するつもりだろう。わたしがきみのことを知ったばかりなのは、じつに残念だ。もっと早くわかっていたら、いろいろ違っていただろう。わたしのせいで、きみは非常に危険な立場に置かれているんだ」

「わたしが新聞を発行していることは知っているんでしょう？　その種の仕事に危険はつきものだわ」

ミネットは指摘した。

「きみがわたしの娘だとわかった時点で、きみの仕事についても知った。それに、きみがジェイコブズ郡の麻薬問題について記事を載せようとして、エル・ラドロンにオフィスを爆破されたこともね」彼は言った。「あの男は危険きわまりない。わたしに言わせれば完全に狂ってる。確かに、わたしも違法なものを取引している。しかし、やつはメキシコの麻薬取引をすべて独占することに執念を燃やし、そのためにほかの業者を排除しようと決めているんだ。その一番のターゲットがわたしというわけだ」

「それでエル・ラドロンはあなたの死を望んでいるのね」ミネットの言葉は質問ではなく断定だった。

「そのとおりだ。わたしがやつの死を望んでいるようにね」彼はそう言ってから咳払《せきばら》いした。「しかし、わたしの動機のほうが少しはまともだ。わたしは人は殺さないからね」

「つい最近、国境警備隊員が撃たれたわ」

「ああ。ＳＵＶにコカインを山ほど積んだエル・ラドロンの組織の運び屋が、捕まりそうになってやったんだ。エル・ラドロンの一味は邪魔するやつをためらいなく撃ち殺す。信じられなかったら、きみの家に滞在している客人を見ればいい」

ミネットははっとした。「あなた、全部知っているの？」

「もちろんだ。手下のひとりが情報収集の専門家でね。彼の前の雇い主は、中東できみの同国人の手にかかって早すぎる死をとげたんだ。おかげでわたしが彼を雇えた」

「それじゃ、なぜ私立探偵に依頼したの？」

「彼の情報収集の手法は少々繊細さに欠けているん

だよ」

「電話を使えないの？」

彼は笑った。「それよりナイフを使うことのほうが多いんだ」

「あなた、人は殺さないって言ったじゃないの」

「ああ、しかし人を傷つけないとは言ってない。いや、そんなことで悩まないでくれ。ひどい痕が残るような傷つけかたをしたり、重い障害を負わせたりするようなことはしてないんだから。たいていは、ほんの少し説得するだけでしゃべってくれるが、みんな面子《メンツ》を守るために恐ろしい拷問を受けたような言いかたをするだけなんだよ」

「そう」

「お嬢さん《ニーニャ》」彼はスペイン語で優しく呼びかけて続けた。「わたしは毎週日曜には教会に行っているし、さまざまな福祉施設に寄付もし、クリスマスには恵まれない子どもたちにどっさりプレゼントを贈っている。わたしの下で働く者たちのために、敷地内に礼拝堂まで建てているんだ。悪い人間かもしれないが、まるっきり無節操なわけではないんだよ」

「それでも法を犯しているわ」ミネットは重々しく言った。

「ああ、確かに。慈善活動をするには稼がなくてはならないんでね」彼は笑った。

ミネットはため息をついた。

「きみにとって受け入れがたいことだというのはわかっている。きみの母親を失ったのは、わたしの人生における最悪の出来事だった。きみはわたしのただひとりの子どもであり、わたしがこの世に与えたただひとつのよきものだ。わたしは……」彼は口ごもった。「できるものなら、きみのことをもう少し知りたい。そして最大限の力を発揮してきみを守りたい。エル・ラドロンをわたしたちの生活圏外に永久に追いだす方法を見つけて」

「つまり彼を殺すのね」ミネットの口調は冷たかった。

「そうとは限らない。わたしはやつを終身刑にできるくらいの証拠を提出することができるんだ。もし三文字機関の誰かが協力してくれたらね」

「三文字機関？」

彼はまた笑った。「中央情報局《CIA》、連邦捜査局《FBI》、国家安全保障局《NSA》、国土安全保障省《DHS》。これらの名称はよく三つの頭文字で表されるから、われわれはそう呼んでいるんだ」

「あなたがエル・ラドロンを有罪にする証拠を握っていても、彼はこの国にいるわけじゃないわ」ミネットは指摘した。「エル・ラドロンはメキシコに住んでいるはずよ。国境のそばのコティージョに」

「そのとおり。しかし、わたしがこっちに来たからにはやつもいずれやってくるだろう」彼の口調が気遣わしげになった。「やつにきみを殺させるわけにはいかない。だから、わたしの手の者が常時きみの身辺を監視することになる。むろん、目立たないようにだ」ミネットが抗議しかけたのをさえぎって続ける。「きみのところの客も、仲間とともにできるかぎりのことはするだろうが、それだけでは足りないかもしれない。エル・ラドロンが雇った殺し屋は、しくじった罰としてかなりむごい目にあわされた。だが、そのしくじりも保安官が予期せぬ動きをしたからにすぎず、もしじっとしていたら彼は確実に死んでいただろう。殺し屋はその道では一、二を争うすご腕だったからね」

「まあ」ミネットは自分のことよりヘイズのことが心配になった。「彼は別の殺し屋を送りこむと言っていたわ」

エル・ジェフは声をあげて笑った。「そうだ。すでにやつは今度の暗殺者がスイスの銀行に持っている口座に手付金を振りこんでいる」

「笑いごとじゃないわ」ミネットは怒りをこめて吐き捨てた。

「笑えるさ。あいつが雇ったのがどんな男かを知ったらね」彼は穏やかに言った。「これがヨーロッパ一腕の立つ暗殺者という触れこみの、わたしの手下なんだ。だから心配いらないよ。きみの客は当分のあいだ百パーセント安全だ。それに、やつが真実に気づく前にこの問題にけりをつけられたら、保安官の身は永久に安全になる。少なくともエル・ラドロンの脅威からはね」

ミネットは長いこと黙りこんでいた。父親と名乗る男が明かしたさまざまなことを、まだすんなりとは受け入れられない。

「その保安官だが、彼はわたしのことを知っているよ」エル・ジェフは唐突に言った。

「なんですって？　どうしてわかるの？」

「数箇所変わったところに盗聴器を仕掛けてあるんだ。彼は最近わたしのことをある人物としゃべった。父親と約束したために、きみにわたしのことを話せないのをもどかしがっていてね。彼は約束を守る男として有名だ。いまでは、多くの人間がそういう姿勢を時代遅れとか堅苦しいとみなしているが、わたしは立派な態度だと思う。わたしも約束したら必ず守る」

「彼が知っているなんて」ミネットは背筋が冷たくなった。

「そうだ。彼は弟が死んだのをわたしのせいだと考えているから、きみと手を組むとは驚きだったよ。なにしろ、きみはわたしの子どもだからね。〝わたしの子ども〟」彼の口調が柔らかくなった。「ああ、実際に自分に子どもがいるとわかってみると、この言葉の響きはなんて甘美なんだ」

「ヘイズはわたしを憎んでいるわ」ミネットはわずかに声を震わせた。「ボビーが死んでからずっと。

わたしにはなぜだかわからなかった。わたしが地元の麻薬密売人とつながっていると誤解しているのかとも思ったけど、わたしは麻薬に手を出したことなんかないし、ボビーと同じ学校には通っていたけど、その手の人たちとは全然つきあいがなかったから」そこでうめき声をもらす。「ああ、ちっとも知らなかったわ！」

「ほんとうにすまない」エル・ジェフは言った。「静かな湖に投げこまれた石は波紋を広げて周囲のあらゆるものに影響を与えていくのに、人間はそんなことは考えもせずに人生の折々で進むべき道を選択してしまう。わたしは法にそむいた道を選択したことで、きみの周囲の人々に悲しい形でいまだに影響を与えてしまうんだ。それはほんとうに申し訳ないと思っている」

ミネットは唇をかんだ。「少なくともヘイズがわたしを憎む理由はわかったわ」重苦しい口調だ。

「きみは彼に……特別な思いを抱いているんだね」

電話の向こうから長いため息が聞こえた。「それじゃ、もう一度謝らせてくれ。すまなかった。しかし、どんな場合にも真実を知るのはいいことだ。嘘《うそ》をついても人の役には立てないからね」

「あなたって、麻薬取引業者にしてはずいぶん変わってるわ」ミネットは言った。

彼は声をあげて笑った。「ただの男だよ」彼の背後でくぐもった声がした。彼は受話器を手でふさいで何か言いかえした。「もう切らなくては。客が来たんだ」笑いながら言う。「たぶん、お隣さんだよ。きっと面白い話ができるだろう」

「サイ・パークス？」ミネットははっとして尋ねた。

「そうだ。心配いらない。まだ客を殺したことはないんだ」

「約束して」

「ああ、きみはわたしのことをもうよくわかっているようだな。いいとも、約束しよう。それにエル・ラドロンにも誰にも、きみには指一本触れさせないってことも約束する」彼は静かに続けた。「それでも身辺には注意するんだよ。弟や妹のことも気をつけてやりなさい。やつは小さな子どもを傷つけることもためらわないからな。敵の家族はひとり残らず格好の標的になると考えているんだ」

「気をつけるわ」ミネットは、つかの間黙りこんだ。

「ありがとう、教えてくれて」

「喜んで教えたわけじゃない。自分に子どもがいるとわかったのは望外の喜びだったがね。きみにとってはそれほど喜ばしいことじゃないのを申し訳なく思っているよ。それではまた電話する。さようなら」彼は電話を切った。

ミネットは受話器をおろした。机にぽつんとコーヒーのしずくが落ちているのを見て、ぼんやりしたまま手近な紙で拭きとる。わたしの父親は麻薬王だった……。

「ミネット、もうひとつアニメ映画を見ていい？　ねえ、お願い」階段のほうからジュリーの声がした。

ミネットは自分に気合を入れて立ちあがり、さめたコーヒーが入ったカップを取ると廊下に出た。

「だめよ、明日は学校のある日でしょう？　あなたとジェーンはもう寝る時間よ」

「えー、どうしてもだめ？」

「どうしてもだめよ。ジェーンとお部屋に戻ってパジャマに着がえなさい。コーヒーを電子レンジであたためたら、階上《うえ》に行って本を読んであげるから」

「はーい！」

ジュリーはまた階段を駆けあがっていった。ミネットはコーヒーを電子レンジにかけた。サラの部屋に行き、彼女に抱きついて泣きたかった。サラは頭痛がするといって早々と休んでしまったから、起こすのは気が引けた。

ミネットは二階に行き、コーヒーをすすりながら子どもたちにドクター・スースの本を読んでやって寝かしつけた。

子どもたちの部屋を出ると、彼女はヘイズの部屋の前で逡巡《しゅんじゅん》した。だが、対決を先延ばしにしても意味はない。先延ばしにすればするほど事態は悪くなるだろう。ジュリーとシェーン、それにサラおばさんを守らなくてはならないのだ。自分の身はともかく。

ミネットはドアをノックした。

「きみ自身の家で、いつからきみがノックしなければならなくなったんだい？」ヘイズがおかしそうに言った。

ミネットは中に入ってドアを閉め、彼のベッドの足もとにたたずんだ。その顔は青ざめ、こわばっている。

「どうした？」ヘイズは心配そうな顔で言った。

ミネットは片方の肩を動かした。「さっき電話があったの」

「当ててみようか。ぼくがここにいることを知って、やつらがもう一度やろうとしているんだ」

ミネットはかぶりをふった。「はずれよ。じつは……」深呼吸して続ける。「電話してきたのは、わたしの……父親だったの」

ヘイズは枕に寄りかかって座ったまま身じろぎもしなかった。「きみの父親？」

ミネットはうなずいた。「エル・ジェフよ。そう呼ばれているのよね？ わたしの父親はアメリカでも名を知られた大物の麻薬王だったんだわ」

ヘイズはたじろいだ。彼女には決してその事実を知らせないと自分の亡父に約束したのだ。それでもヘイズは彼女を責めてきた。彼女の実父が弟を死なせた麻薬の供給源だったから、ミネットを憎んだ。だが、こんなふうに親しくなってからは気持ちが変わった。憎しみは消え、いまはこんないまわしい事実を前触れもなくひとりで受けとめさせてしまったことに深い罪悪感を覚えている。

「ぼくから話すべきだったよ」暗い声で彼は言った。「すまなかった」

　ミネットは眉をあげた。「あなたは知っている、と彼は言ってたわ。でも、わたしには言わないって、お父さんと約束したのだと」

「そうなんだ。しかし、そんなことまでどうして彼が知っているんだろう？」

「盗聴器を仕掛けたのよ。それに、彼の手下の中には、昔殺された中東の指導者か何かの下で働いていた人がいるそうだわ」

「それはきっとぼくの知っている人物だ」ヘイズは言った。「死んだ中東の狂犬の一番の腹心はマサチューセッツ工科大学の学位を持っているんだが、自動火器を持たせたらこれほど危険なやつはいない。魅力的なハンサムらしく、街中で会ったら何を仕事にしている人間か絶対見抜けないという話だ」

「たいしたコンビね」

「まったくだ。彼もきみの父親とともにこっちに来て、麻薬戦争を始めようとしているわけか」

「もっと悪いわ」ミネットは言った。彼女の苦悩が青白く引きつった顔やうるんだ目に表れていた。

　ヘイズは片手を差しだした。「おいで、スイートハート」泣きたくなるほど優しい声だ。

　ミネットはためらわなかった。ベッドにあがって彼の胸に身を投げた。

　ヘイズは自由のきくほうの腕で彼女を抱き、胸に顔をうずめさせて思うさま泣かせてやった。

「わたしは駐車違反の切符を切られたことさえないのよ」涙ながらにミネットは言った。「それなのに父親は最悪の犯罪者だったなんて！」

「よしよし」ヘイズは大きな手で彼女の背中をさす

った。「彼は最悪とまではいかないよ。どんな正義漢でも彼に殺人の罪を着せることはできない。これまでに彼の下で働いたことのある人間には殺人に手を染めたやつもいるだろうがね」物思わしげにそう付け加える。「それに違法な薬物の過剰摂取で命を落とした者も大勢いる」

「またそれを言うのね」

ヘイズは彼女をいっそう抱きよせた。自分のかたい胸に押しつけられた胸のふくらみの柔らかさを感じ、欲情したのを悟られないように上掛けの下でわずかに体をずらす。いまはセックスよりも、ひたすら彼女を慰めたかった。そう、少なくともいまは。

「いやみじゃないんだよ」ヘイズは物柔らかに言った。きれいな淡い金色の髪や額にそっとキスをする。「犯罪行為はさまざまな形を取る。法にそむいている人間でも見たところはほかの人たちと何も変わらない。大半が税金を払い、家族を愛し、教会に通ったりボランティア活動をしたりする場合さえある。ただ、違法行為で金を稼いでいる点だけがほかの人とは違う」

ミネットは小さな拳《こぶし》でヘイズの胸をそっと叩いた。「彼はふつうじゃないわ。そして、わたしは彼の娘なのよ！」うめくように言う。「もしそういう資質がわたしの中にもあったら、どうすればいいの？　わたしもいずれは法を犯してしまうとしたら？」

「そんなばかなことはない」ヘイズはあっさり言った。「人を作るのはおもに環境と教育だ」

「それに遺伝子も」

彼は肩をすくめた。「そういう議論ならいくらでもできるが、議論したって何も変わりはしない。きみは犯罪者ではないんだ」

「わたしの父親は犯罪者だわ」

「彼はなぜ電話してきたんだ？」

ミネットはため息をつき、手の甲で涙をぬぐった。

「彼の最悪の敵がわたしを狙っているらしいの。だから、こっちに引っ越してきたんですって。わたしを守るために監視をつけるって言ってたわ」

ヘイズはくすりと笑った。「その連中にはいい仲間ができるぞ。信頼できる筋から聞いた話だが、サイ・パークスも何人かにきみを見張らせているそうだ」顔を寄せて続ける。「それに、きみには知らせないことになっているが、ザックも見張っている」

「すてきだこと。わたしの後ろにぞろぞろと大行進が続いているのね！」

「見えない行進だよ」

「エル・ジェフはサイ・パークスが訪ねてきたと言って、わたしとの電話を切ったわ」

「やれやれ、サイも肝のすわった男だ！　まあ、彼の過去を考えたら驚くようなことでもないけどな。サイはいつも自らトラブルの中に飛びこんでいくんだ。彼がアフリカで何をやったか、誰かに聞いたことがあるかい？」

「ないわ」

「彼がかわいがっていたアフリカの少年が、当時彼らのグループが働いていた国で殺されてね。やったやつらはマシンガンを発砲しはじめた。サイは銃弾が飛びかう中に歩いていって、やつらを倒した。少年のかたきを取ったんだ」

「銃弾が飛びかう中で、なぜ死なずにすんだの？」

「わからない。史実ではワイアット・アープが同じようなことをしたらしいな。ＯＫ牧場の決闘のあと、クラントン側のならず者たちとの撃ちあいでね。敵が発砲する中に歩いていって相手を撃ち殺し、自分はかすり傷ひとつ負わなかったという。実際アープの体にはひとつも銃創がなかったそうだ。八十歳過ぎまで生きたのに」

「すごいわね。ワイアット・アープはドク・ホリデイとつるんでいたのよね？」

ヘイズはくすりと笑った。「カート・ラッセルとヴァル・キルマーが出演した映画『トゥームストーン』を見たことがあるかい？」

「ないと思うわ」

「一度は見るべきだよ。牛泥棒どもが腰に巻いている赤い飾り帯以外は、史実に忠実に作られているんだ。実際ヴァル・キルマーは青白い顔から咳きこみかたから酒の飲みかたにいたるまで、ドク・ホリデイそのままだ。ぼろを着た子どもたちがホリデイの行く先々で彼にまとわりつくんだが、それは彼が食べ物をくれるからなんだ。いままで大勢殺してきて良心はうずかないのかと聞かれたときに、彼はなんて答えたと思う？」

「なんて答えたの？」

「良心なんかとうの昔に肺といっしょに咳《せき》で吐きだした、と答えたのさ。コロラド州のグレンウッド・スプリングスで肺結核で死んだのは、まだ三十六歳のときだった。いまのぼくより二つ上なだけだ」

その言葉で事態が客観的に見えてきた。ミネットは彼に体重をかけないようそっと寄りそった。「すごく若かったのね」

ヘイズの腕が彼女の体をぎゅっと抱きしめた。

「ほんとうにごめんなさい」少しの間をおいて、ミネットは言った。

「何が？」

「わたしの父親がしたことよ」重苦しい口調で答える。「ボビーのこと……」

ヘイズはたじろいだ。ミネットに対するこれまでの自分の仕打ちを思うと、胸が痛む。ぼくはミネットが知りもしないことで彼女を責め、憎み、つらく当たってきたのだ。そして彼女が知ったいま、そうした憎悪や怒りをひどく不毛なむなしいものと感じている。「いや、ミネット」彼は静かに言った。「謝るのはぼくのほうだ。きみにはなんの罪もないのに責めつづけてきた」

「わたしを……憎んでないの？」

ヘイズは身動きして彼女の黒っぽい目をまっすぐに見つめた。「憎んでないよ」柔らかな口もとに視線が落ちる。「これまでも本心から憎んでいるわけではなかったのかもしれない」

彼のまなざしにミネットの心臓は早鐘を打ちはじめた。陶然と彼を見つめかえし、日焼けした顔の力強いラインや、左目に自然な形でかかっている髪をいつくしむように見る。手がうずうずしてきたのはその髪に触れたくなったからだ。彼にキスされたときのように……。

「わざわざトラブルを招いているのかい？」ヘイズがかすれ声で言った。

「え？」

その口からくすりと含み笑いがもれた。「腹が減っているときのぼくがステーキを見るような目だ」

「まあ！」ミネットは目をそらして赤面した。

「いや、いいんだ。その目が好きなんだ」ヘイズは彼女のはにかんだ目が見えるよう、顔を再び自分のほうに向けさせた。「ほんとうに大好きなんだ」

「そうなの？」

ヘイズはうなずき、顔を寄せてそっと唇を重ねあわせた。ミネットの唇を開かせ、上唇に軽く歯を立ててついばむ。

ミネットにとって、初めての経験だった。これまで継父と継母が遺《のこ》した二人の子どもと新聞社にすべてを捧《ささ》げてきたのだ。だが、ヘイズは彼女に出来合いの家族がくっついていることをいやがっているようには見えない。唇を触れあわせたまま彼はほほえみ、もう一度抑制のきいたキスをした。

ミネットは肩の力を抜いた。自分がいかに緊張していたか、いま初めて気がついた。どうやらヘイズは彼女が与えてあげられないものまで求める気はないらしい。ミネットは信念の人だった。この世には正しいことと間違ったことがあると信じており、他人の意見に左右されてその考えを変えるつもりはなかった。

「ぼくのこと、ただちょっと楽しみたがっているだけだと思っているね？」キスをしながらヘイズはささやいた。

「さあ……わからないわ」

彼は顔をあげ、ミネットと目をあわせた。「いまのぼくたちには多くの目が張りついていて、プライバシーがなかなか守れない。ぼくはポーカーフェイスを保てるが、きみには無理だ。もしぼくたちが深い仲になったら、すぐにみんなに知れてしまう」

「つまり、知られてはまずいってことね」

ヘイズは唇をすぼめ、笑いを含んだ目で彼女を見つめた。「いや、そうは言ってない。ぼくはもう三十四歳だ。家では大きなイグアナを飼っている。女性はアンディに食い殺されるのを恐れて、ぼくとつきあおうとはしない。一方、きみには手のかかる弟と妹がいて、その子たちがいなければもっと魅力的だと思ってくれる男のために彼らを捨てる気は毛頭ない」

「妥当な評価だわ」ミネットは認めざるを得なかった。

「ぼくは子どもが好きだ」

ミネットは微笑した。「わたしはイグアナが好きよ」

ヘイズは目を見開いた。「なんだって？」

「わたしはイグアナが好きなの。十六歳のころにはペットとして飼っていたわ。でも、飼って二年めぐらいのある朝、ケージの中で死んでいたの。わたしは死因を調べてもらいたいと継父に頼みこんだわ。自分が何かまずいことをやったせいではないかと心配だったから。でも、違ったわ。原因はイグアナの体そのものにあったの。わたしにはよくわからなかったけれど、獣医さんが説明してくれたわ。野生動物は弱点を見せることが命にかかわる場合もあるから、悪いところがあっても隠そうとするんだと。イグアナの代謝ってすごく遅いから、気づいたときには手の施しようがなくなっているそうだわ」ミネットはため息をついた。「わたしにはどこも悪いようには見えなかったの。百パーセント元気そうに見えてたわ。よく食べ、よく飲んでたし……」

「動物っていきなり死んでしまうことがあるんだよね。でも、きみがイグアナを好きだとわかってよかった」

「だけど、アンディは女の人が嫌いなのよね」

「たいていの女はね」

「それって希望はあるってこと？」

ヘイズは笑い、また彼女にキスをした。「希望はいつだってあるさ。最後まで捨てなければね」

ミネットは彼の頬に手を触れ、その手を後頭部の豊かな髪の中まですべらせた。「希望ってすてき」

ヘイズはそれまでより熱いキスをした。「そのとおりだ」

「わたしたち、これからどうするの？」唇をあわせたままミネットは尋ねた。

「それならいくつか考えがある……」

「わたしの父親のことよ」

ヘイズは唇を離し、ため息をついた。「それはまだわからないな。だが考えてみるよ」そう言ってまた、今度はもっと熱をこめてキスをしはじめた。

ミネットは頭がくらくらしてきた。

「ミネット！　喉が渇いちゃった！　お水をもらえる？」

頭にかかった霞《かすみ》の向こうから声が聞こえた。

ヘイズがキスをやめ、ぼんやりとミネットを見つめた。

「いま行くわ！」ミネットは叫びかえし、ため息をもらした。「ごめんなさい」

ヘイズはなんとかほほえんだ。「この家ならではの言葉による避妊法だと思えばいい」

「ヘイズったら！」ミネットは彼をぶつまねをした。

「ごめん」

ミネットはほほえんだ。そして思いきって自分のほうからそっとキスをした。「行かなくちゃ」

「そうだね。明日の朝また話して、どうするか決めよう」ヘイズの表情が厳しくなった。「ぼくはきみの父親と直接話をしなくちゃならない」

「その前にドクター・コルトレーンに聞いてみて」ベッドからおりながらミネットは言った。

「はいはい、お母さん」

ミネットは彼の鼻先で人さし指をふった。「わたしはあなたの母親じゃないわ」

「確かに」ヘイズは彼女をじっと見た。「すてきだ。じつにいい。もしその髪を切ったら、ぼくは一年喪に服すよ。手ざわりが大好きなんだ」

ミネットは頬を染めた。「長いと手入れがたいへんで……」

「ぼくは喪服が全然似あわないんだよ」

ミネットは笑った。「わかったわ」そしてドア口に向かった。「もし彼に会いに行くなら、わたしもいっしょに行くわね。どんな顔か見てみたいの」

「昔は郵便局によく指名手配犯のポスターが貼ってあったが……」

「やめて」ミネットは部屋を出て、ドアを閉めた。

8

ミネットは朝食の席で実父のことをサラに話した。

大おばのサラは顔をしかめた。「なんとなく違法なことをやってる人じゃないかと思ってはいたわ。あなたのお母さんからは断片的にしか聞かせてもらえなかったけど、やっぱりそういうことだったのね」そう言って首をふる。「わたし、あなたのお母さんのことは大好きだったの。夫に死なれて行くところのなかったわたしに、フェイは家庭を与えてくれた。わたしはすべてを失っていたの。夫が博打《ばくち》好きで全財産をすってしまい、そのあとはお酒に走って結局死んでしまった。いい人だったのよ。ただ、悪癖をどうしてもやめられなかったの」

「それは残念だったわね」

「ええ。心理カウンセラーのところにも決して行こうとしなかったわ。頭がおかしいと思われるからいやだって。昔は心に問題をかかえている人って変な目で見られていたのよ。いまではだいたいどんな病にも治療法があるし、二十年前とは全然違うわ」

「そうね。おばさんはほんとうにたいへんだったのね。でも、おばさんがここにいてくれるのは大助かりよ。おばさんがいなかったら、とてもやっていけないわ」

「ありがとう」サラは言った。「わたしもこの家族の一員でいられることがとても嬉《うれ》しいわ」そこでちょっと口ごもる。「ヘイズにはもう話したの？」

「ええ」

「今朝あなたが子どもたちを学校に送っていったあと朝食を運んでいったときには、やけに寡黙だったわ」

「彼はわたしの父親のことを知っていたのよ」

「かわいそうに。わたしが知っていたら、あなたに教えてあげたのに」

「わかってるわ」ミネットはほほえんだ。「ヘイズはお父さんとの約束でわたしには黙っていたけど、ずっと知っていたのよ。だからボビーの死をわたしのせいだと責めつづけてきたの。わたしがやったことではなくても、わたしの父親は確かにボビーを殺したようなものだわ――麻薬を供給して」

「ヘイズは自分自身のことも責めているんだと思うわ」サラが静かに言った。「わたしも夫が死んだときには自分を責めたの。わたしがもっと違うことをしていたら、あんなに賭博やお酒にのめりこむことはなかったんじゃないかって」

「過ぎたことは変えられないわ」ミネットは言った。「どんなに変えたくてもね。みんな前に進んでいくしかないのよ」

「そのとおりね」

ミネットはコーヒーを飲みほした。「オフィスにいるビルに電話して、今日一日わたしのかわりを務めてくれるよう頼まなくちゃ。今日は忙しくなるわ」

「何をするの？」サラは尋ねた。

ミネットはにっこりした。「ちょっと突拍子もないことをね。ヘイズには内緒よ。じつは父親に会いに行こうと――」

「ぼくがいっしょでなければだめだよ」ヘイズがきちんと服に着がえた格好で部屋に入ってきた。着ているのは保安官の制服だ。まだ顔が青白く、元気いっぱいという感じではないが、見たところはほとんど正常だ。髪には櫛目《くしめ》が入り、セクシーでスパイシーなアフターシェーブ・ローションの香りを漂わせている。

「あなたはまだ起きちゃいけないわ」ミネットは言

った。

「コパーはいいと言ったよ。少しぐらい動きまわっても問題ないとね」

「彼にどこに行くつもりか言ったの？」

「彼が知らなくても何も問題はない」

ミネットは笑った。「しょうのない人ね」

「それじゃ行こうか」ためらうミネットにたたみかける。「きみひとりでこっそり会いに行こうとしたって、そうはいかないよ。まったくけしからん。ゆうべぼくがいっしょに行くって言ったのに」

ミネットは顔をしかめて目をそらした。ゆうべ彼とのあいだにあったことを思いだし、頬がかすかに赤らんでいる。ヘイズはそれを見て、低く笑った。

ミネットはどぎまぎして立ちあがった。「ちょっと待って。ビルに電話しなくちゃ」

「わかった。待ってる」

「すぐにすむわ」実際、そのとおりだった。携帯電話でビルに指示を出すと、ミネットは言った。「ほらね」

「いいね。ぼくも部下に仕事を任せるのは好きだ。時間の節約になる」

「わたしにできることならビルにもできるのよ。ジェリーに広告を取りに行かせ、アーリーに記者へのトップ記事の割り当てをさせるだけだわ」ミネットはしかめっつらになった。「トップ記事って、たいていが高校のスポーツ関連のものなのよね。わたしはスポーツなんて好きじゃないけど、地元の人々は大好きだから」

「ぼくはサッカーが好きだな」

ミネットの目が輝いた。「わたしもサッカーは好きだわ！」

ヘイズはにっこりした。

サラは口をすぼめて二人の顔を見比べた。二人は気づいていないだろうが、彼らの表情はサラに多くを語っていた。

「それじゃ、行きましょう」ミネットが言った。

「彼にわたしたちが行くことを知らせなくていいかしらね」

ヘイズは室内をちらりと見まわした。「ああ、きっともう知っているはずだ。行こう。車の運転はどっちがする?」

「わたしがするわ。そんな肩で運転したら、溝に車がはまっちゃうもの」

「なんだ、つまらない。きみの冒険心はどこにいったんだ?」

「あとで探すわ。とりあえずは運転しなくちゃ」

ミネットはヘイズに言われて先にサイ・パークスの家に寄った。サイの妻のリサがドアをあけ、満面に笑みをうかべた。彼女はミネットと同じくブロンドで、茶色の目には眼鏡をかけているが、それでもきれいだった。パークス夫妻には二人の子がおり、どちらももう学校に行っている。

「うちの中はめちゃくちゃなの」リサは申し訳なさそうに言った。「ゆうべ停電して、子どもたちの気を紛らすために部屋じゅうにおもちゃを引っぱりだしたのよ」

「うちでは停電しなかったわ」ミネットは言った。

「そうだろうね、きみの牧場の従業員は酔っ払って電柱に激突したりしなかっただろう?」サイがものうげに言いながら出てきた。緑色の目をした背の高い黒髪の男だ。左腕をかばっており、シャツの袖からのぞいている手には過去にやけどを負った痕がある。かつて別の州で彼が炎上した家に飛びこみ、妻子を救いだそうとしてかなわなかったことはたいていの人が知っている。麻薬王——いまは亡きロペスが手下に放火させたのだ。サイには麻薬取引を憎む理由が人並み以上にあるのだった。

彼はリサの肩に腕をまわして頭のてっぺんにキスした。「あのカウボーイも今日から仕事を探さなきゃならない。ぼくはここではアルコールを認めてないんだからな」

「そのことはテキサスじゅうの人間が知っていると思っていたよ」ヘイズがくすりと笑った。

「知らなかったやつがひとりはいたってことだ」サイはそう言いながら二人を居間に通した。

「コーヒーをいかが？」リサが言った。

「ありがとう、いただくよ」ヘイズが答えた。

「嬉しいわ。コーヒーは大好き」ミネットは言った。

「今朝は誰かさんが早く出ようとせかすものだから、二杯めを飲めなかったの」当てつけがましくヘイズを見る。

「ぼくはいつも急いでいるんだよ」ヘイズはにやりと笑った。

「いま彼女のところで世話になっているそうだな」

リサがコーヒーをいれに行くと、サイは言った。

「その話を聞いたときには耳がいかれちまったかと思ったよ」

ヘイズはすまなそうにミネットを見た。「過去のことは、ぼくが悪かったんだ。いまその償いをしようとしている」

ミネットが目をそらして口を開いた。「じつは、わたしたち……わたし……」言いなおす。「ショッキングなニュースがあるの」

「ああ、エル・ジェフがきみの実の父親だという話だね」サイが言った。

「みんな知ってたの？」ミネットは叫んだ。

「それは〝みんな〟というのが誰をさすかによるな」サイは優しくほほえんだ。「情報収集はぼくの仕事のうちだ。エブ・スコットも同じだ。ぼくたちはきみにハイテクのセキュリティシステムを提供しているんだよ。それにはエル・ジェフも賛成している。彼は配下の者を夜間、森にひそませて警戒に当たらせてもいるんだ。聞いたところでは、ヘイズも部下に見張らせているそうだ」そこでため息をつく。「彼らが闇の中で鉢あわせして撃ちあいを始めなけりゃいいけどな」

「まったくだ」ヘイズが言った。「しかし、彼女の安全のためにできる限りのことをやらなければ。人数が多ければ多いほど安全だ」

「確かに」

「昨日はなぜエル・ジェフに会いに行ったんだ？」

サイは唇をとがらせた。「友好的な近所づきあいの一環といったところかな？」

ヘイズは無表情でサイを見た。

サイは肩をすくめた。「彼が何者かわかっているってことを知らせたかったんだよ」

「彼もあなたが何者か知っていたわ」ミネットが言った。「ゆうべ父親の名乗りをあげるために電話してきたとき、そう言っていたもの」

サイは眉根を寄せた。「その電話はショックだっただろうね」

「ショックなんてものじゃなかったわ」

「当然だ。ゆうべはぼくも自分が麻薬取引をどう思っているか彼に教えてやりに行ったんだ。大事な牛たちのすぐそばで、そんなことをやらせる気はないってことをね。彼は自分の優秀なサラブレッドをそんな目にあわせるとぼくに思われていたことに愕然《がくぜん》としていたよ」

「なんだって？」ヘイズが驚いて声をあげた。

「彼はビジネスと私生活をきっちり分けているそうだ。合衆国では法を犯したことはなく、ここで例のビジネスをするつもりもないと言うんだ」サイは身を乗りだした。「国境の向こうには彼のために情報を集めてまわる者が何人もいるらしい。わが国の麻薬取締局とことを構えたくはないんだそうだ。麻薬取締局には一目も二目も置いているようだった」

「それはぼくも同じだ」ヘイズは言った。「麻薬取締局の捜査官を何人か知っているんだ。非常に優秀な男たちだ」

サイはうなずいた。

リサがコーヒーポットやマグカップなどがのったトレイを持ってきた。「コーヒーをめぐって喧嘩《けんか》しないでね」笑いながら言う。「足りなかったら、またいれるから」

「コーヒーで喧嘩なんかしません。ああ、カフェラテをめぐってはするかもしれないけど」ミネットは言った。「わたし、自分でカフェラテを作れるんですよ」にっこり笑い、リサも笑った。

ヘイズが彼女を見た。「傷ついたな。ぼくがカフェラテ好きなのを知りながら、一度もいれてくれたことがない」

「嘘《うそ》よ」ミネットは言った。「ザックがあなたに会いに来たときに、いれてあげたわ。ザックにも勧めたし」

「ああ、忘れていた。ごめん。もう罪悪感を持たなくていいよ」

「当然よ！　これでもお客さんにはすごく気を遣っているんですからね」

二人はにっこり笑いあった。リサとサイも微笑をかわした。ヘイズとミネットが惹《ひ》かれあっていることは、はた目にも明らかだ。

サイのしたり顔に気づいて、ヘイズは咳払《せきばら》いした。「それじゃエル・ジェフの話に戻そうか」

「彼はエル・ラドロンの密売ルートに関する情報を提供してくれた。よかったらそれを教えよう」

「ロドリゴ・ラミレスやアレクサンダー・コッブに教えてもいいかな？」

「われらが麻薬取締局の捜査官たちか」サイはうなずいた。「もちろんだ」ミネットに目をやる。「今回のことはさぞこたえているだろうね」

「ええ、すごく」ミネットはそう答え、ひとつ深呼吸した。「すごく動転したわ」

「たとえ血縁関係があっても、ほかの人間がしたことに責任はない」サイは言った。

ミネットは顔を曇らせた。「わたしが悪党の娘なのは事実だわ」

「きみの父親よりたちの悪い犯罪者はいくらでもいる。彼はいわば盗賊の中の貴公子だよ」

ミネットは力なくほほえんだ。「ありがとう」

「きみたちが来ることは、もう彼にもわかっているだろう」サイはため息をついた。

ミネットはコーヒーを飲みほして立ちあがった。

「それじゃ、わたしがカフェラテを好きなこともわかっているわね！」カフェラテの部分で声を張りあげ、見えない盗聴器を捜して室内を見まわす。

男たちは声をあげて笑うだけだった。

二人はサイの家の隣地に立つ、最後の仕上げがすんだばかりの家の前で車をとめた。鉄骨にプレハブを多用して、驚くほど短期間で建てられた家だ。大きくて立派な家で、外壁は淡い砂色に塗られ、玄関に至る半円形にカーブした車寄せには大きな噴水や優雅なアーチがあった。

「ぶらんこのあるポーチはないのか」ヘイズがつぶやいた。「ポーチがない家なんて、よく建てる気になったものだ」

グレーになりかかった豊かな黒髪の男が車寄せに出てきた。長身で口ひげをたくわえ、こぼれんばかりの笑みをうかべている。「ポーチは裏に造ったんだよ、友《アミーゴ》よ。殺し屋がわたしを捜すのに手間取るようにね！」ヘイズに近づき、片手を差しだす。「ディエゴ・バローハ・サンチェス、通称エル・ジェフだ」ヘイズが握手に応じると、エル・ジェフは言った。「お目にかかれて光栄だよ、保安官」

「こっちも同じことを言えたらいいんだけどね」ヘイズは言った。

エル・ジェフは感慨のこもった目で初めて会うわが子をじっと見つめた。目をうるませ、ミネットに近づく。「彼女にそっくりだ」声がかすれる。「若いときのきみの母親によく似ている。彼女は美しかった。だが、彼女のあらゆる美点の中で、わたしがそのあたたかな心の次に愛したのが髪だった。おとぎ話に出てくるお姫さまのような髪だったよ。きみと同じ髪だ」

ミネットは絶句した。こんなふうに迎えられるとは思ってもいなかったのだ。

「わたしがきみの父親だ」彼は静かに続けた。「こうして会えて、これほど嬉しいことはない」

ミネットはなんと答えたらいいのかわからなかった。「わたしも……会えて嬉しく思います」つかえながら言う。

彼はため息をつき、それから微笑した。「中にどうぞ。わたしの家はきみの家だ。それにカフェラテの用意もしてあるよ」小声で付け足す。

ミネットはふきだした。

案内されたのは優雅な居間だった。サテンのカーテンに白いカーペット、精巧な手彫りの地中海風家具、革張りの椅子にグランドピアノ。

「ピアノを弾くんですか？」ミネットはびっくりして問いかけた。

エル・ジェフはうなずいた。「一番好きなのはクラシックなブルースだが、巨匠の作品も弾けるよ。きみの母親も音楽好きだったな」

「母が？」ミネットの口調は疑わしげだ。

「ああ。彼女だってステレオは使えたからね」彼はにやっと笑った。

ミネットは笑い声をあげた。母は音痴だったのだ。

少なくともそのことは覚えている。

エル・ジェフはヘイズに向きなおった。「傷はよくなっているかね？」

ヘイズはうなずいた。椅子の背にもたれ、わずかに身をすくめる。「徐々にですがね。傷の治りには年が関係しているらしい」

「しかし、きみはまだ若い」

「ぼくが山だとしたら、確かに山にしては若いな」ヘイズはため息まじりに言った。「虫だとしたら途方もない年寄りだ。人間としてはもう三十歳を超えている」

年上の男はほほえんだ。「年を取るのも人生の一部だ。慣れるものだよ」手入れの行き届いた手で自分自身をさす。「わたしはもうサッカー場で部下の者たちに勝つことはできないが、よきレフェリーをやることを学んだよ。そして彼らはよりよい悪態のつきかたを学んだ」

一同は笑った。

ミネットは自分と似たところを探して彼を見つめた。鼻と目は彼のを受けついでいる。背が高いのも父親譲りだったのだ。

エル・ジェフが気づいて、愛情のこもった優しい笑みを見せた。「お互い、似ているね。ほんとうに嬉しいよ。しかし、きみは美しかった母親にも似ている。彼女のことはいまも毎日思いだしている。わたしのたいせつな人だったんだ」

「母は、わたしにとってもたいせつな人だったわ」ミネットは悲しげに言った。

「そういえば、きみにはまだ小さい弟と妹がいて、血はつながってないのに、ほんとうの弟や妹のようにかわいがっているそうだね？」

「継母のドーンが愛情豊かなすばらしい人だったの。実母が死んだあと、わたしには継父しかいなくなった。彼はとてもよくしてくれたわ。ほんとうの父親でないことは最初から知っていたけど、彼は子どもを育てていたら、血がつながっていようがいまいが自分の子なんだと言っていたの」

　エル・ジェフはうなずいた。「こんなにいい娘に育ててくれて、彼には感謝してもしきれないよ」声に心がこもっている。「きみの母親が結婚して子どもを産んだことは知っていたが、彼女はわたしがメキシコから出国させたときには妊娠しているなんてひとことも言わなかった。そのときはほんとうに時期が悪かったんだ。わたしは彼女といっしょに何人か出国させて、住むところを手配させたり、彼女がどんな形でも決してわたしに連絡を取れないように手をまわさせたりした」首をふりながら言葉を続ける。「最悪だったのは、メキシコで彼女と離婚しなければならなかったことだ。そのときわたしたちが住んでいたのがメキシコだったからね。わたしはカトリックで、当時離婚はさまざまな面から白い目で見られていたんだよ」

　ミネットの心臓が止まりそうになった。「母と正式に結婚していたのね？」

　彼は渋い顔をした。「わたしは道徳的な人間なんだ。名誉を何より重んじる。神聖な結婚を申しこまずに、無垢《むく》な若い女性を汚すようなまねはしない。わたしの信念に反する」

　ミネットはあたたかな微笑をうかべた。「それじゃ、わたしが生きた化石みたいなのは遺伝だったのね」おかしそうに言う。

「何《ケ》？」意味を取りかねて、彼は思わずスペイン語で聞いた。

　ミネットは笑い声をあげた。「わたしって考えがすごく古いの。時流には乗らない人間なのよ」

「ああ、なるほど」彼はほほえんだ。「きみは正式な結婚をせずに多くの男と楽しむことをよしとする、いまどきの女たちとは違うってことか。いまのこういう風潮は、わたしが若かったころにカリフォルニアで生まれたんだ。ヒッピーのあいだからね」

「母はヒッピーを〝フラワーチルドレン〟と呼んでいたわ。彼らのモラルのなさは好きじゃないけど、地球とか自然に対する感じかたにはおおいに共感するとよく言っていた。生前の母は庭のあちこちに花を植えていたわ。母の死後は継父がその伝統を受けつぎ、いまはわたしが母をしのんで守りつづけている。母はひまわりが大好きだったから、そこらじゅうにひまわりを植えているの」

ディエゴの目が悲しみで翳《かげ》った。「そう、ひまわりだ。彼女のためによくひまわりの花束を買って帰ったっけ。ひまわりは幸福のにおいがすると言っていた」

「ええ、そのとおりだわ！」ミネットははしゃいだ声をあげた。母の思い出を分かちあえる相手がいるのが嬉しかった。

「彼女を行かせるときには胸が痛んだよ。しかし、わたしのそばに置いておいたら命を失っていただろう。彼女が妊娠していたことはまったく知らなかった。わたしを守るために黙っていたとは、いかにも彼女らしいよ。彼女と二度と会えなくなるなんて、考えるだけで胸が張り裂けそうだった。実際危機が去ったあとも、わたしは彼女に連絡することも、居場所を調べさせることもできなかった。そのときには国際的な裏社会に深く入りこんでいたし、南米での取引のためそちらに移っていたんだ。調査を頼めば噂《うわさ》になり、敵を刺激して行動を起こさせかねない。わたしに近い者はみんな危険なんだよ」彼はミネットをじっと見つめた。「残念ながら、わたしがつい最近までその存在すら知らなかった娘も例外ではない。わたしの最悪の敵がきみを見つけだすために調査を頼んだから、わたしのほうでも探偵を雇ったんだ。もしきみの母親と別れたあとに彼女を捜しだそうとしていたら、彼女はどうなっていたかわからない。たったひとりの探偵でも大きなトラブルを招きかねないんだ。なぜなら、わたしはいまも常時監視されているからね」

ミネットは不安になって周囲を見まわした。

エル・ジェフは笑った。「いや、ここは大丈夫だよ。いまのわたしにはとても頼もしいガードマンがいるんだ」そう言ってドアのほうを見やると、膝丈の白いドレスに色鮮やかな刺繍《ししゅう》を施した美しいドレス姿の年配の女性に向かってスペイン語で話しかけた。そのドレスが見たこともないほどきれいだったので、ミネットは思わず見入ってしまった。

その女性はグレーがまじった黒い髪を厚いカーテンのようにウエストまで伸ばしており、ミネットの顔を見るとにっこりしてボスに何か言った。

エル・ジェフは笑いだした。「ルシンダが、きみは彼女のドレスが気に入ったようだと言ってるが、そうなのかい？」

「ええ、とってもきれいなんですもの。ごめんなさい。じろじろ見るつもりはなかったの」ミネットは恥ずかしそうに言った。

「これはわたしの郷里の民族衣装なんです。わたしはユカタン半島キンタナ・ロー州のカンクン出身のマヤ人なの」ルシンダはきわめて正確な英語でにこやかに説明し、ミネットのためにその場でゆっくりとまわってみせた。「先祖から伝わる文化を誇りに思っているので、この服をほめていただけたのはとても嬉しいわ。この刺繍、自分でやったんですよ」

「何週間もかかったでしょう？」

「ええ、でも、楽しい作業だから」ルシンダはミネットに近づき、手のこんだ花や葉の刺繍の細部を見せてくれた。

「こんなすてきな刺繍、見たことがないわ」ミネットはため息をついた。「ほんとうにきれい！」

「ありがとう」

エル・ジェフは娘を鋭い目で見つめていた。「こういう難しい時代には、われわれの文化を敵視するアメリカ人も多い。だが、きみは違うんだね」

ミネットのまなざしは柔らかかった。「母から大昔に教わったの。人を人種や肌の色や宗教で判断してはいけない、人間性や優しさで判断すべきだって。地球は大きな花園みたいなもので、わたしたちはそこに咲く花、大きさも色も形もそれぞれ違うけど、神さまはわたしたちすべてを愛しているんだと言っていたわ」笑いながら言葉をつぐ。「わたしもそのとおりだと思うの」

「わたしもよ。あなたはお父さんによく似ておいでだわ」ルシンダが優しく言い、ディエゴを見やった。「いまセニョール・ラシターをお連れしますね」

ミネットは眉をあげた。「ラシター？」

「そうだ。アメリカ人だ。ワイオミングの小さな町の出身だと言っていた」ディエゴは言った。それから首をふりながら続ける。「二週間前のわたしは年を取った独身男だったのに、いまは父親だ。たいへんな変化だよ」

ミネットはほほえんだ。彼女もこの事態に慣れつつあった。少しだけだが。

廊下のほうからくぐもった声が聞こえ、先にルシンダが入ってきた。わずかに顔を赤らめ、笑いながら。

その後ろに続いたのは背が高く肩幅の広い、ストレートな黒い髪をした男性だった。オリーブ色の肌に漆黒の目、彫りの深い顔だちにセクシーな唇をしている。ジーンズにＴシャツという格好だが、Ｔシャツの前面には奇妙な赤のマークと〝アライアンスよ、気をつけろ！〟という文字が描かれていた。

ミネットは男性の顔よりもそのシャツに気を取られていた。「アライアンスって？」

彼はミネットをまじまじと見てから真っ白な歯を見せて笑った。「ぼくはホードなんだ」

ミネットがヘイズに目をやると、彼は目をくるりとまわしてため息をついた。「ここにもワールド・オブ・ウォークラフトのマニアがいたか。ぼくの職場にもいるから、わかるんだよな」

「ワールド・オブ……なんですって？」ミネットにはさっぱりわからなかった。

「コンピューターゲームだよ。大規模多人数同時参加型オンライン・ロールプレイングゲーム、略してＭＭＯＲＰＧだ」ヘイズは説明した。「このゲームでは登場人物が二つの派閥に分かれているんだ。いい者たちのアライアンスと悪者たちのホードにね」

「ホードは悪者じゃない」ラシターが口をはさんだ。「われわれは、ただ誤解されているだけだ」

「すまん、間違えた」ヘイズはくすりと笑った。

「彼は、暇なときにはゲームをやるんだ」エル・ジェフが笑顔で言った。「暇なときなどめったにないがね」

「ぼくのすぐ下の部下のザックもゲームの権威だ」ヘイズは言った。「新しい拡張パックのパンダリアが出てから、毎日睡眠不足でゾンビみたいになって出勤してくるんだ」

「気持ちはわかる」ラシターが言った。

「こちらはわたしの娘だ」エル・ジェフがラシターにミネットを紹介した。

「ああ、知っています。彼女の人生に捧《ささ》げられたファイルを持っているんでね」ラシターは黒い目をきらめかせてミネットに近づいた。「お会いできて光栄です」

「ありがとう」ミネットは言い、彼をまじまじと見た。「マサチューセッツ工科大学を出てらっしゃるの？」

「まあね。専攻は物理学とアラビア語だ」

「はじめまして」ヘイズが言った。「暗黒物質とブラックホールの空間相互作用の概念を説明してくれる時間はあるかな？」

ラシターはヘイズをじろりと見た。「唐突だね」

ヘイズはにやりとした。「失礼。本物のオタクを生で見る機会なんてめったにないもので、つい」

「そういえばうちにオタギレの証明書なるものがあるよ」ラシターは笑いながら言った。

「オタギレ？」ミネットにはちんぷんかんぷんな言葉だ。

「ゲームオタクのヒステリーのことですよ」ラシターは言った。「われわれゲーマーの世界には内輪の冗談や省略語がたくさんあるんだ」

「彼女はゲームはやらないんだよ」ヘイズが言った。

「あら、やるわよ。フェイスブックでアニマル・ファームをやるわ」

ラシターは天をあおいだ。

「ジュリーとシェーンがもう少し大きくなったら、きみもいやでもゲームに詳しくなるさ」ヘイズがミネットに言った。

「そう願いたいわ。ジュリーは一番の友だちがプレイステーションを持っているんで、新しい子ども向けゲームが出るとその子のところに遊びに行くの。クリスマスにはうちでできるようプレゼントしてあげるつもり。シェーンはＸｂｏｘ３６０を持ってるんだけど、格闘ゲームしかやらないし、格闘ゲームはジュリーには乱暴すぎるのよ。それにシェーンはジュリーに使わせることは使わせても、ほんとうにしぶしぶなのよね」ミネットは笑った。

「ゲーム機についてはぼくがいつでもアドバイスしますよ。インストールを手伝ってもいいし」ラシターが言った。「彼がぼくを撃たないと約束してくれたら、システムの接続から全部やってあげよう」ふいに表情をかたくしたヘイズのほうに顎をしゃくる。

「なぜヘイズがいやがるの？」ミネットは尋ねた。

ラシターは笑った。だが、ヘイズは笑わない。

「当面の問題に話を戻そう」エル・ジェフが緊張をやわらげようとして、すかさず言った。「わたしはきみの家の周辺で不穏な動きがないか、ラシターに見張らせている。きみも部下を配置しているんだろう？」ヘイズに問いかける。

「ああ」ヘイズは少し平静になった。自分の彼女のそばをラシターにうろつかれるのは不愉快だ。〝自分の彼女〟独占欲に満ちた目でミネットを見ると、その言葉がすとんと胸に落ちた。そうだ。彼女はぼくのものだ。誰にも渡さない。とくに頭のいいゲームオタクには。

そのゲームオタクは、おかしそうな顔で彼を見ている。「それにサイ・パークスも夜間きみの牧場を見張らせている」ラシターはミネットに言った。「安全のため、全員が協力して警備に当たるのもいいかもしれない」彼の顔から笑みが消えた。「ぼくは不審人物を見かけると真っ先に撃つ傾向があるんだが、あなたの部下やパークスが見張りにつけた男も同じタイプなんじゃないかな」

ヘイズはうなずいた。「彼らが鉢あわせするかもしれないと思うと、ちょっと心配だ」

「ぼくもだ」ラシターはそう言い、雇い主のほうをちらりと見た。「コンピューター制御の監視装置もあちこちに設置してあるが、現場では人間の耳と目にまさるものはない。ぼくは狩りをやるんだ」ヘイズに向かって言う。「暗闇で百メートル離れた段ボールの上を歩くねずみの足音も聞きとれる。それに追跡もできる」

「ザックも狩りをやる」ヘイズは答えた。「彼は鹿肉が好きなんだ」

ラシターは頬をゆるめた。「ぼくと同じだ」

「ザックは父親に教わったそうだ。いまでもいっしょに狩りに行っているらしい」

　ラシターの笑顔が翳った。「ぼくは父親とはしばらく口をきいてない。親父《おやじ》はぼくの選んだ職業が気に入らないんだ」

「職業？」ミネットが聞きかえした。

　ラシターは目をそらした。「話せば長くなる」

「きみの雇い主が誰かを考えたら、親父さんの気持ちも理解できる」ヘイズが言った。

「意見公募はしてないよ」ラシターはひややかに言った。

　ヘイズは眉をあげた。「痛いところを突いてしまったかな？」謝りもせずに言う。

「二、三年前にそんなせりふを口にしたら、高いビルの屋上から親指一本でぶらさがるはめになっていただろうよ」ラシターは静かに言った。「しかし、ぼくも前の雇い主を亡くしてからずいぶんまるくなった。いまなら両手でぶらさがらせてやろう」最後ににっこり笑う。

　ヘイズはラシターをにらんだ。「やれるものならやってみろ。いつでもきみの都合のいいときにな」

「ダウンしている相手を攻撃はしない。名誉の問題だ」

「ぼくの傷が完治したら、もう一度この話をしてもいいぞ」ヘイズは不敵に笑った。

「お互いにうまくやろうという気はないの？」ミネットが憤然として言った。「わたしたちが協力体制を敷いて対抗すべきエル・ラドロンという男は、わたしの記憶が正しければ、怒って自分のおじさんを酸のタンクの中に投げこんだことがあるそうじゃないの」

　ラシターとヘイズはなおも視線で相手を打ち負かそうとしていたが、結局二人とも心の中で肩をすくめ、ミネットと彼女の父親に注意を戻した。

「そのとおりだ」エル・ジェフが彼らにかわって言

った。「やつはひどい癇癪《かんしゃく》持ちで、たとえ親戚でも平気で殺してしまうんだ」心配そうな顔で続ける。「わたしは、そういうことがきみの身に起きるのを防ぎたいんだ。そこできみたちに言っておきたいことがある」

「何かな?」ヘイズが言った。

エル・ジェフはソファーの背にもたれかかった。「じつは、ちょっとした書類を持っているんだ。エル・ラドロンの一番の腹心に多額の金を払って入手したものだ。だが、暗号で書かれていて、解読する手段がないんだ」

「そんなことはないでしょう」ラシターがソファーの横にある座り心地のいい椅子に腰をおろし、にやっと笑った。「時間さえあれば、ぼくが解読します」

「ああ、しかしその時間が問題なんだ」エル・ジェフはヘイズに向かって続けた。「わたしはこの情報を合衆国の麻薬取締局に渡してもいいと思っているんだ。きみは少なくとも二人の捜査官を個人的に知っているんだよな?」

ヘイズはうなずいた。「きっと二人とも情報提供には感謝するだろう。だからといって、あなたを逮捕する手だてを彼らが探さなくなるとは限らないけどね」

エル・ジェフは肩をすくめて微笑した。「この国でわたしが悪事を働いている証拠を見つけられたら、喜んで出頭するよ、手錠をかけられなくてもね」身を乗りだして言葉をつぐ。「わたしのことより、彼らはメンデスがわたしの娘を追ってくる前に彼を捕まえるべきだ。そのためなら非道なことでないかぎり、わたしもどんな協力でもする」差し迫った口調だ。

ヘイズは感心したような表情になった。「それはまた思いきった申し出だな」

「きみからそれをしかるべき筋に伝えてもらえない

だろうか？」

「了解」ヘイズは言った。「今日のうちに伝えてみよう」

「恩に着るよ」

「ぼくもだ。少なくともこの件に関してはね」ラシターが言った。その目はまたミネットに向けられている。

ラシターの表情にヘイズの顔は引きつった。「もう帰らなくては」ヘイズはミネットに言った。

ミネットは顔をしかめた。まだ帰りたくないのだ。

エル・ジェフがそれを見てほほえんだ。「きみの気持ちは嬉しいが、彼の言うとおりだ。早くここを離れたほうが安全だよ」立ちあがり、メモ用紙に鉛筆で番号を書きしるしてミネットに渡す。「プライベート専用の携帯の番号だ。この番号は誰も知らない。なんといったっけ……使い捨ての電話なんでね」

「そういう携帯が箱いっぱいあるんだろうな」ヘイズがくすりと笑った。「使い捨てだと追跡されにくいからね」ミネットに説明する。

「ビジネスだよ」エル・ジェフはのんびりと言った。「単なるビジネス用だ」ミネットの肩に手を置き、両方の頬にキスする。「きみに会えたことはほんとうに喜ばしく光栄なことだ。が、きみの命を守るため、こういうふうに会うのは最小限にしなくてはならない。しかし電話ならいつでも好きなときにかけてくれ。できれば、なるべく頻繁にね。きみのことをもっと知りたいんだ」

「ええ、電話するわ」ミネットは三人の男性に付き従われて玄関に向かった。外ではひとりの男性が広い家畜小屋に続く小道を、美しいサラブレッドを連れて歩いていくところだった。馬の毛は黒くつややかに輝き、四本とも脚の先が白いソックスをはいたように白かった。

「きれいな馬！」ミネットが叫んだ。

「わたしの子どもたちだ」エル・ジェフは近くの囲い地や家畜小屋を指さして言った。囲い地では三頭の馬が草を食《は》んでいた。「雌の一頭が春に雄の子馬を産んだよ。おかげで血統が続く望みが持てそうだ。先シーズンにはメリーランド州のプリークネス・ステークスでうちの馬が優勝したんだよ」

「新聞で読んだ覚えがある」ヘイズが言った。「あなたの馬はすばらしい」

「ほんとうに」ミネットが言った。「わたしはパロミノ種を育てているんだけど、血統は全然たいしたことないの。ただのペットだから。でも、どの子もとってもかわいくて」

「それも遺伝だな」エル・ジェフが言った。「馬好きは血筋だったんだ！」

みんなが声をあげて笑った。

9

「あの男、気に入らないな」ミネットが車を発進させると、ヘイズは言った。

「わたしの父親のこと？」ミネットはわずかに首をめぐらし、彼のいらだたしげな顔を見た。

「いや。彼に雇われている男、ラシターのことだ」

「あら。わたしはむしろ魅力的だと思ったけど」

「魅力的ね。ヘアスタイルの決まっている蛇みたいにね」

ミネットはふきだした。「ヘイズったら！」

彼はため息をついた。「まあ適切な描写とは言えないかもしれないが、意味はわかるだろう？　あの男はすごく陰険だ」

「すごく頭もよさそうよ」ミネットはまたちらりとヘイズに目をやり、彼がよけい腹立たしげな顔になったのを見ると言葉を続けた。「頭がいいのは彼だけじゃないけどね。だって、暗黒物質ですって？　ブラックホール？　空間相互作用？」

「科学雑誌を二種類講読してるんだ」ヘイズは言った。「学位は持ってないが、好きなんだよ。物理と量子力学《メカニックス》がね」

「わたしには理解不能だわ」ミネットは言った。「わたしにできるのは、せいぜい自動車修理工《メカニックス》ね。それだってガソリンの残量チェックとタイヤを蹴とばすことぐらいしかできないけど」

ヘイズは笑った。「ぼくも似たようなものだ。それでも牧場は切りまわせているんだからね。車の修理にさく時間がないってだけだ。ラシターは、人を殺してないときにはいくらでも整備技術を磨く暇があるんだろうよ」とげとげしい口調だ。

「彼のこと、ほんとうに嫌いなのね。なぜなの？」

ヘイズの黒っぽい目が細くなった。「あいつのきみを見る目が気に入らないんだ」

ミネットはうっかり車のハンドル操作を誤って溝に突っこみそうになり、急いで立てなおした。「ごめんなさい。手がすべっちゃった」そう言ってごまかす。

ヘイズは信じていなかった。目をきらめかせて言う。「へえ」

ミネットは運転に集中した。ヘイズのほうを見はしなかった。顔のほてりが彼に知られたくないことまで暴露しているかもしれない。魅力的な男性がわたしを見る目つきをヘイズが不快に感じると知って、気持ちが舞いあがっている。それって一種の独占欲だ。すごく嬉《うれ》しいけれど、その嬉しさを表に出したくはない。

「今日は、リハビリは？」彼女はだしぬけに尋ねた。

「今日はない。明日だ」

「そう。今日あるなら送っていこうと思ったの」

「もう自分で運転できるよ」

「ドクター・コルトレーンがいいと言うまではだめよ」ミネットはヘイズを見た。「せっかくよくなってきたのに、ぶりかえしたら困るでしょう？」

ヘイズは仏頂づらになった。「そうだな」ため息をついて窓の外を見る。「家に引きこもってばかりで、くさくさしているんだ」

「うちにいるのは好きじゃないのね」

「あのうちは、うまい食べ物があって楽しい話し相手のいる、すばらしい檻《おり》ではあるけどね」ヘイズは言った。「だけど、アンディに会いたいんだ」

「これから会いに寄ってみる？ 通り道だし」

ヘイズの顔がぱっと明るくなった。「きみさえよければぜひ」

「もちろん、いいわ。でも、あなたの家の鍵をザックから返してもらうために、保安官事務所に寄らなきゃならないわね」

「大丈夫、いざというときのためにスペアキーを隠してあるんだ」

「それは賢明だわ」

ヘイズはにっこりした。「常に緊急事態に備えようと心がけているんだよ」

「気づいていたわ」

ヘイズの家に着くと、二人は車からおりた。彼は家の横手にまわり、鍵を持って戻ってきた。

その鍵でドアをあけ、先にミネットを通す。

「おい、アンディ！」彼は声をかけ、口笛を吹いた。

「口笛を吹くと来るの？」ミネットが尋ねた。

「たいていはね。おかしいな……アンディ！」もう一度叫ぶと、うろこを持った大きなルームメイトがキッチンからいそいそと出てきた。「やあ、いたな。ぼくを忘れちゃいないだろうな？」ヘイズは笑顔で話しかけた。

イグアナは目を輝かせ、頭を激しくふった。

「こうするのは嬉しいときか求愛するときなんだ」ヘイズが説明した。

「このふりかたからして、あなたのことをほんとうに好きなのね」

「きみは念のため、あまり近寄らないほうがいい」顔をしかめて言う。「アンディは女性が相手だと問題を起こすことがあるからね」

「それについてはいろいろ聞いてるわ」

大きな爬《は》虫《ちゅう》類は頭をもたげ、ミネットを見た。が、不思議なことに攻撃は仕掛けてこない。ただ見つめているだけだ。

「ああ、アンディってきれいだわ」ミネットは優しい声で言った。「こんなに色鮮やかなイグアナは初めて見たわ。ほとんどターコイズブルーのところもあるのね」

ヘイズは微笑した。「イグアナは色を変えるんだ。ちょっとだけだが、気温とか光といった要素によってね」

「餌は何をあげてるの?」

「果物と野菜だよ。アンディは、きざんだにんじんをまぜたスプリングサラダがとくにお気に入りだ」ヘイズは両手で巨大な爬虫類を持ちあげた。アンディは前足をヘイズの胸にかけた。「こらこら、だめだよ」彼は笑いながらアンディの向きを変えた。「今日はのぼっちゃだめだ。どれ、にんじんがあるか見てこよう」

そう言うと、ヘイズはアンディのおなかの部分を片腕でかかえこむようにして優しくキッチンに運んだ。

「おとなしくあなたに抱きあげられるなんて信じられないわ」ミネットが言った。

「秘密を教えてあげよう」ヘイズは顔をほころばせた。「イグアナは冷血動物だ。ぼくはあたたかい。それでわかっただろう?」

「ええ、でも目を光らせ、首をふっている。やっぱり、あなたが好きでもあるのよ」ミネットは笑った。

ヘイズはアンディを床におろすと、冷蔵庫の中をのぞきこんだ。「偉いぞ、ザック。きざんだにんじんが容器いっぱいに入っている」

それを出し、アンディのためにサラダを作って紙のボウルに入れると床に置いた。「紙皿なら片づけが楽だ」笑顔でミネットに言う。

「見て、この食べっぷり!」ミネットはまた笑った。大きな動物の鼻がすっかりサラダに埋まっていた。その横には長くて深い陶磁器の水入れがある。

「大きいからたくさん食べるんだ。こっちに来てごらん」ヘイズは彼女を隣の部屋に案内した。机が置かれていて、書斎のように見えるが、片隅に枯れ木を立てたスタンドと棚、その棚に向けて吊《つ》りさげられたヒートランプがあった。棚の上には、岩のように見えるけれども壁のコンセントにコードでつながっている長くて平たいものが置かれている。

「ここがアンディの住みかなんだ。ここなら外も見えるし……」ヘイズは棚から見える窓を指さした。

「ヒートランプやあたたかい岩もある。イグアナは冷血動物だから、食べたものを消化できるよう、外の熱源がどうしても必要なんだよね。保温してやらないと病気になって死んでしまうんだ」

「イグアナを飼うには、いろいろと知っておかなくちゃならないことがあるのよね」

ヘイズはうなずいた。「以前キャグ・ハートがペットの蛇のために整えていた環境と似ているな。彼の場合は水槽で飼っていたけどね。ぼくも水槽を試してみたんだが、アンディはふさぎこむばかりだった。それでトイレのしつけをして、家の中を自由に歩きまわらせるようにしたんだ」

「たいしたものね」

ヘイズはほほえんだ。「きみは友だちの作りかたを心得ている」

ミネットは声をあげて笑った。「べつにあなたを喜ばせようとしているわけじゃないわ。ほんとうにアンディが気に入ったのよ」そしてヘイズを見つめた。彼はすごくハンサムだ。「雌のイグアナでなく雄を選んだのはどうしてなの？」

「概して雌のほうが攻撃的なんだよ。全部とは言わないが、ぼくが見たのは攻撃的だった。以前ジェイコブズビルにあったペットショップには、特注の檻に入った一メートル半ほどの大きな雌がいたが、人が近づくたびに尾でガラスを叩《たた》き、喉の下のひだを垂らして威嚇した。店長は結局そいつをブリーダーにやってしまったんじゃないかな。いつまでたっても売れなかったからね」

「あらまあ」

「アノールとかげという小型のグリーンのとかげも同じなんだ」ヘイズは笑いながら続けた。「雄のほうが素直で扱いやすい」

ミネットは唇をすぼめた。「あなたも素直で扱いやすいの?」からかうように言ってから、はっとして真っ赤になる。「ごめんなさい、変なことを言っちゃって」

ヘイズは彼女に近づき、ウエストを両手ではさむとそっと引き寄せた。「いつも素直だとは限らないな」ささやくように言う。「だが、扱いにくくはないよ」顔を寄せ、唇を触れあわせる。

そのあとはまるで野火が広がるような勢いだった。彼は息を詰めたかと思うと、全身をミネットの体に押しつけながら情熱的なキスをした。

ミネットはその遠慮のない抱擁に抗議もできず、両手を彼の腕の下から筋肉質の背中にまわした。自分からも体を寄せ、彼がすぐにでも愛しあうことができそうになっているのを感じて小さく身震いする。

ヘイズは何事か低くつぶやいたが、彼女には聞こえなかった。ひたすら彼のくちづけが続くよう熱望している。われ知らず声をもらし、この信じがたい喜びの源にいっそう身をすり寄せようと爪先立ちになる。

ヘイズは両手でミネットの背中を撫《な》でおろしてヒップの下をとらえ、体を二つに折りたくなるほどの切実な欲求にかられた。「ああ、だめだ。まずい」唇を重ねたままうめくように言う。「ミネット、もう……やめなくては。いますぐに」

「ええ」ミネットはいっそう唇を押しあてた。

「ミネット……」

彼女の唇が開いた。

「ああ、ちくしょう……」ヘイズは彼女の体を持ちあげてうめいた。肩が痛いが、それ以上に別のところがずきずきする。ミネットの後頭部に手をやり、彼は唇の中に深く舌を差しいれた。

ミネットは深くて荒々しい喜びに翻弄され、気絶してしまうのではないかと思った。もうこの世に何もない。ヘイズとこの部屋の静寂、そして耐えがたいほど高まっていく強い緊張感しかない……。

と、突然ガラスが床に落ちて割れる音がした。

ヘイズは顔をあげた。アンディが喉のひだを垂らし、机の上で立っていた。長い尾を使ってカップを床に叩《たた》き落としたのだ。いままたその尾をふり、鉛筆がぎっしりささった別のカップを倒す。

「アンディが雄だというのは確かなの？」ミネットが巨大な爬虫類を見ながらかすれ声で言った。まだ体はヘイズの体に密着しており、心臓の鼓動にあわせてその体までもが脈打っている。

「いや、それはわからない……」ヘイズは認めざるを得なかった。体が彼女を手近なベッドに引きずりこめとせきたてている状態では、息をするのもしゃべるのもたいへんだ。「アンディを買った店のオーナーは検査して去勢ずみだと言っていた、間違いなく雄だとね。それで、ぼくはアンディと名づけたんだよ」

ミネットは彼の顔を見あげた。「その店主、嘘《うそ》をついたんじゃないかしら」

ヘイズは巨大なとかげに視線を向けた。「アンディ？」

アンディは尾でヘイズの父親の写真がおさまった写真立てを倒した。

ヘイズはゆっくりと、少しずつミネットを放した。アンディの喉がもとどおりになり、姿勢が変わった。攻撃的な態度を引っこめ、ただヘイズを見ている。

ヘイズはミネットの顔を見た。「これは厄介なことになりそうだな」

「そう？」

ヘイズはうなずいた。目は彼女の口もとに向けられている。「だって、ぼくはキスをやめるつもりはないんだから」

ミネットはうっとりとほほえんだ。「よかった。あなたとキスするのは大好きよ」

ヘイズはまたうなずいてにっこりした。「病みつきになりそうだよ」

「アンディ用のサラダの作りかたを覚えなくちゃ。わたしに慣れてもらうためにね」

「最後の手段として改めて獣医に調べてもらい、もし雌だったらボーイフレンドをあてがってやろう」

ミネットはくすりと笑った。「最後の手段ね」

ヘイズは再び顔を彼女に寄せた。「もう一度試してみよう」

ミネットは唇を開き、抑えきれない飢餓感にかられてキスにこたえた。ヘイズは極上の味がした。唇はかたく、柔らかく、とても巧みだ。こんなキスをどこで覚えたのか知りたくもない。彼が自分を求めていることを知っていればそれで充分だ。わたしも彼がほしい。体が彼にそう伝えている。

ばしっ！

二人は机のほうを見た。電話の受話器がはずれてころがっていた。アンディの喉がまた垂れさがっている。

「別の部屋に行って鍵をかけるか、さもなければ今回はもうあきらめるしかないな」ヘイズは長々とため息をついた。「たぶん、あきらめたほうがいいんだろう。ぼくの体はまだ次に起きることに耐えられるような状態ではないだろうし」

ミネットはまた笑った。どっちみち結婚を前提とした真剣なつきあいにならないかぎり、そこまで行くつもりはない、ということは言いたくなかった。自分にそうした旧弊なこだわりがあることは、もう彼にもわかっているはずだ。が、禁欲期間を長く続けてきた男性には油断ならない面もある。そしてミネットの知るかぎりでは、ヘイズは長いこと特定の女性はいないはずだった。郡の保安官ともなると、詮索好きな人々に女性関係を隠すのはなかなか難しいのだ。

ヘイズはのろのろとミネットを放した。ミネットも彼から離れ、アンディに注意を向けた。

アンディは落ち着きを取りもどし、〝彼の人間〟がやたらに髪の長い奇妙な生き物と交流するのをじっと観察した。

「アンディ」ヘイズが深いため息をついて言った。「おまえは悪い子だぞ」

アンディはじっとヘイズを見つめるだけだ。

「爬虫類に道理を説いて聞かせるのは不可能だな」ヘイズはつぶやいた。「ここは彼の家で、あなたは彼の人間なのよ」ミネットが指摘した。「というか、〝彼女の人間〟なのかもね」

「嫉妬深いイグアナだ」ヘイズは笑いながら言った。「まったく驚いたよ」

ミネットは彼の顔を見あげた。「それでも、わたしはこの危険な爬虫類が好きだわ。彼女だろうが、彼だろうが、とにかくきれいだし」

「ありがとう」ヘイズは机に近づき、アンディの耳の後ろから背中のたてがみ状のうろこに沿って、そっと撫でてやった。尻尾の先のほうに生えているうろこは、かみそりの刃のように鋭い。「よしよし、今日のところはおまえの思いどおりにしてやるよ。しかし、おまえがこの尻尾で叩いて散らかしたものはおまえ自身に片づけてもらいたいね」

アンディは首をもたげた。

「無理だろうな」ヘイズは身を乗りだし、はずれた受話器をフックに戻そうとしてあるものに気づいた。電話機の本体に小さな引っかき傷があるのだ。ヘイズはミネットに向かい、人さし指を口に当ててみせた。そして机の引き出しから奇妙な小さい道具を取りだして、電話機を分解した。中のワイヤーに見慣れないものが取りつけられていた。ヘイズは口をとがらせ、それを取りはずして電話機をもとどおりにすると、笑いながらその装置を床に落として、力任せに踏みつぶした。

「いまので、おまえの鼓膜が破れたらいい気味だ」拾いあげた小さな破片に向かってつぶやいてから、はっとする。「ちくしょう、しまった！　壊さずにうちの捜査員に渡せばよかった」

「ほんとに短気なんだから」ミネットは人さし指を彼に向けてくねらせながら言った。「しかも、いま悪態をついたわね。頭に血がのぼっているわよ、ヘイズ」

ヘイズは彼女に目をやって顔をしかめた。「ああ、そうみたいだな」

ミネットは彼に近づいた。「仕掛けさせたのはエル・ラドロンかしら？」

「わからない。とにかくもう出よう」ヘイズはもう一度アンディを撫でた。「行儀よくするんだぞ。それにもし招かれもせずに入ってくるやつがいたら、食い殺してやれ。いいな？」

アンディはぱちぱちとまばたきした。

「攻撃用のイグアナ？」ミネットは言った。

「悪くはないだろう？　見た目は怖いし」

アンディを見て彼女はほほえんだ。「わたしはきれいだと思うわ」

ふいにアンディが喉のひだを広げ、目をぎらつかせながら頭を上下にふった。

「ほら！」ヘイズが言った。

「でも、威嚇しているようには見えないわ。さわっても大丈夫かしら？」

「どうかな……」

「さわってみてもいい？」ミネットは本心からこの

イグアナと仲よくなりたかった。

「いいけど、気をつけろよ。尻尾は鞭《むち》みたいで、へたをすると手が切れる」

「わかったわ」彼女はアンディに近づいた。「いい子ね」あやすように話しかける。「ほんとうにきれいだわ」

アンディはまだ目をぎらつかせている。

ゆっくりと少しずつ、ミネットは手をイグアナの頭に近づけていった。アンディはじっと見ている。背中のほうに手を伸ばしかけたとき、ふいにアンディが背をそらし、尻尾をあげて彼女をにらんだ。

「さがって」ヘイズが言った。

ミネットはすぐにさがった。威嚇のポーズは見ればわかる。

「まだ時期尚早だな」ヘイズが言った。

ヘイズはアンディが落ち着くのを待ってから、棚のあたたかな岩の上に移してやった。アンディはさっそくくつろいで腹ばいになった。

ミネットは声をあげて笑った。「見て。もうご機嫌になったわ」

ヘイズはにっこりした。「気分屋なんだよ。でも、きみとはまずまずのすべりだしだったな」

「今後も努力を続けるわ」

ヘイズは彼女の手を取り、指をからみあわせた。

「きっと慣れるよ」

「ええ」

二人は玄関を出て施錠した。ミネットはヘイズが見つけた盗聴器のことが心配だった。

「盗聴の件、誰かに電話すべきだわ」車を出しながら彼女は言った。

「そうだな。帰ったらそうしよう」

その言葉で胸の中があたたかくなった。彼女の家に〝帰ったら〟と言ってくれたのが嬉しくて、ミネットはひとりひそかに微笑した。

だがヘイズに目をやると、今度は別のことが心配になった。「ヘイズ……わたしの父親が悪名高い麻薬王でも、気にならない？」

ミネットは左手で運転しており、右手は助手席とのあいだに置かれていた。ヘイズはその手を取って指をからめた。

「子どもは親を選べないんだ」彼は言った。「きみの父親は、ぼくの弟を死なせた麻薬を供給していた。だが、ボビーを殺す意図があってそうしていたわけではない。法律上は意図がすべてなんだ。彼の生計の立てかたは感心しない。中毒性のあるものを世間に流布させるのは決していいことではないからだ。だが、彼がボビーの頭に銃を突きつけて無理やり過剰摂取させたわけではないんだ」長いため息をつく。「きみが言っていた罪悪感について、ぼくはじっくり考えてみた。そして、きみの言うとおりだと思った。飛行機事故や列車の転覆事故でたったひとりの生存者になったようなもので、ほかの人が大勢死んだ場合には生きていることに罪悪感を覚えてしまうんだな。しかし、われわれの身に起きることには必ず神の思惑がからんでいて、どんな悪いことにもその背後に目的があるのではないかと思うんだ」

「わたしの考えがうつったのかしら」

ヘイズはくすりと笑った。「そうとも限らないな。親父《おやじ》が信心深くてね。子どものころには日曜ごとに教会に連れていかれた。十代になると行きたくなくなり、親父も無理強いしなかった。だけど、その経験がぼくの土台にあるんだ。人生で何かにつまずいたり、いやなことが起きたりしたときにも、そういう根本的な信念にしがみついて、日々の災厄を切りぬけているのさ」

ミネットがうなずくと、彼はさらに言葉を重ねた。「実のところ、きみもぼくも人間の最悪の部分が見えてしまう仕事についている。だが、そうした闇の中にさえ柔らかな明かりがともっているんだ」

「そうね」ミネットは小さく吐息をもらした。「ただこの社会の冷たさ、卑しさ、人への敬意のなさはほんとうにいやだわ」

「いまの学校では心の教育がおろそかになってるからね」ヘイズは言った。「情報の氾濫も問題なんじゃないかな。いまじゃテレビ番組もまともに見られない。番組の最中にも次の番組の宣伝が割りこんできて、見たいものに集中できない。そのうち世界じゅうの人間が注意欠陥障害になって、これはどうしたことかとみんなで不思議がるはめになるぞ！」

「そうね。わたしも携帯メールをつい利用しちゃうわ。運転しているときはやらないけど」ミネットは言った。「運転しながらメールを打つなんて危険きわまりないわ。ただ、サラおばさんに帰りが遅くなるとか、寄るところができたとか知らせるにはメールのほうが便利なの。いつも電話に出られるとは限らないけど、メールはこまめにチェックしてくれるから」

「おいおい、世の中にはボイスメールというものもあるんだよ」ヘイズがおどけて言った。

ミネットはしかめっつらをした。「セットアップの仕方がわからないから、わたしは文字メール専門なのよ」

「ぼくが教えてあげるよ」

ミネットはにっこりした。「それじゃ、よろしく」

ヘイズは笑いながら彼女の手をぎゅっと握った。


感謝祭はにぎやかなイベントだ。子どもたちは学校が休みなので、サラとミネットは料理をしながらテレビでクリスマスのパレードを見た。

「わたし、このパレードを見るのは初めてなのよ」エプロン姿で手にスプーンを持ち、ミネットはドア口に立って言った。「感謝祭のパレードの時間にはいつも料理をしてるから。ロケッツのダンスはまだかしら？」

「あいにく十分前に終わってしまったよ」ヘイズが笑顔で言った。彼は膝に子どもたちを抱いて大きな肘掛け椅子に腰をおろしている。片方の膝にシェーン、もう片方にジュリーをのせ、宝くじに当たったかのように嬉しそうだ。

ミネットは彼らに優しく笑いかけた。わたしの家族、と心につぶやく。わたしの弟と妹、それに……。ヘイズが自分のなんなのかわからない。でも、彼もこの家族の一員だわ。それだけは確かだ。

「なんの料理を作ってるんだい？」

「いろいろよ」ミネットはくすりと笑った。「わたしはもう料理に戻ったほうがよさそうだわ。スイートポテトのキャセロールがオーブンの中で焦げてしまう前にね」

「ここにいるみんなが感謝しているよ」ヘイズは言った。「だけど、ぼくが何も貢献してないと非難しないでくれよ。ただ立って待っているだけの者でも役には立っているんだって、ことわざにあるだろう？　まあ、ぼくの場合は座って待っているんだけどね」真っ白な歯を見せて笑う。

ミネットは彼の姿に見とれた。ジーンズにブーツに赤いチェックのフランネルのシャツ。そんな格好でもヘイズは優雅だ。

ミネット自身もジーンズ姿で、赤いプルオーバーのシャツにはトナカイが太りすぎたサンタクロースを屋根の上に押しあげようとしている絵が描かれている。だがその絵は、いまはひいらぎとやどりぎの絵のエプロンの下に隠れている。

「ええ、あなたが貢献してないとは言わないわ。でも、サンタクロースが出てきたら教えてね。見逃したくないから！」

「絶対知らせるわ、ミネット」ジュリーが言った。

「神に誓って」十字を切ってにっこりする。

ミネットは笑いながらキッチンに戻った。

間もなくお呼びがかかった。

「サンタよ！」ジュリーがドア口から叫んだ。「サンタがテレビに出てるわ！」

「いま行くわ」ミネットは答えた。七面鳥をスライスするのに使っていたナイフを置き、その七面鳥にアルミホイルをかぶせて居間に急ぐ。

「ほら、サンタだ！」シェーンが声を張りあげ、ジュリーと並んでテレビの前の床に座りこんだ。画面に近いけれど、テレビは黒いオーディオラックの上にあるので近すぎはしない。

ミネットは手をペーパータオルで拭きながら笑った。「サンタはパレードのスターよね」

「きみは今朝から立ちっぱなしだ」ヘイズがにこやかに言った。「ちょっと腰をおろしたほうがいいよ、ハニー」

〝ハニー〟という言葉の響きをかみしめているあいだにミネットは手を引っぱられ、彼の膝にすとんと腰をおろしていた。ヘイズは眉根を寄せた。肩がまだ痛むのだ。ミネットの体をちょっとずらし、痛くないほうの肩に寄りかからせる。ミネットは彼の顎に頭をこすりつけるようにしてテレビを見た。体が熱くなって、うずうずする。

ヘイズは自由がきくほうの腕に力をこめ、深々と息を吸いこんだ。「きみは七面鳥とクランベリーソースのにおいがする。ぼくにかじられないよう気をつけろよ。ぼくは空腹なんだ」

子どもたちは食べ物のことなのだと思って無邪気に笑った。が、ミネットは彼の目を見あげて、その意味を悟った。ヘイズは片手を彼女の体にそっとすべらせた。胸のふくらみのすぐ外側を手がかすめ、ミネットはその刺激的な感触に思わず彼に身を寄せた。もっと触れてとそそのかすように……。

「ミネット、この七面鳥をお皿に並べておきましょうか？」サラおばさんがキッチンから言った。

ミネットははっとしてヘイズの膝の上で背筋を伸ばした。キッチンのほうに目をやるが、サラの姿は見えない。「いいえ、わたしがやるわ。すぐに行きます」

サラはドアの向こうから顔をのぞかせ、はっと息をのむと笑いだした。「ごめんなさいね」笑いながらまたキッチンに引っこむ。

「見られちゃったな」ヘイズがミネットの耳もとでささやき、その耳にキスした。

ミネットははにかんだ微笑をうかべた。「そのようね」ため息をつき、ハンサムな顔を見る。「もう行かなくちゃ」

ヘイズは首をふった。「つまらないな」

「ほんとうに？」

「ほんとうに」

ミネットはまたため息をつき、笑みをうかべた。「もう行かなくちゃ」そう繰りかえす。

「それは聞いたよ」彼は首をかしげた。「じゃ、気をつけて行っておいで」

ミネットはふきだし、彼の膝からおりた。彼はまだ笑っている。

「あれ、ミネット、顔が真っ赤よ！　熱があるんじゃない？」ジュリーがだしぬけに言った。

ミネットは咳払《せきばら》いした。「キッチンが暑かったせいよ」

「なんだ、そっか。見て、サンタのトナカイ！」ジュリーは声を張りあげた。「ねえミネット、サンタのおうちには本物のトナカイがいるの？」

「もちろんよ、スイートハート」ミネットは優しく答えた。

「そのトナカイたちは、お空を飛べるの？」

「そう言われているわ」

「幼稚園でいっしょの男の子はサンタなんかいないって言うの。全部嘘っぱちだって」

ミネットは床に片膝をついた。「それじゃ、その子に言ってあげなさい。うちにはサンタが来て、クリスマスの朝にはたくさんプレゼントが置かれているんだって」

ジュリーは顔を輝かせた。「わかった！」

ミネットは立ちあがり、しかめっつらでヘイズをちらりと見た。「自分の意見を人に押しつけずにいられない人たちにはうんざりだわ」

「まったくだ」

「七面鳥を切ってしまわなくちゃ」彼女の声が暗くなった。

「ナイフに気をつけるんだよ」ヘイズは言った。

ミネットは眉をひそめた。「やり場のないいらだちを吐きだすだけだわ。七面鳥はもう死んでいるんだし」

「わかってるさ」彼はおかしそうに言った。「きみが手を切らないよう注意しろと言ってるんだ。きみに怪我《けが》してほしくないから」

その言葉でミネットは体がとろけそうになった。

「そうなの？」

「もちろんだよ。なんて質問だ！」

ミネットはゆったりとほほえんだ。「気をつけるわ」

「そうしてくれ」

体じゅうをほてらせ、彼女はキッチンに戻った。

10

食事はおいしかった。ミネットは料理の出来を誇らしく思った。祝日の料理は特別であり、何世代も前から家に伝わるものを再現しようと一生懸命がんばったのだ。曾祖母の料理の本があるし、曾祖母の母親の代からのレシピもいくつかあった。

大おばのサラにも何も見ずに作れるものがあり、ミネットに作りかたを教えこんでいた。総じて今年の感謝祭の料理はミネットがこれまで作った中でも最高の出来と言えた。彼女は子どもたちやヘイズがもりもり食べるのを幸せな気分で見守った。

「このドレッシングは変わっているね」ヘイズが言った。「ぼくはいつも箱のやつを買って、指示どおりに作るだけなんだ。臓物《ジブレット》グレービーに至っては問題外さ。きみはきっと缶詰も買わないんだろうな」

「そうね。でも、内臓は七面鳥には必須だわ。料理もせずに捨ててしまう人が多いけどね」

「それにこのロールパン」ヘイズはバターロールを見て続けた。「本物のバターを使った自家製ロールだ。〈バーバラズ・カフェ〉以外の場所では見たこともないよ。いつも余分に買って、うちで冷凍しているんだ」

「ロールパンならいつでも作ってあげるわ」ミネットは気をよくして言った。「パン作りは好きなの」

「ぼくは七面鳥が好き」シェーンがにっこり笑って言った。

「わたしも！」ジュリーも言った。

ミネットは微笑した。サンドイッチの具にする場合は別として、彼女自身はそれほど七面鳥が好きではなかった。自分の皿に小さなひと切れを取っただけだ。肉よりも野菜のほうがずっと好きなのだ。

「あまり食べないんだね」ヘイズが静かに言った。

ミネットはため息をついた。「長時間料理をすると、それだけで食欲が満たされちゃうのよ」

「なるほど」

ミネットは彼と見つめあい、体がうずきだすのを感じた。

サラおばさんがくすりと笑った。

二人は慌てて目をそらし、皿の料理に熱中するふりをした。

ミネットはスイートポテトの最後のひと口を食べおえた。「ヘイズ、あなたが見つけた盗聴器《バグ》のこと、ほんとうに誰かに話さなきゃだめよ」

「虫《バグ》を見つけたの？　ぼくにも見せてくれる？」シェーンが言った。彼は大の昆虫好きなのだ。ミネットは虫が出てくる絵本を何冊か買い与えていた。

「そのバグではないのよ、シェーン」彼女は優しく言った。

「電子機器のバグなんだ」ヘイズが言葉を添えた。「いつか詳しく説明してあげるよ。それでいいかな？」

「うん、わかった」

サラは顔を曇らせた。「あなたの家で盗聴器が見つかったの？」心配そうに言う。

「そうなんだ」ヘイズは答えた。「食事がすんだらザックに電話してみる」

「どうせならザックを食事によんであげればよかったわね」ミネットが言った。「彼は独り者だし」

「バーバラがザックのところに手料理を持っていってるよ。彼女、ザックを甘やかす必要があると思ってるんだ」

「優しいのね。バーバラは料理もじょうずだわ」ミネットは眉根を寄せた。「彼女は義理の娘のお父さんと結婚するのかしら？」

ヘイズはかぶりをふった。「キャサウェイ将軍のことは好きだけど、亡くなったご主人にまさる男性はいないと言っていたよ。それに父親が悪名高い人物だったとわかった人間は、きみひとりじゃない――バーバラの養子、リックはエミリオ・マチャドの息子だったんだ。マチャドはいまでこそ南米のバレラの大統領だが、かつては国境を越えての誘拐事件に関与していたんだ」

「忘れていたわ」ミネットは言った。「自分の親のことでも、じつはよくわかってなかったりするのよね」

「そのとおり」

ヘイズはパンプキンパイをたいらげ、吐息をもらした。「ああ、ほんとうにうまかったよ、ハニー」

ミネットは目をきらめかせ、頬を染めた。ヘイズは自分が〝ハニー〟と呼びかけたことに気づいてもいないようだが、これはなかなか興味深いことだ。彼は誰に対してもそういう愛情のこもった呼びかけをまったくしない男だったから。

「お口にあってよかったわ」ミネットは答えた。

「あまり長くここにいると、ダイエットが必要になってしまうな。こんなにおいしい食事は生まれて初めてだったよ。ぼくの母親でさえ、これほどうまくは作れなかった」

「おじょうずね」

ヘイズは首をふった。「ぼくはお世辞なんか言わない。ほんとうに思ったことしか言わないんだ。それが常にいいことだとは限らないけどね」笑いながら締めくくる。

「あら、わたしは正直なほうが好きだわ。長い目で見れば、真実が常に一番いいのよ」

「同感だ」

「ほんとうにおいしかったわよ、スイートハート」

サラが言った。

「おばさんも手伝ってくれたわ。ご自分のこともほめなくちゃ。おばさんがいなかったら、このうちはやっていけないんだから」

サラは嬉《うれ》しそうに顔を上気させた。「からかわないでよ」

「からかってるんじゃないわ」ミネットは微笑した。

サラは立ちあがり、テーブルをまわりこんでミネットを抱きしめた。「わたしだって、あなたなしでは何もできなかったわ」そう言ってから咳払《せきばら》いする。「さあ、二人で泣きだしてヘイズを困らせる前に、お皿をさげてしまいましょう」

「ぼくはめったに困らない人間なんだ」ヘイズが笑顔で安心させるように言った。

サラは笑いながら皿を集め、キッチンに向かった。

「ねえ、いっしょにアニメ映画を見ない？」シェーンがヘイズに言った。

「もうドラゴンのアニメはやめておきなさい」ミネットがうめくように言った。

「ドラゴンのアニメがどうしていけないんだい？」ヘイズが言った。「ぼくは大好きだよ」

「ぼくも！」シェーンが叫んだ。「それじゃ、いいよね、ヘイズ？　ねえ、いいでしょ？」

「お願い、ヘイズ」ジュリーが大きな青い目でヘイズを見あげた。

ヘイズはミネットを見た。「この子たちに果たしてノーと言えるかな？」

ミネットは片手をさっとふった。「行きなさい」

「それじゃ、取ってくるね、ヘイズ！」シェーンが叫んで部屋を飛びだした。

「アニメを見る前に、お願いだからザックに電話して」ミネットは静かに言った。

ヘイズは彼女の心配そうな目を見てうなずいた。

「そうしよう」

彼は居間に移り、自分の席と決めている安楽椅子に腰をおろして携帯電話を取りだした。

「ザック、いまいいかな?」

ザックはこほんと咳をした。「ひとりで冷たい七面鳥を食べていたんだ。いいに決まってるよ」

「冷たい七面鳥? なぜだ?」

「あたためようとスイッチを入れたとたん、電子レンジがぶっ壊れたんだ」そうぼやく。

「ガスコンロがあるだろう?」

「この貸家に備えつけのがね。しかし、ガスコンロは実際に使うときの手順を指示してくれない!」

「やれやれだな」

ミネットがドア口から顔をのぞかせた。「どうかしたの?」小声で聞く。

「電子レンジが壊れて、ザックは冷たい七面鳥を食べているんだと」

ミネットはヘイズのそばに行き、電話をかわるように片手を差しだした。「ザック? ミネットよ。これからうちにいらっしゃい。ヘイズがあなたに話があるし、うちのキッチンにはあたたかい食べ物が山ほどあって全部は取っておけないのよ」

「ほんとうにいいのかい?」ザックが驚いて言った。

「もちろんよ」

「嬉しいな。ありがとう。バーバラが持ってきてくれた料理は冷蔵庫に入れて、明日新しい電子レンジを買うよ。もっとも感謝祭の日に電器店があいている望みは薄いだろうけど」

「それじゃ、待ってますね」ミネットはそう言って携帯電話をヘイズに返した。

「話はあってからにしよう。ミネットの料理は最高だぞ。たいへんなごちそうが待ってるからな」

「ありがたいね。彼女は女神だな」

「ああ、だが彼女は売約ずみだから、へたな希望を持つなよ」ヘイズはきつい口調で即座に言った。

　ミネットは目をまるくして彼を見つめた。彼女を見かえすヘイズの目にはあたたかな好意と何か別のもの——独占欲に似たものがあふれていた。

「え？　なんだって？　ああ」ヘイズはくすりと笑った。「わかったよ、女嫌いめ。それじゃ待ってる」

「彼、なんて言ったの？」ミネットは尋ねた。

　ヘイズはにやっとした。「あいつは女が嫌いなんだそうだ」

　ミネットは驚いた。「わたしは嫌われてるような気がしないけど」

「ああ、ほんとうは女という生き物を嫌っているわけではないんだ」ヘイズは首をふりながら続けた。「昔つきあった女に痛い目にあわされただけなんだろうよ」

「かわいそうに。あんなにいい人なのに」

「ぼくもなぜ誰ともつきあわないのか不思議に思ってたんだが、最近じゃ、そういう話を突っこんで聞けないだろう？」ヘイズは身を乗りだした。「道徳的に正しくないってことで」

　ミネットは渋い顔をした。「ああ、最近やたらにそういう言いかたをするけど、もういい加減うんざりだわ」

「しょうがないさ。そういう時代に生きているんだから」ヘイズはため息まじりに言った。

「わたしは紙面で誰かの気持ちを傷つけることのないようずっと気をつけてきたわ。この町では大勢の人が近すぎる距離で暮らして、お互いの私生活に首を突っこまずにはいられないから」

「その問題の唯一の改善策は、悲惨で、道徳的に正しくないものになるだろうな」皮肉っぽい口調だ。

　ミネットはヘイズをにらんだ。

　彼は低く笑った。「ごめん」

　ミネットは鼻に皺《しわ》を寄せてほほえんだ。「あなたはいい保安官だわ。相手が誰であれ、あなたが道徳的に正しくない態度をとるなんて想像できない。だって悪い言葉も使わないもの。ほとんどね」

「努力してるんだよ」

ミネットは吐息をもらした。彼を見ているのが好きだった。彼も慕わしげな目で見つめかえしてくる。二人で見つめあっていると、シェーンがＤＶＤを持って部屋に飛びこんできた。

「ヘイズ？」彼のジーンズを引っぱって呼びかける。「ドラゴンのアニメを持ってきたよ」

ヘイズはわれに返り、目をしばたたいて微笑した。「ああ、ドラゴンのアニメね。いまセットしてあげよう」

「だめよ」ミネットは彼をそっと椅子に押し戻した。「あなたはまだ完全な体じゃないんだから、わたしがやるわ」

そう言うと、ミネットはＤＶＤをプレーヤーに入れた。「はい、どうぞ。わたしはザックに出す料理を用意してくるわ。でも、彼が盗聴器の件でなんて言うかはわたしも聞きたいの」

「たとえきみが詮索好きな新聞記者でも、ぼくが秘密を作るわけはないだろう？」ヘイズはたいへんなほめ言葉を口にするような調子で言った。

ミネットは顔を赤らめた。「ええ、そのほうがいいわ」

「ああ、もう決して秘密は作らない。約束する」彼は胸に十字を切った。それも二度。

ミネットはため息をついてキッチンに戻った。

ザックは到着したときにはまだいらだっていた。黒い髪に黒い目、なめらかなオリーブ色の肌を持つハンサムな男で、体形もヘイズと同じくしなやかだがたくましく、ロデオライダーらしい体つきだ。手も足も鼻も大きいが、それがかえって彼をより魅力的に見せている。

「こっちよ、ザック」ミネットはキッチンのドア口から声をかけた。山盛りになった皿にフォークを添え、熱いブラックコーヒーのマグカップといっしょにザックに渡す。「お砂糖やクリームはなしでいいのよね？」

ザックはたちまち機嫌を直し、笑いながら答えた。

「ああ、ブラックでいいんだ。ありがとう」

「でも、ただじゃないのよ」ミネットはすまなそうに言った。「食べるあいだ、あなたもドラゴンのアニメにつきあわなくちゃならないの」

ザックは目を見開いた。「え、なんだって？」

ミネットはザックを居間に案内し、ソファーを勧めた。彼はそばの大きなコーヒーテーブルにマグカップと皿を置き、腰をおろした。テレビ画面には鮮やかなアニメ映画の映像が流れていた。子どもたちがカーペットを敷いた床に腹ばいになって見入っている。

ヘイズが二杯めのコーヒーを飲みながら笑いかけた。「悪いな。彼らのお気に入りの映画でね」

ザックは笑いかえした。「構わないよ。カルト映画の『アタック・オブ・ザ・キラー・トマト』でも辛抱できたんだ。たぶん大丈夫だろう」

ヘイズはミネットにちらりと目をやり、ウィンクした。彼女は顔を赤らめ、笑いながらキッチンに戻った。

ザックは退屈するどころかすっかり映画に引きこまれ、終わったときには声をあげて笑った。

「いやあ、なかなかよかったな」

「だからアニメ映画は子どもだけのものじゃないって言っただろう？」

ミネットがキッチンから出てきて、ザックの皿がからになっているのを見ると手に取った。「おかわりはいかが？」

「いや、もうコーヒーだけで充分だ。こっちからもらいに行くよ。ヘイズ、コーヒーのおかわりは？」ヘイズはからのカップを差しだした。「ありがとう」

ザックはキッチンに向かった。ミネットは彼の歩きかたを興味津々といったおももちで見つめた。

「どうかしたかい？」ザックが立ちどまって尋ねた。

ミネットはかぶりをふり、おずおずとほほえんだ。

「あなたが歩くのを見て、ある人を思いだしただけ」

ザックは眉をあげ、無言で問いかけている。

「キャッシュ・グリヤよ」ミネットは言った。「何度か話をしたことがあるだけで、よくは知らないんだけど、彼が町を歩いている姿を見たことがあるの。とても不思議な動きかたをしてたわ。うまく説明できないけど」

「なぜだか知りたいかい？」ザックは尋ねた。

ミネットはうなずいた。

「それはハンターが森の中を移動するときの歩きかたなんだ。すべるように忍びやかに、不規則な動きをする。ほら、動物はリズミカルな音を警戒するんだよ。そういう歩きかたをするのは人間だけだからね。それでハンターは獲物を警戒させないよう、わざと不規則な動きかたをするんだ」ザックは笑顔で言った。

ミネットは彼をじっと見た。「ハンター？　あなた、鹿を狩るの？」

ザックは口をとがらせた。「鹿も一、二度、狩ったことがある」

それきり黙りこんだけれど、ミネットにはザックの言った意味がわかった。キャッシュ・グリヤは謎に包まれた過去のどこかで狙撃手だったことがあった。ザックもかつて軍にいた。ミネットは彼の顔をしげしげと見た。

「ああ、その目」彼女はやんわりと言った。「わたし、その目を知ってるわ」

「どんな目だい？」

「何かに取りつかれたような目よ」

口もとのかすかな微笑だけを残し、ザックが表情を閉ざした。「戦闘を知る男たちに共通のものだ」

「ええ」

「その技能の副作用だ」

「悲しい副作用ね」

ザックは躊躇《ちゅうちょ》した。そしてうなずいた。それからまた花が閉じるように心を閉ざした。「コーヒーポットはどこかな？」

「キッチンのカウンターにあるわ」ミネットは笑いながら続けた。「新しくいれなおしたばかりよ」

「うまいコーヒーだ」

「カフェラテをいれてあげようと思ったんだけど、ポッドが切れてたの」

「ぼくはしゃれたコーヒーを飲みたがるタイプじゃないって言わなかったっけ？　眠くならない程度に強いコーヒーならなんでもいいんだよ」

「毎晩遅いの？」

ザックは眉間に皺を寄せた。「うん。ヘイローっていうゲームの新作が出たばかりでね。もうへとへとなんだが、まだクリアできないんだ」

ミネットは笑いだした。「あなたってゲーマーだったのね」首をふりながら言う。

「酒もたばこもギャンブルもやらないんだよ」ザックは言った。「この程度の悪癖は許されるだろうし、だいいちゲームは違法じゃない」

「そうなんでしょうね」

ザックは笑い声をあげた。

だが、ヘイズといっしょにミネットの仕事部屋で彼の電話機から見つかった盗聴器について話しあったときには、もうザックも笑ってはいなかった。

「精巧な装置だったようだね」ヘイズの説明を聞いて彼は言った。「実物を見られないのは残念だな」

「すまない。頭にきて踏みつぶしてしまったんだ」

「たぶん、それひとつじゃないな。お宅に行って徹底的に捜索してみよう。それにここも調べたほうがいい」ザックはあたりを見まわして言った。

ヘイズはうめいた。「プライバシーはもうこの世からなくなってしまったのか?」

「ああ」ザックは短く答えた。「われわれはまがいものの安全と引きかえにプライバシーを手放してしまったんだ。うまい言葉があるじゃないか。〝すべてを守ると何も守れない〟って」

「誰の言葉だ?」ヘイズは興味をそそられた。

「ハリケーン・カトリーナで大きな被害が出たあとの『ウォールストリート・ジャーナル』に、ホルマン・ジェンキンズ・ジュニアが書いてたよ。頭のいい男だ」

「たとえすべてを守りたくても、われわれにはそれだけの資力がない」

「それでも、あちこちに市民を監視する防犯カメラを設置したり、情報にアクセスする人間を法で規制したり、個人の銀行口座をのぞき見る権利を政府に認めたりする余裕はあるわけだ!」ザックはよどみなく言った。

ヘイズは片手をあげた。「われわれは法につかえる役人だぞ」

「確かに。しかし、この国は他人に権利を侵害されないよう、誰もが互いに監視しあう被害妄想国家になりつつある。その一方でプライバシーと独立性をどんどん失っていくんだ!」

「その点に反論はできないな。しかし、ぼくの郡でスパイ行為は認められない。ぼくたちを監視しているやつが何者なのかを早いところ突きとめたいね」

「同感だよ。今日の午後、ここに盗聴器発見器を持ちこもう。その前に、まずボスの家を隅から隅までそいつで調べてくるよ」

「家だけでなく、外の納屋なんかも調べてもらいたいね」

「ああ、そのつもりだよ」

ヘイズは深々と息をついた。「せめて二年以内には仕事に復帰できるといいんだが」

ザックは笑った。「コパーがもっと早く復帰させてくれるよ」

「そうだといいが。元気にはなってるんだ。ただ、ものを持ちあげられない」

「暴動鎮圧用のショットガンもね」ザックが言葉を添えた。「だったら百パーセントもとどおりになるまで、現場に出るのは控えないと。それに現場に復帰してからも、援護なしにむちゃをするのはやめるべきだ」

ヘイズは仏頂づらになった。「クラッカーとミルク！」

「悪態をついても現実は変わらないよ」

「少しはうさ晴らしになる」

ザックは声をあげて笑った。「まあ、ボスがそう言うなら。それじゃ、またあとで来るよ」

ザックはヘイズに手をふり、廊下を歩いていった。

「おいしい食事をごちそうさま、ミネット。それにコーヒーも」

「あら、自家製のパンプキンパイがあるのよ。ホイップクリームを添えて、いま持っていこうと思ったのに」ミネットは言った。

「また来るよ。この家に盗聴器が仕掛けられてないか調べにね」

「盗聴器？」ミネットはぞっとしたように周囲を見まわした。「まさかこの家に……」

「やつらが狙っているヘイズはここにいるんだ」ザックはキッチンに入り、声を落とした。「それに、きみも狙われている。きみやヘイズを襲撃する助けとなるような情報がやつらに流れないよう、万全を期さなくては」

ミネットはパイを切るために使っていたナイフをことりと置いた。「わたしの生活は静かで平穏なものだったのに」

「そんなことはないだろう。きみは新聞社をやっているんだから」

「それでも、いまよりは平穏だったわ」

ザックは笑った。「きみには友だちもいる。それにきみの身辺をそれとなく警戒している者もいる。だが、盗聴は許されない。だから盗聴器を捜しだして排除するんだ」

ミネットはまたきょろきょろした。「もしこの会話を聞かれていたら、前もって警告してしまったことになるわ」

「キッチンには盗聴器はまず仕掛けられていないと思うよ」ザックは目に笑いを含ませた。「それにバスルームにもね。だが、ほかのところはかなり怪しい。最近、電気やガスの点検と称して業者がこの家に入らなかったかい？」

ミネットは考えこんだ。「そういうことはなかったわ。あっ、ちょっと待って。電話会社から回線に不具合が見つかったと連絡があって、仕事部屋とわたしの寝室の電話を調べに来たわ」さっと顔が青ざめる。「ああ、どうしよう！」

「すぐにぼくがチェックしに来るよ。それまで固定電話は使わないように。携帯電話にはさわられなかったんだね？」

「ええ。携帯は違う通信会社のだし」

「それなら大丈夫。盗聴されている恐れはないだろう。それじゃ、またすぐに戻ってくるよ」

ザックが帰ると、ミネットは眉をひそめた。他人に、ましてヘイズを殺したがっているような連中に監視や盗聴をされているなんて、考えるのもおぞましかった。自分自身の命までもが危険にさらされていることは考えまいとした。彼女の父親の最悪の敵は、父を苦しめるためなら喜んで彼女を拉致するだろう。

「このわたしが麻薬組織の縄張り争いに巻きこまれるなんて」ミネットは声に出してつぶやいた。

「なあに、またひとりごと？」勝手口からキッチンに入ってきたサラが言った。からにしてきたキッチンのごみバケツの内側に新しい袋をセットしはじめる。

「わたしのひとりごとは、いつものことだわ」ミネットは笑いながら言った。「父親のことを考えていたの。実の父親と、彼の敵のことを」

サラはかがんだ姿勢から体を起こした。「その件はほんとうに残念だわ。わたしが知っていたら話してあげたのに」

ミネットは大おばをぎゅっと抱きしめた。「わかってるわ」ため息まじりに続ける。「自分の身が心配なわけではないの。ヘイズのことが心配なのよ。彼はすでに一度殺されそうになっている。遅かれ早かれ、エル・ラドロンは自分の雇った殺し屋がじつは父の配下だと気がつくわ。もし別のすご腕を雇ったらどうするの？　もし――」

「もし明日が永久に来なかったらどうするの？」サラはさえぎった。「〝もし……たら〟と考えていたら人生を歩いてはいけないわ。人は一日一日、一時間一時間、進んでいくしかないのよ」

「そうかもしれないけど」ミネットは首をふった。

「容易なことじゃないわ」

「人生は容易ではないのよ。ただ一歩一歩、足を前に出して進みつづけるだけだわ」

「そうね」ミネットはサラから離れ、再びパイに向かった。「わたしもヘイズと子どもたちのためにパイを持って廊下を進んでいくわ」

「いい考えだわ。わたしたちの分も切ってね。わたしは冷蔵庫からホイップクリームを出すわ。ザックはどうしたの？」廊下の先の居間をのぞくような格好をしてサラは言った。

「盗聴器捜しのために、いったん帰ったわ。いえ、聞かないで」ミネットは片手をあげた。「あとで全部説明するわ」そしてパイを切りはじめた。

「うーん、うまいな」ヘイズが目を閉じてパイを味わい、嘆声をもらした。

その横でミネットもパイを食べながら、ラプンツェルの新しいアニメ映画を見ていた。楽しい映画だ。

「ありがとう。この映画、面白いわね」

ヘイズはくすりと笑った。「ぼくも気に入ってるんだ。あの馬が好きでね」

「わたしも！」ジュリーが叫んだ。「とってもかわいいわ！」

「かわいいか」ヘイズは目をくるりとまわす。「まあ、結局はかわいいのかもしれないな。いまはヒーローを追っかけているけどね」

「わたしも人を引っぱりあげられるくらい長く髪を伸ばしたいわ。ねえ、伸ばしていいでしょう、ミネット？　お願い」

「ええ、いいわよ」ミネットは答えた。

「やったあ！」ジュリーはまたテレビの画面に集中しはじめた。

ヘイズは興味をそそられてミネットを見た。

「譲れるところは譲れ、よ」ミネットは小声で言った。「どうせ五分もすれば忘れてしまうんだから」

ヘイズはまた笑った。「きみは子育てを芸術の域にまで突きつめているんだな」

「長年の経験がものを言っているだけよ」

「子育てを心から楽しんでいるんだね」

ミネットはうなずいた。シェーンとジュリーに目をやると、二人はテレビの前で映画に見入っている。「この二人はわたしの人生で一番大事なものだわ。この子たちのいない生活なんて想像できない」

「そうだろうね。ぼくは子どもと接する機会がほとんどなかったんだ。ハロウィンには子どもがお菓子をもらいに事務所に来るし、クリスマスには孤児にプレゼントを配るのを手伝う。だが、どんな子ともこれほど仲よくなったことはない」ヘイズも二人の子どもを見つめていた。「この子たちは……ほんとうに面白い。思いもよらない質問をぶつけてくる。〝どうして空は青いの？〟〝なぜほたるは夜に光るの？〟〝月が落ちてこないのはどうして？〟そういう質問をね。おかげで答えを探して始終ｉＰｈｏｎｅを操作しているよ」笑いながら白状する。「ぼくも彼らといっしょに勉強しているわけだ」

ミネットはあたたかな笑みをうかべた。「この子たちも、あなたが好きなのよ」

ヘイズは肩をすくめた。「そばにいるのがなぜか自然な感じがするんだ。こんなのは初めてだよ」

ミネットはその告白が自分の胸にもたらした感情に畏怖の念を抱いた。それが柔らかな表情やあたたかな黒っぽい目に表れていた。

ヘイズは彼女を見つめ、あふれる思いで胸がはちきれそうになった。せつなさのあまり、息もできないほどだ。

ヘイズは片手をミネットの手の上にすべらせ、しっかり握りしめて指をからめた。「過去の数年をやりなおせたらいいのに。きみといっしょに」声がかすれた。

ミネットは彼の目を見た。「過去には戻れないわ。わたしたちは前にしか進めないのよ」

「そう。前にね」ヘイズの指がいつくしむように彼女の指を愛撫《あいぶ》する。「きみといっしょに」

ミネットの心臓が胸から飛びだしそうになり、顔が紅潮した。

ヘイズが彼女の半分開いた唇に目を釘《くぎ》づけにして、わずかに上体を傾けてきた。

ミネットは魅せられたようにじっとしていた。まわりの世界がとけ去り、映画が終わって子どもたちがアニメ番組を探してチャンネルを変えはじめたことにも気づかない。もうヘイズしか見えなかった。少しずつ近づいてくるヘイズの形のいい官能的な唇しか……。

「〝……前市長が不幸にも撃たれたあの恐ろしい事件のあとだから、喜んで市長の責務を引きつぐとのことです。メンデス氏は麻薬取引をなりわいとするファミリーとのつながりが取り沙汰されていますが、本人は取材にこたえて、そのような中傷は候補者をおとしめるための他政党の常套《じょうとう》手段だと言いました。メキシコでは特別選挙はめったにおこなわれません。なぜなら在任中に職務を続けられなくなったり死亡したりした場合に備え、最初から二人の候補者が選ばれるからです。合衆国の麻薬取締機関のメンバーのひとりは、メンデス氏と麻薬組織との関係は公然の秘密であり、市長銃撃の黒幕が彼であることは証拠が示していると述べました。が、メンデス氏はこれを全面的に否定しています〟」

ニュースの音量に驚いて、ミネットとヘイズはぱっと離れた。

「ああ、アニメはやってないや」シェーンがリモコンを手に不満そうに言った。

「ほかのチャンネルにかえてみたら？」ジュリーが言った。

「待って！」ヘイズがすかさず制した。怒涛《どとう》のような勢いでソファーをおり、シェーンの手からそっとリモコンを取る。「ちょっと待ってくれ。あの男を知っているんだ！」

「なんですって？」ミネットが叫んだ。

「あの男だ！」ヘイズは合衆国の麻薬密輸の拠点となっている国境の先の小さな町、コティージョの新市長となった男の写真を指さした。「ぼくが麻薬密輸のかどで逮捕した野郎だ！　あいつがコティージョの市長だって？　ちくしょう、このままではテキサス全体が麻薬帝国になってしまう！」

ミネットは口をあんぐりあけた。「ヘイズ、もしかしてこのメンデスという男が、あなたに殺し屋を差しむけたってこと？　あなたがニュース番組や新聞で写真を見て、彼の正体を思いだすのを恐れて」

ヘイズは茫然《ぼうぜん》とした表情でミネットを見た。「それだ」短く言う。「メンデス……メンデス……？」

彼は口をあけてテレビを凝視した。「ペドロ・メンデス——エル・ラドロン！」

11

「あきれた話だな」子どもたちが好きな番組を見つけて再びテレビを見はじめると、ヘイズは言った。「麻薬密輸業者が現職市長を殺して後釜におさまったとはね」

彼はキッチンの椅子に腰かけ、ミネットは汚れた皿を食器洗浄機に入れている。

「あなた、さっきの男はエル・ラドロンだと――」

「違う、さっきの男はチャロ・メンデスというんだ。そしてエル・ラドロンのほんとうの名前はペドロ・メンデスだ。たぶん、いとこかきょうだいだろう」

「ああ、そういうことだったの。だけど、彼の写真がニュースに出るなんて偶然ね」ミネットはヘイズのほうを心配そうにうかがった。「彼もあなたにこのニュースを見られる可能性があることはわかっているでしょうね」

ヘイズは暗い顔でうなずいた。

「ああ、もうこれ以上は悪くなりようがないと思っていたのに」ミネットはふと考えついて言葉をついだ。「もしわたしの父親が彼と間違えられたら？」心配そうに言う。「わたし、父のことはろくに知らないからたいした思いいれもないし、父の仕事にはとても賛成できないけど、それでもわたしの父親であることに変わりはないのよね」最後はため息になった。

「きみの父親の〝仲間〟に関する情報をひそかに集めてみたんだが、彼は殺し屋を雇うようなことはないし、麻薬中毒患者やギャンブラーとはいっさいかかわっていない。彼の下で働いている連中は真面目なんだ、犯罪者なりにね。女や子どもを痛めつけはしないし、小中学校の周辺で麻薬を売ったりもしない」ヘイズは肩をすくめた。「まあ麻薬王であることには変わりないだろうが、ほかのやつらほどたちが悪くはないようだ。たとえば彼のライバルは夫を亡くした女性と五人の子どもが暮らす家を焼き払った。彼女の亭主に中傷されたのを恨んでね。亭主のことはすでに始末していたが、やつの復讐《ふくしゅう》は家族の一番幼い者にまで及んだんだよ」

　ミネットは首をふった。「とんでもない怪物ね」

「もっとひどいこともしている。それが何かは言わないがね」

　ミネットは片方の眉をあげた。「わたしは殺人や放火、洪水、その他あらゆる事件を取材してきたわ。口では言えないような状態の死体も見たことがある。何を聞いてもショックは受けないわ」

　ヘイズは新たな尊敬の念をもって彼女を見つめた。「忘れていたよ。きみはたいていの人が知りもしないことを理解している」

「あるいは人が知りたがりもしないことをね。わたしたちは〝民間人〟――ふつうの人たちに自分が見たもののことをあまり話さないのよ」ミネットは吐息をもらした。「でも、記憶は余分な荷物みたいに一生わたしたちについてまわるわ」そう言ったミネットの顔には、彼女自身がザックの顔に見たのと同じ表情がうかんでいた。何かに取りつかれたような、どこかうつろな表情だ。

「戦闘を経験したことのない人間にしては、きみは退役軍人みたいな雰囲気がある」ヘイズは優しく言った。

　ミネットはほほえんだ。「そう？」

「いい兆候だな」ヘイズはささやいた。「ほかの女には話せなかったことをきみと話せるなんて」

「犯罪捜査に関して、あなたが答えたがらない質問をわたしが遠慮するなんて期待はしないでよ。わたしは新聞社のオーナーかもしれないけど、心はまだ記者なんですからね。特ダネを抜くのは大好きだわ」

「それで危険を冒してもいる。地元の麻薬業者のひとりを追ったせいで、オフィスに焼《しょう》夷《い》弾《だん》を投げこまれたときみたいにね」

「あら、あれはわたしじゃなくて、ピュリッツァー賞を狙っていたうちの社員だったのよ」ミネットは言った。いまでこそ笑って話せるけれど、当時は笑いごとではなかったのだ。「彼は裏社会の怪しげなある男を信用できると踏んでスパイにし、麻薬の供給源をたどって国境の向こうの小さな町にたどり着き、そこで会う手はずを整えたの。考えてみたら、その町がコティージョ――メンデスが市長になった町だったんだわ！」そこで、ひゅうっと口笛を吹く。「とにかく情報を流してくれたスパイは重度の麻薬依存症だったから、買収は簡単だったようだわ。それで例の記者にいろいろとしゃべってくれたのよ。そういう伝聞による情報は証拠として採用されはしないけど、わたしは記者に書かせたの。その記事で何かあぶりだせるかもしれないと思ったから」そこで彼女はくるりと目をまわした。「そうしたら案の定だわ！　わが社は相当な金額の修繕をするはめになり、わたしは枕の下に拳銃を忍ばせて眠るようになり、くだんのエース記者は東部に逃げ帰ったわ。自分が暴露したことのせいで命を狙われるとは思っていなかったみたい」

「世間知らずだな」ヘイズは言った。

「世間知らずだし危険だわ。実際、何者かが彼を銃撃して、乗っていた車のフロントガラスが割れたのよ。彼は慌てふためいて逃げだしたわ」ミネットは眉根を寄せた。「わたしは逃げなかった。彼の原稿をさらに記事にしたわ。そうしたら麻薬取締局が捜査に乗りだし、五人ばかりを逮捕した。おかげで、わたしたちももう脅威を感じることはなくなったの。報道が彼らを引きさがらせたのよ」

ヘイズはかぶりをふった。「あいにくだが、やつらを引きさがらせたのは報道ではないよ」

ミネットは目を見開いた。「それじゃ、なんなの？」

「エブ・スコット、サイ・パークス、ハーリー・ファウラー、それにキャッシュ・グリヤが爆破事件の黒幕のところに遊びに行ったのさ」

今度はあんぐり口をあける。「なんですって？」

「キャッシュは東部のある大都市に、なんというかきわめて危険なスパイを何人かかかえているらしいんだ。それなりの報酬を出せば、大きな麻薬配給基地のトップの鼻を明かしてやることもできるようなスパイをね。きみの会社を爆破した麻薬取引業者は終わりのないバカンスで南米に行き、いまも弾をこめた銃やボディガードといっしょに寝ているだろうよ」ヘイズはくすりと笑った。「キャッシュはユニークな男だ」

「テロ行為の脅迫や実行は……」ミネットは言いかけた。

ヘイズは手をふった。「果たして法廷でそれを証明できるかな。ぼく自身、遠まわしな脅迫めいたことを口にしたこともあったが、ことを荒立てないのが自分自身のためだと判断したんだ。あのときはきみに怒りを感じていたんだよ」悲しげに打ちあける。「ばかげた理由でね。きみはきみの父親とは違うのに、ぼくはボビーの死をきみのせいだと考えていた。きみにはなんの罪もないのに。ほんとうにすまなかった。しかし、きみに新聞社の経営から手を引かせかねない脅威をキャッシュが取りのぞいたときには、腹が立ったものだよ」

「わかるわ。あなたはわたしをつぶしたかったのよね」

ヘイズは落ち着きなく肩を動かし、目をそらした。「事態が深刻化すれば、きみは新聞社を売却するんじゃないかと思っていたんだ。だが、それでもきみを害するやつは決して許さなかっただろう」再びミネットの顔を見る。「きみを憎んでいるつもりだったころでさえ、守ってやりたい気持ちがあったんだ。変だよな？」苦笑する。

ミネットも笑みをうかべた。「ずっといばらの道だったわ」

ヘイズはうなずき、彼女の目をひたと見つめた。そのまなざしにミネットは全身をうずかせ、汚れたカップを手に、ただ彼を見つめて立ちつくした。

「あなたってすごくハンサムだわ」ミネットはだしぬけに口走り、自分の大胆さに赤面した。

ヘイズは立ちあがり、彼女の手からカップを取ると、そっと抱き寄せてキスをした。

ミネットは彼の体に両手をまわした。もっと強く抱いて情熱的に唇を奪ってほしかった。彼も同じ気持ちだったらしく、すぐに願いをかなえてくれた。二人はかたく抱きあい、苦しいほどの感情にせきたてられてくちづけを深めた。

玄関のドアをノックする音も、二人を包む恍惚《こうこつ》の霧を突き破ってはこなかった。だが、大きな咳払《せきばら》いの音で、ようやく二人はドア口に目をやった。

まだ互いに抱きあい、息をはずませながら、ぼんやりとザックを見る。

「盗聴器は？」ザックは探知機をかかげてみせた。

「盗聴器」ヘイズがうつろな目でおうむ返しに言った。

「そう、盗聴器ね」ミネットも言った。

ザックはやれやれとばかりに首をふった。「続けてくれ。ぼくひとりで捜すから。もし迷ったら戻ってきて教えてもらうよ。男たるもの、人に道を聞くなんて不本意きわまりないけどね」

ミネットはそっとヘイズから離れ、咳払いした。

「電話機を調べるのよね。来て、ザック。電話のあるところに案内するわ」

「ちょっと待った。迷うといけないから、ぼくも行くよ」ヘイズが彼女の指に指をからませてにっこり笑った。

二人はザックの先に立って廊下を進むと、居間の先の書斎に向かった。そして、歩きながらザックに、最近コティージョの市長を見舞った不運な事故や彼のいかがわしい後継者について話して聞かせた。

「チャロ・メンデスだと?」ザックは口を引き結んだ。「名前は知ってるぞ！　麻薬所持の容疑で逮捕したが、証拠不充分で釈放せざるを得なかったやつだ。だが、それ以前にも、ぼくは麻薬取締局の捜査官と組んで捜査をしたことがある。誘拐事件だった。フエンテス兄弟を覚えているかい？」

「ああ」ヘイズは顔をしかめた。

「チャロ・メンデスは、やつらのいとこだ」ザックは肩をすくめた。「麻薬の密売業者は自分たちの家系の者だけで取引を独占しようとする。一方無力な被害者たちは、あわれにも拷問されたり殺されたり、脅されたり追われたりするんだ。だから、わが国への密入国者が絶えないんだよ。国境を越えさえすれば、もう警察に垂れこみかねないなどという理由で撃たれる恐れはなくなるからね。家を焼き払うと脅されることもなくなる」首をふって続ける。「そういう連中は政治難民と認めるべきだな」

「国境地帯の先住民族ヤキ族は難民に認定されているのよ。知ってた？　メキシコでの迫害を逃れて国境を越えてきたときに難民として認められた、合衆国史上唯一の先住民なの」ほかの二人にまじまじと見つめられ、ミネットは恥ずかしくなって笑った。

「ごめんなさい。歴史専攻だったから、こういう無駄な知識だけは豊富なのよ」

「有益な知識だよ」ザックは言った。

「ありがとう」

「それで麻薬取引業者がひとつの町を仕切ることになったわけだ。きっと自分の仲間にできるかぎりの便宜をはかるんだろうよ。さしずめエル・ラドロンは一番の相棒だろうな」ヘイズがうなるように言った。

「実際、エル・ラドロンはチャロ・メンデスのまたいとこなんだ」ザックはうつろな笑い声を響かせた。「だから言っただろう。みんな同じ家系なのさ。しかし公に知られている情報のために、ボスに殺し屋を差しむけたのは不可解だな。どういうことだろう?」

ヘイズは虚をつかれてザックを見た。そこまでは考えていなかったのだ。

「こっちにいる何者かを守るためとしか考えられないな。やつの麻薬密売ネットワークに絶対的に必要な誰かをね」ザックは言葉をついだ。「麻薬取締局の捜査官が、まだ局内にスパイがいると言っていたのを覚えているかい? 誰がそのスパイなのかはわかっていないが、そいつを潜入させたのはメキシコ最大の麻薬密売組織セタスらしい」

「ああ、覚えている。だが、そのスパイが誰なのかはわからないんだよな」ヘイズは言った。「メンデスはぼくに逮捕されたのを恨んで復讐したがっているだけなんじゃないか? ああいう連中の考えはわかっているだろう? 男の面子《メンツ》を狂信的なまでに大事にする。侮辱には死をもって報復するんだ」

「むろん、ありえないことじゃない」ザックは言った。「だけど、ほかにも何かあるような気がするんだ。彼女の父親に会いに行くべきじゃないかな」ミネットのほうに顎をしゃくる。

ミネットは二人をじっと見つめた。「この家には盗聴器が仕掛けられているんじゃないの?」

二人の男性は顔を見あわせた。

「ああ、法執行機関におけるぼくの評判がいかにすばらしいものであっても、しょせんこんなものだ」ザックは電話機を持ちあげると、背面を小さなドライバーであけて盗聴器を取りだした。「これで聞こえるか？」その装置に向かってどなる。

数秒後、電話が鳴った。

ミネットは眉をひそめて受話器を取った。

「お宅の客にぼくの耳もとでどならないよう言ってもらえませんかね？」ラシターが信じられないほど礼儀正しく言った。「耳がじんじんする」

「あなただったの？」ミネットは思わず声を張りあげた。「あなたがうちの電話に盗聴器を？」

「そう、ぼくが仕掛けたんだよ。すまないけど、スピーカーホンに切りかえてもらえないかな？」

なぜスピーカーホンがついているのを知っているのかは尋ねるまでもなかった。ミネットはため息をつき、ボタンを押した。

「カーソン保安官？」ラシターは呼びかけた。

「ああ」ヘイズは短く答え、ミネットに目をやった。

「ラシターだ」彼は言った。「あなたがせっせとはずしている盗聴器は、ぼくが仕掛けたものだと知らせておいたほうがいいと思ってね。エル・ラドロンの〝電話業者〟が仕掛けたものをぼくが取りかえたんだ」

「盗聴器をつけたからには、ＦＢＩの令状を持っているんだろうな」ヘイズはひややかに言った。

笑い声が返ってきた。「じつは持ってるんだな、これが。しかし、それ以上のことは何も言えないんで、あしからず」

「あなた、何者なの？」ミネットが唐突に尋ねた。

「あなたの父親に雇われた者ですよ、ミス・レイナー」ラシターは面白がっているような口調で言った。

「それはご存じのはずだ」

「父に雇われていないときには誰の下で働いているの？」ミネットはゆっくりと言った。

「それはいまの段階では答えられないな。エル・ラドロンの地元での動きに関心を寄せるある機関に関係している、とだけ言っておこう」

「ラシター。この名前がなぜこんなになじみ深く聞こえるのかな？」ヘイズは言った。

「ぼくの父をご存じなのかもしれないな。父はヒューストンで探偵事務所をやってるんだ」

「デイン・ラシターがきみの父親なのか？」ヘイズは驚きの声をあげた。

「そのとおり。母はその事務所の主任調査員で、姉はヒューストン警察で情報のスペシャリストとして働いている」

「そうだったのか」ヘイズは笑った。「きみの父親とは、こっちである事件にかかわったときに何度か話をしている。業界では屈指の切れ者だ」

「ありがとう。ぼくもそう思ってるんだ」

「でも、わたしの父親の話では、あなたはどこか中東の常軌を逸した男の下で働いているということだったわ……」ミネットが言った。

「そう、ごく短い期間だったけどね」ラシターはくすりと笑った。「彼の動きを関係当局に伝えたのは誰だと思ってるのかな？」

「まあ」

「それはともかく、当面のささやかな問題に話を戻そう」ラシターは言葉をついだ。「サイ・パークスの土地の近くで、あなたの父親とは別件の、ちょっとした動きがあるんですよ、ミス・レイナー。少なくとも四台の重武装したＳＵＶが、あのあたりの裏通りにとまっているんだ」

「まさかバーンズ・レイク・ロードじゃないだろうな？」ヘイズが間髪を入れずに言った。ザックとミネットが関連を知っているかどうか確かめるように、ヘイズはちらりと二人を見た。

「われわれがこのあたりに遺棄された死体の大半を見つけた場所だ」ザックが言った。

「そう、まさにその場所だ。ぼくは空からの監視で見つけたんだが、うまく隠されていた」

「空からの監視？」ヘイズが聞きとがめた。

「ぼくは衛星データにアクセスできるんでね」ラシターは言った。「質問はなしだよ。言うわけにはいかないんだから」

「問題の場所には、ぼくの部下を行かせて……」ヘイズは言いかけた。

「何をさせるのかな？　森の中に駐車してるからって逮捕はできない。彼らは違法なことは何もしてないんだから。いまはまだね」

「だが、これからするときみは思ってるんだろう？　なぜだ？」

「ただの勘さ。おそらくミス・レイナーの誘拐をもくろんでいるんじゃないかな」

　ヘイズはミネットを守るように抱き寄せた。「そんなことはぼくがさせない」

「それもひとつの考えだ」ラシターはひややかに笑った。「あなたが介入すれば、今度はあなたがターゲットになるからね。エル・ラドロンは自分たちの一番実入りのいい取引をつぶした彼女の父親に、なんとかダメージを与えようとしている。四十億ドルも損をさせられ、復讐したがっているんだ」

「四十……億？」ミネットが言った。

「そう、大金だ」ラシターは応じた。「組織犯罪に厳しいリコ法のもと、連邦機関は新しい装置や機器を遠慮なく使えるようになった。われわれが……」言いかけて訂正する。「彼らがそういうものを手に入れさえすればね」

　聞いている三人はラシターがうっかり口をすべらせたことに気づきながらも何も言わず、互いに目を見かわした。

「ともかく、そちらの盗聴器は当分そのままにしておいたほうが賢明というものだよ」ラシターは言った。

ザックは手の中の小さな装置とヘイズの顔を見比べた。ヘイズはミネットを見た。

ミネットは渋い顔をしながらもうなずいた。「彼の言うとおりなのかもしれない。もし何かあっても、わたしたちの死体が冷たくなる前に見つけてもらえるでしょうから」

ヘイズは低く笑った。「ぼくがいるかぎり、誰も死体にはならないよ」

「それじゃ、決まりだ。それとカーソン保安官の家で取りはずした盗聴器ももとに戻しておいていただけるかな、ザック？」

ザックはため息をついた。「あのイグアナ、いまぼくに腹を立てているんだ。あいつの前を通って書斎に行くのはちょっと骨だろうな」

「ああ、アンディだね」ラシターは含み笑いをもらした。「彼はバナナが大好きだ。一切れやったら、子犬のようにまとわりついてきたよ」

「そのとおり」ヘイズは言った。「あいつはバナナに目がないんだ」

「それじゃ、ひと房買っていこう」ザックが言った。

「きみの給与をあげるよう、郡当局に頼んでみるよ」ヘイズはにやっと笑って言った。

「ああ、給料をあげてくれるときには、ジェイコブズ郡はカナダの州になったと宣言するだろうよ」ザックは皮肉っぽく言った。「気にしないでいいんだ、ボス。いまでも公共料金が支払えて、月に一度は外食もできる。充分満足しているよ」

「そう言ってもらえるとほっとするよ、ザック」ヘイズは言った。

「三人とも油断しないように」ラシターが警告した。

「いかにぼくでも、連中のやっていることを完全に把握できるわけではないんだから」

「そうだ、わたしの娘は何があっても無事でいてくれないと」心配そうな深みのある声が言った。「気をつけるんだよ、ミネット」

「ええ。ありがとう」ミネットは父の声だと気づいて言った。

「きみをこんな危険なことに巻きこんでしまってほんとうに申し訳ない」エル・ジェフはため息まじりに言った。「いま麻薬組織が政治の分野で不当なほどの権力を得つつある。それは間違っている。わたしたちがやっているのはビジネスなんだ。政治は民意を反映すべきものであって、一部の者を利するものであってはいけない」

「ぼくの記憶では、かつての大統領トーマス・ジェファーソンが自由の代償は絶え間ない警戒だという言葉を残している」ヘイズは口をとがらせた。「あれは監視装置のことを言ったのかな？」

「それは考えすぎだわ」ミネットは笑った。

「ぼくの商売道具をけなさないでもらいたいな」ラシターが言った。「いつかあなたもそういう装置に感謝する日が来るかもしれない。それじゃ、また連絡するよ」

「くれぐれも気をつけて」エル・ジェフが言った。

そして電話は切れた。

「さてと」ヘイズが言った。「毎日何かしら新しいことがわかってくるな」

「今日は電気工を二度と家に入れちゃいけないってことがわかったわ」ミネットは腹立たしげな口調で言った。

「それに、でっかいとかげと対面するときにはバナナを持っていくべきだってこともね」ザックがヘイズに向かってにやりと笑った。

「うちの小銭入れの瓶にもっと金を入れておかなき

ゃな。それにアンディ用の食べ物も」ヘイズは言った。

「食べ物は補充しておいたよ」ザックがくすりと笑った。「ただバナナは忘れていた。途中で買っていこう。あとで電話する」

「背後に気をつけろよ」ヘイズは立ち去る彼に声をかけた。

「ああ、お互いにね」

「ラシターのお父さんが私立探偵……？」ミネットが興味深そうに言った。

「ああ、そうなんだ。かつて彼とかかわったことのある麻薬取締局の捜査官から面白い話を聞いたよ」ヘイズは答えた。「ラシターはテキサス州騎馬警官《テキサス・レンジャー》だったんだが、撃ちあいで殺されそうになって負傷したことから、もう二度と警官には戻るまいと決心して探偵事務所を開いたんだ。元同僚を何人か雇ってね」

「まあ」

「彼が有名になったのは、ほかの探偵事務所がどこも引きうけようとしなかった事件を次々と解決したからなんだ。二、三年もするとラシターは、危険な連中を追う人々が真っ先に思いうかべる名前になっていたよ。数年前にはおぞましい児童ポルノの国際的な犯罪組織の摘発にもひと役買った」

「その事件のことは本で読んだわ。関係者のひとりが書いた本がベストセラーになったのよ。たしかコード・ロメロの奥さんじゃなかったかしら」

ヘイズは笑いながら言った。「そうだ。コードは傭兵《ようへい》グループの中でも伝説的な存在だったな。子どもができるまでは地元の金持ちの兵士たちと組んで仕事をしていたんだ。いまではあまり目立たないようにしている。かつて専門にしていた破壊的な仕事はもうやめているんだと思う」

ミネットは身震いした。「もし続けるなんて口走ったら、奥さんは鍵のない部屋に彼を閉じこめていたでしょうね」

「そうだろうな」

「それでも、わたしの父親の敵がなぜあなたを狙っているのかという疑問は残ったままだわ。単に腹黒い市長が麻薬の密売にかかわっているのをあなたが知っているからだとは思えない」ミネットは眉をひそめた。「麻薬の手入れのとき、あなた、誰かほかに見たんじゃないの？」

ヘイズは口ごもった。「覚えてないな。あのときはばたばたと混乱してたからね。ぼくは麻薬取締局の捜査官二人と、保安官代理二人と、テキサス・レンジャーひとり、それに地元の官憲の何人かといっしょに外にいたんだ。夜だったこともあって、細かいことは思いだせない」

「二人の麻薬取締官というのは誰なの？」

ヘイズは慌ただしい逮捕劇を思いかえした。「ひとりはロドリゴ・ラミレスだった。彼はジェイソン・ペンドルトンの義妹グローリーと結婚したんだが、彼女はいまはパートタイムで地裁の検事として働いている」

「それで、もうひとりは？」

ヘイズの眉間の皺《しわ》が深くなった。「いい質問だ。実際、その捜査官には紹介された記憶がないんだ。ロドリゴといっしょに来たのは確かなんだが」

「ロドリゴに電話して、誰だったのか聞いてみたらどう？」

「そうだな」ヘイズはほほえんで携帯電話を取りだした。「ぼくよりも彼の記憶のほうが確かかもしれない」

だが、ロドリゴも覚えてはいなかった。

「妙だな」ロドリゴの口調にはかすかななまりがあ

った。「あの手入れのことは覚えているし、自分がそこにいたことも覚えている。だが自分といっしょだった捜査官のことは思いだせない。いつものメンバーではなかったんだよ——サリーナ・レインやアレクサンダー・コップのような」かつてのパートナーや地元の麻薬取締局のトップの名前をあげて言う。

「まあ、逮捕記録を見ればわかるだろう」ヘイズは言った。「こっちで調べるから気にしないでくれ。新しい息子はどうだい？」

ロドリゴは小さく笑った。「ぼくもグローリーも有頂天だよ。あれは魅力あふれる小さな奇跡だ。ぜひ一度顔を見に来てやってくれ」

「時の流れとはたいしたものだな」ヘイズは吐息をもらした。

「撃たれたという話を聞いたよ」ロドリゴは真面目な口調になった。「殺し屋を雇ったのが誰なのかはわかっている。逮捕に向けて動いているよ」

「こっちもだ」ヘイズは言った。「だが、逮捕までは長くのろい歩みになるだろう。それで、ぼくはおよそ自分らしくもない同盟をいくつか結んだんだ」最後は声に笑いがまじる。

「かつての仇敵《きゅうてき》、ミス・レイナーと？」ロドリゴは皮肉っぽく言った。「彼女の家で世話になっているそうだな」

ヘイズはミネットに優しい目を向けた。「かつての仇敵は、いまではぼくの人生最良の存在になったんだ」ミネットが頬を染めるのを見て、ヘイズは彼女の体を引き寄せ、その目をのぞきこんだ。「ぼくたちはもう敵同士ではないのさ」

「それはよかった。で、ほかのらしくない同盟というのは……」

ヘイズは目をしばたたいた。「わかったよ、教えはするが、これはトップシークレットだ」

「きみがそう言うなら」ロドリゴは愉快そうに言っ

た。「しかし、うちの支局ではトップシークレットとは公然の秘密のことだよ。きみは細い綱の上を歩いているんだ、保安官」

「わかってるよ。問題は、ぼくがアクセスできない情報に彼はアクセスできるってことだ」

「ミス・レイナーの家は盗聴されてるんだろう？」

ものうげな返事が返ってきた。

「クラッカーとミルク！　全部知っているのか？」

ヘイズは思わず大声を出した。

「全部ではない。アインシュタインの統一場理論はまだ理解できていないし、なぜ熊が冬眠するのかも知らないし、それから――」

「ああ、よくわかったよ」

「誰がそこに盗聴器を仕掛け、なぜそれがいまもそこにあるんだ？」ロドリゴは言った。

ヘイズはため息をついた。「一種の相互協力といったところだな」

「メキシコ北部最大の麻薬組織の首領と協力か」

「彼の組織は最大かもしれないが、最悪ではない。最悪なのは彼を敵視している別の麻薬王だ。そいつが誘拐を計画しているようなんだ」

「ターゲットはきみか？」

「ぼくじゃない。ミネットだ」

ロドリゴは黙りこんだ。「いったん電話を切って待っててくれ。すぐにかけなおす」

電話が切れた。一分とたたないうちにヘイズの携帯電話が鳴りだした。

「この回線なら安全だ」ロドリゴは言った。「エル・ラドロンがなぜミス・レイナーを狙うんだ？」

ミネットをちらっと見ると、彼女は当惑と悲しみが入りまじった表情になっていた。

「彼女がエル・ジェフの娘だからだ」

「こいつは驚いた！」ロドリゴは声を張りあげた。

「ああ、ややこしいことになってるんだ。ミネット自身、彼がこのあいだサイ・パークスの近くに純血種の競走馬を連れて引っ越してくるまで知らなかったんだ。彼はミネットの身が危険だと考え、手下に彼女を守らせている」

「サイ・パークスの仲間やきみの同僚、それに噂《うわさ》によればジェイコブズビルの警察署長の部下たちとともにね」

「まあ、そんなところだ」

ロドリゴは吐息をもらした。「いずれ誰かが誰かを敵と間違え、闇夜で派手な銃撃戦になるんじゃないか?」

「やめてくれ、冗談にならない」ヘイズは言った。

「ぼくは自分の仲間をそっちに行かせて問題を増やすようなことはしないでおくよ」ロドリゴは言った。

「しかし、事態はあっという間に悪化しかねないぞ、ましてミス・レイナーがエル・ラドロンの手の者に捕まってしまったらな。やつはとらえた者に容赦せず、人の命を屁《へ》とも思ってないことで有名だ。女や子どもでも男と同じように無造作に殺害する」

「いまは亡き偉大なるロペスでさえ子どもは殺さなかったのにな」ヘイズは言った。

「やつの唯一のとりえだったな——たいしたとりえではないにしろ。しかしロペスは死に、かわってフエンテス兄弟が台頭してきた。そしていまではエル・ラドロンが組織を率いて、その親戚のチャロ・メンデスが暗殺という手段を使ってコティージョの市長の座におさまった。できるものならメキシコ北部の麻薬取引を自分たちですべて独占するつもりだろう。自然は真空《バキューム》を嫌うということわざもある」

「ぼくはテキサスじゅうの麻薬取引業者をひとり残らず掃除機《バキューム》で吸いとって、海の一番深いところに投げこんでやりたいよ」ヘイズは言った。

「わかるよ。同じ気持ちだ」ロドリゴはそこで口ごもった。「記録を調べて、ぼくといっしょにいた麻薬取締局の捜査官の名前を探りだせるかい？　今日のぼくはグローリーが証言を取りに行くあいだ、子守りという任務を果たさなくちゃならないんだ」

「ああ、任せてくれ」

「誰だか思いだせないなんて、おかしいんだよな」ロドリゴは言葉をついだ。「きっと出張所のどこかから来た人物に違いない。ヒューストンの同僚はみんな知っているし、サンアントニオの捜査官もほとんどは顔見知りなんだから」

「慌ただしい晩だったからな。そんなに気に病むことはないんじゃないか？」

「そうはいかない。うちの組織の内部にスパイがいることは確かなんだ。ただ、そいつがどこの誰かがわからない」

「そのスパイが出張所にいるとは考えにくいんじゃないか？」ヘイズは言った。「スパイなら極秘情報にアクセスできなければ意味がないだろう？」

「どこのオフィスにもコンピューターがあって、データはすべて閲覧できるんだ。しかし、確かに下っ端の者が麻薬王と通じている可能性は低いな。セタスが潜入させたやつは、ひとり見つけたんだ。そいつは解雇され、起訴された。だが、スパイはそいつひとりじゃないとわかったんだ。もうひとり残っているスパイの正体がまだ判明してない」

「コップに調べさせたらどうだい？」ヘイズはくすりと笑った。「あの男にはその種の捜査の才能がある」

「思いださせないでくれよ」ロドリゴは言った。「コップとは何度かやりあったんだ、まだ彼のことをよく知らないころにね」

「彼に何かいい考えはないか聞いてみたらいい」

「考えがあったとしても教えちゃくれないさ。秘密主義だからな。何かわかったら、知らせてくれるかい？　ただし公的な電話では言わないでくれ。今回のように安全な回線ですぐに折りかえし連絡するから」

「わかった。それじゃ、気をつけて」

「ああ、そっちも」

ヘイズはミネットに目をやった。「記録をチェックする必要が出てきた。きみもいっしょに保安官事務所に来るかい？」

ミネットはほほえんだ。「ジャケットを取ってくるわ」

12

二人は昼食のために〈バーバラズ・カフェ〉に寄った。バーバラはこぼれんばかりの笑顔で二人を迎えた。「また外を出歩けるようになったのね。ほっとしたわ、ヘイズ」

「ああ、ぼくもだよ」ヘイズは言った。

「なんだか機嫌が悪そうね」

「彼女がぼくに車を運転させてくれないんだ」ミネットを見て鼻に皺《しわ》を寄せる。

「わたしじゃなくて、ドクター・コルトレーンがだめだと言ってるのよ」ミネットは笑いながら言った。「わたしはドクターになりかわって言ってるだけ」

ヘイズは苦笑し、バーバラも笑った。

「今日のデザートにはレモンケーキを作ったのよ」バーバラはランチメニューを差しだしながら言った。

「ぼくの好物だ」ヘイズが言った。

バーバラはにっこりした。「それに自家製のロールパンもね」

「ああ、バターロールはここのところ毎晩食べているんだ」ヘイズはミネットにあたたかなまなざしを投げかけた。「彼女の料理は絶品だよ」

「あらあら、お願いだからわたしを失業させないでよ」バーバラが笑いを含んだ声でミネットに言った。

「その心配はないわ。わたしの営業妨害は一時的なものにすぎないから」ミネットも笑顔だ。

「いや、それはまだわからないよ」ヘイズはそう言い、ミネットが赤面するほどじっと見つめた。

おいしい食事のあと、二人は保安官事務所に車を乗りつけた。中に入っていくと、ザックが引き出しをあさりながら何やらぶつぶつ言っていた。

「何を探してるんだ？」ヘイズは尋ねた。

「ホッチキスだ」ザックはため息をついた。「もっとも基本的な備品なのに、どうしても見つからない。きっと足があるんだ。歩いてどこかに行っちまったんだ」

ヘイズはザックを見つめてから未決書類用のトレイに手を伸ばし、一番上の紙を持ちあげてホッチキスを見せた。「ヤンシーに持ちだされないよう隠しておいたんだ。彼はきちんと戻したためしがないからな」

ザックは笑った。「そうか。これからはぼくもそこに隠そう。で、今日はどうしたんだい、ボス？」

「麻薬の手入れに参加した麻薬取締局の捜査官の名前を調べに来たんだ。コティージョの新市長がぼくに銃を向けた、あの手入れのときだ。ぼくは銃を奪いとり、やつを逮捕した。だが、やつは保釈金を積んで、国境の向こうに帰ってしまった」

「ああ、あれね」ザックはまじまじとヘイズを見た。「ぼくもあの手入れのことが気になって、ファイルを開いてみたんだ」

ザックの表情はヘイズを元気づけるようなものではなかった。「それで？」ヘイズは先を促した。

「そうしたら、なかったんだ」

「なんだって？」ヘイズはパソコンの前に座り、部外秘のファイルが入ったフォルダーから該当するファイルを開いた。

「からっぽだ」茫然《ぼうぜん》として言う。

「そうなんだ。ぼくの推測が正しければ、削除されたんだ」

「これにアクセスできるのは誰と誰なの？」ミネットが尋ねた。

「保安官代理も捜査員も事務員も全員アクセスできる」

「事務員？」ミネットはひとりだけ毛色の違う人物に飛びついた。「前の事務員が病気になって、まだ新しい人は決まってなかったんじゃないの？」

ヘイズとザックは目を見かわした。

「いや、ジョン・ハルシーの親戚だという女性が来てくれたんだ」ヘイズが言った。「ジョンは著名な弁護士だし、彼女はジョンから立派な推薦状をもらっていたんだよ」

ミネットは無言で彼を見つめた。

ヘイズは携帯電話を開き、弁護士のリストを出してジョンにかけた。

「やあ、ヘイズ、もうよくなったかい？」ジョンが応答した。

「まあね。じつは、あなたが姪御《めいご》さんに持たせた推薦状のことで――」

「ぼくが何を持たせたって？」ジョンがさえぎった。「姪っ子のビバリー・サンズに持たせた推薦――」

「ぼくにはチャールズという甥《おい》とアンシアという姪がいるが、ビバリーという親戚はいないよ」

「彼女は、あなたが書いてくれた推薦状だと言ったんだ」ヘイズは自分を愚かしく感じながら続けた。「あなたのレターヘッドがついた便箋に、あなたのとしか思えない署名もあった」

「ぼくに電話すべきだったな、ヘイズ」ジョンが優しく言った。

「ああ、そのとおりだ」ヘイズは重苦しい口調で言った。「まったく、なんてばかだったんだろう！」

「ミスをしない人間はいない」ジョンは言った。「だが、彼女は即刻解雇すべきだ」

「もしまだ会うことがあったら解雇するだけでなく、詐欺罪で訴えてやるよ」ヘイズは言った。「それじゃ、また」

電話を切ると、彼は深いため息をついた。

「まったくぼくとしたことが、なんてうかつだったんだ！　いつもはちゃんと身元を調べるのに、彼女が見るからに純朴で信用がおけそうだったから、つい怠ってしまった」

「ぼくも完全に騙《だま》されていたよ」ザックが言った。

「そればかりか、彼女に好感を持っていた。コーヒーをいれてくれたからね」ミネットにちらりと目をやり、照れたように笑う。「コーヒーが好きなのに自分ではいれられないから、それで点数が甘くなってしまったんだ」

「次なる疑問は、いま彼女はどこにいるのかということだ」ヘイズが暗い声で言った。

「今日は欠勤だ」ザックは言った。「今朝、体調不良で休むと電話してきたんだ」顔をしかめ、通信デスクに近づいていく。「もしもしボブ？　ビバリー・サンズの家までひとっ走りしてくれないか？　住所は……」応募の際に彼女が申告した住所を見ながら続ける。「オーク・ストリート二十四番地だ。彼女を玄関まで出てこさせられるかどうか確かめてくれ。そうだ。うん。それじゃ頼んだぞ」

ザックは二人に向き直った。

「ボブを行かせる。きっと彼女を見つけてくれるだろう」

だがボブには見つけられなかった。オーク・ストリート二十四番地にあったのは最近開店したばかりの小さなコーヒーショップだったのだ。ビバリー・サンズはそこにはいなかった。ジェイコブズビルは小さな町だが、それでも保安官さえどの通りの何番地に誰が住み、どんな店があるかすべてを把握しているわけではない。だが、このミスはほんとうに痛かった。

「なぜ住所をチェックしなかったんだろう？」ザックの話を聞き、ヘイズは自分を責めた。「ぼくは保安官なのに！」

「完璧な人なんていないわ」ミネットは優しく言った。「ジェイコブズビルは小さな町よ。みんなお互いに信頼しあっているの」

「ああ。しかし、ぼくはもっと警戒すべきだった」

「ぼくも彼女には騙されたんだよ、ボス」ザックが言った。

「それで、今度はどうするの？」ミネットが言った。

「少なくとも指紋は調べられるんじゃないか？」ヘイズは言った。

「彼女の指紋を登録しておこうとした矢先、エル・ジェフとのからみでにわかに捜査が忙しくなったんだ」ザックはため息をついた。「それで早急に片づけるべきことでもないと、あとまわしにしてしまったんだよ」

　ヘイズは両手をあげた。「クラッカーとミルク！」悪態のかわりにそう吐き捨てる。

「エブ・スコットのところにものすごく有能なコンピューターのプロがいなかったかしら？」ミネットが男性たちに言った。

　男性二人は彼女を見た。

「ハードディスクそのものをリフォーマットしなければ、データを完全に消去することはできないわ。リフォーマットはされてないんでしょう？」

　ヘイズはまた携帯電話を取りだした。


　その晩にはコンピューターの技術者が失われたファイルの復元に取りかかっていた。データはばらばらの断片となっているので時間がかかるが、必ず復元できる、とその若い男性は請けあった。それでももう時間が遅いし、ほかのみんなは家に帰ったらどうかと彼は言った。

　それでヘイズはミネットとともに家に帰ったが、裏庭に奇妙なグループがいることに気づき、二人で近づいていった。

「いったい何事なの？」裏のポーチまで来ると、ミネットは言った。

四人の男が互いに向かいあうように立っていた。そのうち三人はどなりあっていたが、ミネットの声でしんとなった。ふいに誰もがおどおどしはじめたようだ。

「あ、どうも」ひとりの男が言い、笑顔を作ろうとした。

「あなたたち、何者なの？」

「いい質問だ」ヘイズが法執行官としての威厳を持って言った。

「それを確かめているところだったんだ。少なくとも確かめようとしていたんだよ」さっきの男がまた口を開いた。「ええと、そこにいるのはエル・ジェフが送りこんできた男だ」髪も目も黒っぽい陰気そうな男を指さす。「そして彼はカーソン保安官の事務所から来たボランティアだと思う」そう言って指さしたのは、ヘイズも知っているアルバイトの男だ。「そしてぼく自身はキャッシュ・グリヤに頼まれてきたんだ」気恥ずかしそうに含み笑いをもらした。

「だが、この男は……」長い黒髪を結わえもせずにウエストまでおろしている冷たい目をした長身の男に指を突きつける。「名前はおろか、誰に雇われているのかさえ明かそうとしないんだ」

「名前なんか言う必要はない」男は不遜な態度で言った。「ぼくはただの旅行者だ。観光名所を探して道に迷っただけだ」

「こんな夜中に私有地で？」ヘイズが言った。

ジーンズ姿の男は肩をすくめ、周囲を見まわした。

「私有地だということを示す看板には気づかなかったが」

「名前は？」ヘイズはひややかに問いただした。

男はまっすぐヘイズの目を見かえした。「カーソン」

「カーソンはぼくだ」

「ぼくもカーソンというんだ」男は言った。「それ以上のことを話す気はない」

「待て」最初の男が割りこんだ。「おまえを知ってるぞ。エミリオ・マチャドといっしょに彼の国の政権奪還のため南米に行った男だ。エブ・スコットのグループとどこかに行ってないときには、サイ・パークスの下で働いているはずだ」

カーソンと名乗った男は肩をすくめた。「そうかもしれないし、そうでないかもしれない。ただの迷った旅行者かもしれない」

「観光名所ならあっちだ」ヘイズはジェイコブズビルに続く道のほうを指さした。「さっさと行け」

「不親切な土地柄だな」長身の男はむっとした。

「帰ってサイ・パークスに、ここらで鉢あわせする頭のおかしい男はもうこれ以上必要ない、と言ってやれ。景観を乱すものはもうたくさんだとな。それに礼も言っておいてくれ」ヘイズはしぶしぶそう付け加えた。

「ボスにここで仕事をするよう言われているんだ」カーソンは言った。腕組みし、ふてぶてしい態度でほかの男たちを見まわす。「仕事が終わるまで帰るつもりはない」最後にヘイズに挑戦的な目を向けた。

「この野郎――」男に一歩近づいて、ヘイズはそう言いかけた。

「だめよ、ヘイズ」ミネットが優しく言った。「人が多いほうが安心だわ」

「ああ、彼らが撃ちあわないかぎりはね」ヘイズは言った。

「ぼくは誰も撃ったりしない」カーソンという男がそっけなく言った。「銃を持ってないんだ」

「なんだって？　それじゃ、言葉で相手を説き伏せようっていうのか？」最初の男が嘲った。「説き伏せる必要はない」

ヘイズはほかの男たちが見逃していると思われるあるものに気がついた。長身の男のベルトに奇妙な角度でささっている鞘《さや》つきの長い猟刀だ。

「それは違法な武器だ」ヘイズは刀を指さして言った。「所持しているだけで逮捕できるんだぞ」

「許可は受けている」

「許可？　誰が許可を与えたんだ？」

「キャッシュ・グリヤだ」カーソンは答えた。笑ってはいないものの、そのしたりげな表情をはたき落としてやれるような状況にないことがヘイズには残念だった。

「信じられないね」ヘイズは言った。

「べつに信じなくてもいい。逮捕したいならしてくれ。法廷で証明する」カーソンは今度は冷たい笑みをうかべてみせた。「ぼくのいとこはサウスダコタ選出の古参の上院議員と結婚してるんだ」

それは強力な脅しだった。くだんの議員はその短気さと地元民への深い気遣いでマスコミによく登場する人物だった。

「ぼくのまたいとこはサンアントニオの銀行のセキュリティ部門で働いている」ヘイズは言葉を返した。

ミネットはなんとか笑いをのみこんだ。

「なあ、われわれはみんなミス・レイナーを守るという同じ目的のためにここに来ているんだ」最初の男が言った。「警戒する場所を四つに分けて、それぞれで分担したらどうだ？」

「きみは保安官に立候補すべきだな」カーソンが最初の男に言い、ヘイズを指さした。「彼に対抗して」

「無理だよ」男は笑った。「この郡のことはわかっているんだ。彼が旅行者を直火《じかび》でバーベキューにでもしないかぎり、選挙で彼に勝てるわけはない」

旅行者を装ったカーソンなる男は形のいい唇をとがらせた。「ぼくをバーベキューにしてもうまくはないぞ」ヘイズに言う。

それで場の雰囲気がなごんだ。

ヘイズは笑いだした。「ああ、もう、さっさと行けよ」笑いながら言う。「ほかの三人も喧嘩《けんか》はやめて仕事に戻ってくれないか？　こんな調子じゃ、ここの安全は守れないぞ」

「われわれのせいではないんだがな」最初の男が言った。「そこの旅行者が……」カーソンを指さす。「彼に飛びかかったんだ」次に指さされたのはエル・ジェフの手の者だった。「それでこんなことになっちまったんだ」

「俺は彼女を守ろうとしていたんだ」麻薬王の手下はミネットをさして言った。

「それはこちらも同じだ」カーソンが言った。「そっちは麻薬の密売人にしか見えなかったしね」

「そうかもしれないし、そうでないかもしれない」エル・ジェフの手下は鼻を鳴らした。「令状は持っているのか？」

カーソンは無言でエル・ジェフの手下に笑いかけた。その顔を見て、彼は一歩後ろにさがった。

「みなさんの協力には心から感謝しているわ」ミネットが言葉を割りこませた。「でも、こんな開けたところで集まっていても、なんにもならないと思うけど」

「彼女の言うとおりだ」最初の男がほかの三人に言った。「みんな仕事に戻らないか？」

「まっとうな考えだ」エル・ジェフの手下が言い、もうひとりの男もうなずいた。

カーソンは黙って自分の持ち場と決めたほうを指さし、そちらに向かって歩いていった。

ミネットとヘイズはあとを任せて家に向かった。

「ほんとうに心強いわ」ミネットは言った。「わたしの……父親がわたしの身辺を警戒してくれるなんて。それにサイ・パークスやキャッシュ・グリヤやあなたも」恩知らずと思われないよう言い添える。

「そう、ぼくもだよ」ヘイズはにっこり笑い、彼女の手を取ると家の中に入った。


　朝にはコンピューターの天才がなんらかの成果をあげていた。ヘイズに電話をよこしたが、安全と思われるその電話でも詳しいことは言おうとしない。

「この事務所に来てもらえないかな？」彼は言った。

「もちろん。すぐに行くよ」

　ヘイズの願いを退け、車の運転はミネットがした。

「もうずいぶんよくなってるのに」ヘイズは仏頂づらで言った。「少なくとも運転はできる」

「無理をすると、せっかくここまでよくなったのが台なしになるわよ。仕事に復帰できるのもそう先のことではないわ。ドクター・コルトレーンが順調に回復していると言ってたでしょう？」

「ぼくは気が短いんだ」ヘイズは車窓を流れる景色に目をやった。「じっとしていることには慣れてないし」ミネットに視線を移してほほえむ。「といって、子どもたちとＤＶＤを見たり遊んだりするのが楽しくないわけじゃないけどね。きみと過ごすのも楽しいよ」

　ミネットは顔を赤らめて笑った。「ありがとう。わたしも……わたしたちも、あなたと過ごすのは楽しいわ。男の人が同じ屋根の下にいるなんて、うちの家族は慣れてないんだけど」

　ヘイズは口をすぼめた。「いずれは慣れることができると思うかい？」

　ミネットははっと息をのんだ。思わずヘイズを見つめ、後ろを走っていた二台のピックアップトラックが突如加速してきたことには気づかなかった。

　ヘイズが顔をあげ、何か言いかけたが、それが言葉にならないうちにトラックの一台がバンパーの左側をものすごい勢いでぶつけてきた。ミネットの車はかろうじて横転を免れて停止したが、ヘイズがホルスターから拳銃を抜くより早く二人の男が自動小銃を彼の頭に突きつけ、抵抗する余地を失わせた。

「やあ、ミス・レイナー」小柄な男のひとりが白い歯をひらめかせて言った。「われわれの雇い主がきみに会いたがっているんでね」

「会わせるものか」ヘイズは言った。

銃口がはずされた。ヘイズを見ている男は怒りや不快感さえ感じているようには見えなかった。「われわれのボスが最善を尽くしたにもかかわらず生きていたんだな、保安官。一日でも長く生きつづけたかったら、抵抗しないほうがいい」

「いっしょに来るんだ」そばにいた別の男が言い、ミネットの腕を乱暴につかんだ。が、ヘイズが銃で脅されているのも構わずに一歩足を踏みだすと、男は手をゆるめた。そして相棒にスペイン語ともまた違う言葉で話しかけた。

話しかけられたほうの男は捕虜の二人をしかめっつらで見て、いらだたしげにうなずいた。

「行くぞ」二人のうちの年上のほうが言った。

彼らはミネットとヘイズを引き離した。ヘイズは拘束されてピックアップトラックの車内に押しこまれ、ミネットももう一台のほうに乗せられた。

ミネットはこれから自分の身に何が起きるのかおおよそ見当がついていた。ラシターがさっきの電話を傍受してくれたことを、そしてミネットのトラックにも盗聴器を仕掛けてあることを、祈りたい気分だった。もし盗聴していてくれたら、自分たちが口では言えない状態で発見されずにすむ望みがほんのわずかでも出てくる。でも、もしラシターが気づいてくれなければ……二人ともどこかの時点で死ぬはめになるのだ。いや、これでヘイズの、そして自分の命運が尽きてしまうなんて、あっていいわけはない。いまはまだ。

長時間走ったあと、二人は目隠しをされ、パワフルで高価なＳＵＶの後部座席に乗りかえさせられて、国境の先へと運ばれていった。

ヘイズは自分が周囲に充分注意を払わなかったせいでこんなことになってしまったのだと、屈辱と怒りで歯ぎしりした。ミネットが誘拐のターゲットになっていることも、その誘拐をもくろんでいるのが誰なのかもわかっていたのだ。かくなるうえは友人たちがどこかで見ていて、彼が自ら招いてしまったこの窮状から二人を救いだすチャンスをうかがっていることを祈るしかない。

彼自身は動けないのだ。拘束され、口を粘着テープでふさがれ、目隠しもされている。ミネットが自分といっしょに後部座席に乗せられていることはわかっているが、意思の疎通ははかれない。ＳＵＶに乗りかえる前に携帯電話は取りあげられ、叩《たた》きこわされてしまった。手首には手錠がかけられている。いまいましくも彼自身が携帯していた手錠だが、少なくとも後ろ手に拘束されなかったのは不幸中の幸いだ。もし両手を後ろにまわさせられたら、痛むどころか、筋肉の萎縮を防ぐために何週間も続けてきたリハビリがすべて無駄になってしまうだろう。この悪党どもに撃たれた傷がまだ癒えてはいないのだ。

ヘイズは彼らに激しい怒りを感じた。だが、ミネットを無事に逃がすためには冷静でなくてはならない。逃がす道は必ずあると思いたかった。

二人が連れていかれたのは暗くて寒い小さな家だった。ヘイズは道中ずっと時間の経過を気にしており、自分たちは国境の先のコティージョまで運ばれたのだと見当をつけていた。この連中はメキシコの小さな州の覇権争いをしている二つの組織――ひとつはフエンテスの犯罪組織の残党を率いるエル・ラドロンの組織、そしてもうひとつはエル・ジェフの組織――のうちの前者に属しているのだ。コティージョは最高の立地条件にある。山々が目隠しになり、合衆国へのアクセスは簡単だ。合衆国の国境警備隊も、そのほかの法執行機関も近くにはない。おそらく覇権争いに勝ったほうがさらに縄張りを広げるため、今度はメキシコ最大の組織セタスと対決するのだろう。麻薬組織同士の争いはきりがなさそうだ。

家は暗かった。電気が来ていないらしく、マッチをする音が聞こえたかと思うと、目隠しを通してさえも明かりがともったのがわかった。

目隠しがはずされた。ヘイズはまずミネットを捜した。ミネットはすぐ後ろにまだ拘束された状態のまま立っていた。静かなあきらめの表情が顔をおおっている。彼女の目隠しもはずされていた。

二人はいかにもつらそうな目で見つめあった。もうこれが最後かもしれないと悟っているのだ。

「そこにかけさせろ」二人を誘拐した男が、二脚の籐《とう》椅子を指さして言った。

手錠をはずされ、腕をつかんで引っぱられると、ヘイズは抗議の声をもらした。

「待て」首領格の男は嘲るような笑みをうかべた。「保安官は傷が痛むらしい。両手を前で縛って、足首につなげろ」子分に指示する。「そうすれば動こうとしたら自分で自分を罰することになる」

ミネットのほうは、そのような丁重な扱いは受けられなかった。足は拘束されなかったものの、両手首を椅子の後ろで縛られた。彼女は頭の中でさまざまな可能性を、逃げる方法を、ヘイズを救う方法を検討した。

ヘイズも同じことをしていたが、望みはほとんど抱いていなかった。まだ快癒にはほど遠い肩の傷が恨めしい。治ってもリハビリは続けなければならないだろうし、一年たっても撃たれたほうの肩は完全にもとどおりにはならないだろう。

彼はこの麻薬組織の連中を呪い、とらわれの身となったうえにミネットをもこんな目にあわせてしまった自分の愚かさを呪った。やつらが自分をどうしようとも、神よ、ミネットだけは助けてくれ！

「さあ、あとは待つばかりだ」誘拐犯は笑いながら言った。「名誉なことだぞ、保安官。うちのボスのチャロ・メンデスおん自ら、お二人の相手をしに来るんだからな。彼はコティージョの市長だが、われらが麻薬組織のリーダー、ペドロ・メンデスのまたいとこでもあるんだ。チャロからはお二人を丁重に敬意を持って扱うよう言われている。髪の毛一本傷つけるなとね」ミネットに近づき、顔を寄せて続ける。「じきに彼はビデオカメラの専門家を連れてここに来る」ヘイズにも聞こえるような声でそうささやくと、男はにんまり笑った。「きみのパパに見せてやるため、われわれがきみにすることを全部記録できるようにね」

男のほのめかしに、ミネットは胸が悪くなった。誘拐されるのも恐ろしかったけれど、この男のこずるそうな目つきはあまりにあけすけで、こんな屈辱的な思いをするくらいなら最初に撃ち殺してほしかったと思うほどだ。だが、むろんそんなに簡単にいくわけはなかったのだ。この連中はわたしの父親に、わたしが顔も知らなかった父親に、彼のせいでわたしが苦しむ姿を見せつけたいのだ。

ミネットはつんと顎をあげた。笑いもしなければ青ざめもせず、ひるみもしない。「あなたのボスなんか、わたしの父親が八つ裂きにしてやるわ」

「ああ。しかし、そのときにはきみはとっくに死んでいるんだ」彼はくすりと笑って、かがんでいた腰を伸ばした。悪意と期待に満ちた目でミネットを見おろす。「ビデオカメラが来たら、わたしが一番にきみを賞味する特権をもらおう」

ミネットは横でヘイズが絶え間なく悪態をつきつづけているのを意識しながら、男の目を見すえた。

「そのときには武器を持ってきたほうがいいわよ」やんわりと言う。

男はその発言を面白いと思ったらしい。「根性のある女は好きだよ」また含み笑いをもらし、子分に向かってスペイン語で命令する。「ペピート、おまえは見張りを続けろ。話はするんじゃないぞ。いいな？」

「ああ、もちろん」若い男はうなずき、拳銃を腰のベルトにさした。「充分気をつける」

「女をおもちゃにするなよ」親分はひややかに続けた。「わかったな？」

「こんなに白い女は好みじゃない」若者は笑ったが、その笑い声はうつろだった。ひどく緊張しているようだ。

「そう、おまえは女房のような大きくてまるい女が好みなんだよな。女房と子どものことを忘れるなよ、ペピート」そう言われ、落ち着かない様子でもじもじする。「そう長い時間じゃない。チャロは今日のうちに来ると言っていた」親分はほかの二人にドアの外に出るよう合図し、彼らとまたミネットにはわからない言葉で話しながらいっしょに出ていった。

「ああ、すまない、ミネット！」ドアが閉まると、ヘイズは言った。「ほんとうにすまない。すべてぼくのせいだ」

「違うわ、わたしが前を見ていなかったのがいけなかったのよ。わたしこそごめんなさい」ミネットはすがりつくような目でヘイズを見つめた。「あまりにも不注意だったわ」それからペピートに視線を移す。「もしあなたに少しでも慈悲の心があるなら、お願いだからわたしを殺して」

「ミネット！」ヘイズがうめくように言った。

ペピートはため息をついた。「セニョリータ」優しく呼びかける。「俺たちはボスに命じられたこと以外は何もできないんだ。俺には女房と二人の幼い娘がいる」こわばった顔で続ける。「その女房と子どもがコティージョの小さな家に閉じこめられているんだ。武装した男に見張られながらね。もし俺がボスの機嫌をそこねたら、あいつらが拷問され殺されちまう」

「まあ、ひどい！」ミネットはぞっとした。

「そうやって俺たちをコントロールしているんだ、上の連中は」ペピートは重苦しい口調で言葉をついだ。「俺の兄貴は組織の幹部だった。チャロ・メンデスの下で働いてて、俺を組織に引きいれた。がっぽり稼げると言ってね。俺はその言葉に目がくらんじまったんだ」がらんとした部屋を素早く見まわして続ける。「兄貴はコカインの荷をなくしてメンデスに殺された。それで俺は悪魔に魂を売ったんだ」彼は十字を切った。「おかげでミサや告解に行くことさえ禁じられた。チャロ・メンデスは俺が神父にしゃべったことから罪が露見するのを心配してるんだよ」

ミネットは麻薬取引にかかわる人間はスリルと金が好きなのだと思っていた。彼女が取材した男のうち少なくとも二人が、こんなに儲《もう》かる商売をやめるつもりは毛頭ないと言いきったものだ。が、ペピートの場合は事情が違うようだ。

「ご両親は健在なの？」

「母親のほうだけ生きている。親父《おやじ》は兄貴が俺を引きいれようとしたとき、兄貴の仕事を非難した。そのせいで殺され……そのあと兄貴も殺された」

「残忍なやつめ！」ヘイズが言った。

「そう、残忍だ。親父はうちの村で見せしめとして吊《つ》るされたんだ」ペピートはごくりと唾をのみこんだ。「だから、あんたたちには気の毒だが、どうすることもできないんだよ。あんたたちを助けたら俺の家族が死ぬことになる」

「わかったわ」ミネットは彼に心から同情した。

「きみのボスは連邦犯罪で起訴して終身刑にすべきだな」ヘイズが侮蔑をこめて言った。

「そうなると、ありがたいんだけどな」ペピートは言った。「何度も逮捕されているけど、法執行機関の連中でさえ買収されちまうんだ。おたくの国の麻薬取締局の人間だって、もう何年もうちのボスから金を受けとっている」

「誰だ?」ヘイズがすかさず尋ねた。

「誰かは知らない。もし知っていても、しゃべったら家族が殺される」

「その家族をメキシコから連れだせばいいのよ」ミネットは自分の考えを声に出した。

「それはおとぎ話だよ。たとえ合衆国に逃げこんでも、チャロが、いやもっとひどい場合にはチャロの親戚のペドロ・メンデスが、必ず殺し屋を差しむけてくる」ペピートはそう言ってヘイズに目をやった。「保安官がいい証拠だろう?」

「だが、エル・ラドロンが差しむけた殺し屋はぼくを撃ちそこなったんだぞ」ヘイズは好戦的に言いかえした。

ペピートは吐息をもらした。「ああ、そのせいでそいつは殺された。それで別の殺し屋を雇ったという話だったけど、あんたがここにいるからにはもう殺し屋は必要なくなったんだろうな」

その言葉に隠された意味を、ヘイズもミネットも見逃しはしなかった。

「わたしたちを二人とも殺す気なのね?」

ペピートは肩をすくめた。「俺はただの運び屋《ミュール》だぜ」隠語を使って言う。「ボスがどういうつもりなのか、あんたたちがさっき聞いた以上のことは何も知らないんだ。だが、たぶん二人とも殺すつもりだと思う。ミス・レイナーは彼女の父親を苦しめるため、そしてあんたは……」ヘイズを指さして続ける。「あんたの国でチャロを逮捕して、屈辱を味わわせたからだ。あんたを逃すのは危険すぎるんだろうよ」

ミネットは逃げだしたかった――切実に。これから彼女が直面する試練はこれまでに耐えてきたいかなる苦痛よりもはるかにひどいものになるだろう。シェーンとジュリーとサラのことが頭にうかぶ。新聞社のこと、家のことが。これまで安全や家族は当然そこにあるものだと思っていた。もし生きて帰れたら、どんなものでももう二度と当然とは考えるまい。

「ねえ」しばらくして彼女はペピートを見ながら言った。「あなた、ヘイズに権利を告知してもらうべきだわ」

ペピートは目を白黒させた。「え？」

「あなたの権利よ。逮捕されて拘留される前に自分の権利を知っておかなくちゃ」

ペピートは笑いだした。「セニョリータ、あんたと保安官はここメキシコで捕虜になっているんだぞ。俺を逮捕するどころか、ここから逃げることさえできないんだ」

ミネットはヘイズにかすかに笑いかけた。「告知してやって。あなたの義務だわ」

ヘイズもほほえみかえした。「ペピート、きみには黙秘する権利がある」告知を始める。「きみが言ったことは法廷できみに不利な証拠として……」

ミネットはその通告のあまりの強気さに思わず笑いだした。

13

「どういう意味だ、見失ったとは？」エル・ジェフは手下の男をどなりつけた。

男は身をすくめた。「彼らが保安官事務所に行くようだということで、彼から……」ラシターを指さしながら言う。「尾行するように電話で指示されたんですが、車のエンジンがどうしてもかからなくて」腹立たしげな口調だ。「まったく肝心なときに……。買ったばかりの車なのに！」

「それで、ぼくはマリストにかわりに行くよう指示したんです」ラシターがボスに言った。「マリストは保安官事務所から尾行するつもりで事務所に先まわりしたが、当然着いていい時間になっても彼らが現れないので、道を引きかえしていったらミネットの車が放置されていた、というわけです」

エル・ジェフはしみひとつない白いハンカチで顔を拭いた。「わたしの娘があの……野蛮人の手に落ちたとは」うなるように言う。「娘がどんな目にあうかわかっているだろう！」

みんなわかっていた。その場がしんとなる。この失策に彼らはすっかり打ちのめされていた。

「なんとかして娘を取りもどすんだ！」エル・ジェフがまたどなった。

玄関のドアが開き、長身の男が入ってきた。漆黒のつややかな髪をウエストのあたりまで伸ばしている。彼はためらいなくエル・ジェフに近づいた。

「いくつか、ものを借りたい」

一キロも車に引きずられてきたかのようなありさまの男が二人、くぐもったうめき声をもらしながら戸口に姿を現した。

「そいつがわれわれの制止も構わずに……」ひとりの男が言った。

「撃つぞ」もうひとりの男がそう脅して黒髪の侵入者に近づいた。

侵入者は安定した余裕綽々《しやくしやく》の姿勢で立っていた。

「ご自由に」

「もういい！」エル・ジェフが叫び、怪我《けが》をした男二人を追い払う仕草をした。そして侵入者に向き直ると、侵入者はそばの気色ばんだ男たちには目もくれずに姿勢を正した。

エル・ジェフはじろりと侵入者の男を見た。「いったい何者だ？　ものを借りたいだと？　わたしは娘を誘拐されたところで――」

新参の男は片手をあげた。「それはわかっている。彼女の居所もわかっているんだ。必要なのはヘリコプターと最新式の無線機、手榴弾《しゆりゆうだん》が二、三発にその男だ」エル・ジェフの横に立っている男を指さす。

「この男？」エル・ジェフは隣のずんぐりした無表情な男を見た。「ルイを？　なんのために？」

カーソンは口をとがらせた。「その男があんたをエル・ラドロンに売る役をする」

「エル・ラドロンは、わたしの娘の身柄を押さえている。わたしに用はないはずだ」

「まあ、待て」カーソンはほほえんだ。「ぼくに考えがある。黙って聞いてくれ」

エル・ジェフはうめいた。彼が苦悩しているのは明らかだった。

ラシターが黒い目をきらめかせた。「ぼくだったら最後まで聞きますがね」

カーソンは問いかけるように眉をあげた。「きみを知っていたっけ？」

ラシターはくすりと笑った。「いや。しかし、こっちはあんたの噂《うわさ》を聞いている。エミリオ・マチャドが南米の国バレラの政権を奪いかえしたときに、女性ジャーナリストをいたぶった男の始末をするという任務を与えられたそうだな。ロークという傭兵《ようへい》に手を貸して、そいつを片づけたんだろう？」

「そうかもしれないな」カーソンはひややかに言った。

「それで？」エル・ジェフは興味をそそられたようにラシターに先を促した。

「のちに、そいつは少なくとも三頭の鰐《わに》の餌にされた状態で発見された」

カーソンは眉ひとつ動かさない。「かわいそうに、鰐は飢えていたんだな。同情するよ」

エル・ジェフは頬をゆるめた。「そういうことなら、わたしの一番いいヘリコプターをパイロットもつけて喜んで貸そう」

カーソンはほほえみかえした。「ありがとう」

「どうか娘を助けてくれ。頼む」

「最善を尽くすよ」カーソンは請けあった。

国境ではちょっとしたトラブルが起きていた。麻薬取締局のロドリゴ・ラミレスとＦＢＩのガロン・グリヤが、彼らをコティージョが首都であるメキシコのビラ・モンターナ州に入らせまいとしている検問所の係官と言いあいをしていた。

「聞いてくれ」ロドリゴが一歩距離を詰めて言った。

「これは公務なんだ。誘拐事件が起きているんだ」

係員は肩をすくめた。「珍しいことじゃない。コティージョは、身代金目当てで誘拐されたアメリカ人がよく連れこまれる町だ」

「市長と話をするためにも、そっちに行かなくてはならないんだ」

「国境は閉鎖されている。あいにくだな」係官は冷たく笑った。

二人は係員から数歩離れた。

「強硬策でいくか？」ガロンがロドリゴに問いかけ

た。

「それしかないな」ロドリゴは携帯電話を取りだしてかけはじめた。四本かけたあとで、係官のところに戻り、携帯電話を差しだす。

「これをどうしろと？」

「むろん電話の相手と話すんだ」ロドリゴは答えた。

係官は電話機を耳に当てた。それからはっと息をのみ、ロドリゴを見て青ざめた。「ああ、はい」スペイン語で応答する。「はい、確かに。はい、すみません。知らなかったもので……。いや、むろんすぐにそうします。はい、必ず！　あの、このたびの大勝利おめでとうございます」携帯電話をたたむと、ロドリゴに返す。その顔は蒼白《そうはく》だ。「どうぞ行ってください、セニョール。手間を取らせてしまって、すみませんでした。あの、ほかにわたしで何か役に立てることがあったら……」期待に満ちた目で締めくくる。

ロドリゴはまるで卑猥《ひわい》なことを提案されたかのような顔をした。

ガロンがロドリゴの肩に肩をぶつけた。「ことを荒立てるなよ」小声で言う。

ロドリゴはガロンにちらりと目をやった。「つまらないやつだな」

二人はガロンのＦＢＩの車に再び乗りこみ、国境を通過した。そのあいだメキシコ人の検問係官は直立不動で敬礼していた。

ペピートは落ち着かなかった。そのうえ腹も減ったのでキッチンに行き、サンドイッチを作って食べた。焼きたてのパンはなかった。女房の作るトルティーヤが恋しかった。上等のビーフとヨーロッパの高級チーズをたっぷり詰め、むろん仕事の役得として与えられる輸入もののコーヒーもつけて……。どれも贅沢《ぜいたく》すぎるしろものだが、新しい仕事についてからそういう贅沢品に慣れてしまったのだ。もう天気任せの作物を植えて、育ちざかりの子どもたちの空腹を満たすには足りない、わずかばかりの収穫を得るだけの日々には戻れそうにない。

むろん、こんな仕事をしていればおぞましいことを目撃したり、ときには自分自身がそうしたことに手を貸したりしなければならない。たとえば隣の部屋の勇敢なアメリカ人女性がされることにも。ボスが裏切りに対していかに残酷な報復をするかを思うと、胸がむかむかしてくる。つい最近もコティージョにおけるボスの権威に盾突いた数人の男がひどいリンチを受けたあげく、道端で吊《つ》るされた。ボスはあらゆる者に自分が、エル・ジェフではなく自分自身がここの権力を握っていることを知らしめたいのだ。

それから二日もしないうちに、第三の、もう少し小さい組織が同じようなことをやった。エル・ラドロンの一味に属する四人の男の首をはねたのだ。そうしたごたごたの中のどこかで、エル・ジェフは何もせずに傍観している。ペピートはエル・ジェフがその両者の争いに決着がつくのを待っているのだと確信していた。どちらが勝っても、それまでの戦いに疲れて弱っているはずだから、エル・ジェフはそこを叩《たた》き、自分がこの州に君臨するつもりなのだろう。それが麻薬業界の政治手法というものだ。

ペピートは、可能ならばエル・ジェフの下で働いてもいいと思っている。少なくともエル・ジェフは信心深く、配下の者たちに礼拝堂と司祭を提供している。ペピートはふらふらと居間に戻った。

小声で話をしていた保安官と女がすぐに黙りこんだ。

ミネットがペピートを見つめた。「ペピート……ごめんなさい、そう呼んでもいいかしら?」

ペピートも若いころにはいろいろな呼ばれかたをしたものだが、自国では権力も富も持っている女がこのように礼儀正しく話しかけてきたことに胸をつかれた。「ああ、もちろん」へどもどして答える。

「ペピート、ここに連れてこられてからもう何時間もたっているし、わたし、その……」ミネットは言葉を切り、恥ずかしそうに目を伏せた。「トイレを借りられないかしら？」

ペピートは追いつめられたような顔をした。「セニョリータ、ここは貧しいところなんだ。この家の中に、その、水道設備はない。コティージョで屋内にトイレや浴室がある家に住めるのは、よっぽどの金持ちだけだ」彼はためらった。ミネットの表情は切羽つまっている。「ええと、英語でなんて言うのかな、屋外トイレならあるよ」ようやく言った。

「それじゃ、これを……」ミネットは縛られた両手を差しだした。

ペピートは躊《ちゅう》躇《ちょ》した。まさか逃げるつもりではないだろう。こんなに細身だし、とらわれの身となって疲れきっている。もし彼女に逃げられたら、俺は殺されてしまう。だが、トイレに行きたいのはほんとうのようだ。粗相させてボスたちが来たときに人前に出せる状態ではなくなっていたら、やっぱり俺が殺されてしまうかもしれない。

「もうそんなに我慢できないわ。お願い」彼女は声をかすれさせた。

ペピートは以前から女の懇願をはねつけられたためしがなかった。「わかったよ」ちょっと考えてそう答えた。重いＡＫ四七ライフル銃をテーブルに置き、彼女が立ちあがるのに手を貸す。「いっしょに来な」

ヘイズはライフル銃がほとんど手の届きそうなところに置かれた瞬間胸をとどろかせた。この手が自由になりさえしたら……せめて数秒でも！　だが彼が悶々《もんもん》としているあいだにペピートは再びライフル銃を取りあげ、ミネットを連れてドアの外に出ていった。

　これはいっそうまずい状況だった。ヘイズには外で何が起きているかわからないのだ。もしあの若造がボスが帰ってくる前にミネットをものにしたくなったら？　もし……。

　ヘイズは唾をのみこんだ。彼はほんとうに無力だった。携帯電話も銃もナイフも、この苦境から脱するためのいかなる手だてもない。こんなふうにうかうかと誘拐されてしまった自分の間抜けさ加減が呪わしかった。この状況を彼はどうすることもできないのだ。ここに座ってミネットが死ぬのを見ているしかない。何か、なんでもいい、このいましめを解いて自由になるための方法を考えださなくては！

　ヘイズが自分を責めているころ、ミネットは肩を落とし、うつむいて屋外トイレに向かっていた。

　ひどいにおいのする粗末な細長い掘っ立て小屋の前で立ちどまる。下に落ちている白い粉を見て、生石灰が臭気を抑え、排泄《はいせつ》物を分解する衛生的手段として使われていることに気づいたが、生石灰は死体の分解を速めることもできるのだと思いいたると小さく身震いした。小屋の外にはそれが二袋立てかけてある。あとでわたしとヘイズに使うつもりだろうか？

　ミネットは恐怖を抑えこみ、哀願するようにペピートを見た。「手を……手を縛られたままじゃできないわ……」

「ほどいてはやれないよ、セニョリータ」ペピートは悲しげに言った。「ほんとうに気の毒だとは思うけど、もしあんたがどうにかして逃げたら、俺の家族が殺されるんだ」

「気持ちはわかるわ」ミネットはため息をついた。

縛られたままの手でドアをあけ、中に入って閉める。がらがら蛇がこの小屋の下に巣を作っていないよう祈りたい気持ちだが、もうほとんど冬だし、メキシコ北部でさえこんなに寒い。蛇はもう冬眠に入っているんじゃないの？

ミネットは不自由な手で、トイレを使えるくらいまでなんとかジーンズをおろした。自分は死ぬのだとわかっている。ヘイズも縛られていて自由になるすべはない。彼も死ぬのだ。

だめ！　方法は必ずあるはずよ。彼を助けるためにできることがきっとある！　ミネットは必死の思いで周囲を見まわした。女の際どい写真を載せた雑誌が一冊、地面に放置されている。それに意外なことにペーパーホルダーに備えられたトイレットペーパーは充分な量があった。そのホルダーは金でできていて、いくつもの宝石がはめこまれている。こんな高価なものがこんなところにある皮肉さに、ミネットは笑いを押し殺さなければならなかった。が、そのとき宝石のいくつかはダイヤのようだということに気がついた。

「急いでくれよ、セニョリータ」ドアの外でペピートがせかした。「そのうちボスたちが帰ってくる。あんたが家にいないのを見られたらたいへんだ！」

「ええ、あと少し！」ミネットは声を張りあげた。

なんとかホルダーからペーパーを抜きとり、芯棒を手に持ちかえて、手首を縛っているナイロンの紐《ひも》にこすりつけはじめる。ヘイズがかけられているような手錠でなくてよかった。手錠だったら、この方法は使えない。懸命に芯棒をこすりつけているうちに、ナイロンの紐がほつれてきた。やはりこの宝石はダイヤなのだ。ダイヤだからなんでも切れる！　片手さえ……自由に……なれば……。やった！

紐が切れ、もう両手とも自由になった。ペピートは若くて強そうだけど、こちらには相手の不意をつけるという強みがある。それに武術の心得もあるのだ。達人ではないけれど、無警戒な敵の優位に立つぐらいには使えると思いたい。彼の家族を一瞬気の毒に思ったが、ミネットの一番の、そして唯一の関心事はヘイズだ。ヘイズを救わなければならない。きっと救ってみせる。

　ミネットは頭の中でシナリオを組み立てた。いかにペピートに近づき、どう動くか。心臓は狂ったように早鐘を打っていた。呼吸が浅くなり、息が詰まりそうだ。口の中が乾き、手がじっとりと冷たい。

　ミネットはジーンズを引きあげた。

「セニョリータ！」

「お願い、あと一分！　朝に食べたものがよくなかったらしくて……」

「ああ、それじゃしょうがないな。だけど、早くしてくれよ」

「ええ」

　ミネットは宝石をはめこんだペーパーホルダーの芯棒を握りしめた。ドアの隙間から外をのぞくと、ペピートはこちらに背を向けて地平線を見ていた。

　よし、行くわよ。いましかないんだから。

　ミネットは勢いよく力任せにドアをあけてペピートをはねとばした。すかさずペピートの体を飛びこえて落ちたＡＫ四七ライフル銃を拾い、彼に突きつける。

「立って」言うとおりにしなかったら殺すと脅すような口調で命じた。

「頼む、殺さないでくれ！　家族が……」

「家族のことを考えるなら、こんな組織に入る前に考えるべきだったのよ」ミネットは怒りをこめて言った。怒りと憤りで目がぎらついていた。「歩いて！」銃で家のほうをさす。「早く！」

　ペピートの背を銃で突いたが、その銃を奪いかえされないようすぐに充分な距離を取る。もみあいになったら負けるだろう。こちらが有利なのは銃を手にしているあいだだけだ。

「彼の手錠をはずして」家に着くと彼女は命じた。

「俺は鍵を持ってないんだ！」

ヘイズは笑っていた。「すごいぞ、ミネット。おっと、気をつけろ！」

ミネットはとっさにペピートから離れた。「死に物狂いの人間は何をするかわからないわよ、ペピート。そこに腹ばいになって、両手を背中にまわしなさい」

「俺の家族が殺される！」ペピートは泣きそうだ。

「言うとおりにしないと、あなたを殺すわ！」ミネットは声を荒らげた。「早く！」

「わかったよ」ペピートはうめくように言った。そして聞こえよがしなため息をつき、床に伏せて両手を背中にまわした。

ミネットは使えそうなものを探して周囲を見まわした。彼女の口をふさぐのに使われた粘着テープが放りだされているのを見つけ、それをねじって紐を作る。その紐でじっと伏せているペピートの親指同士をきつく結びあわせた。簡単で単純だが、人を拘束する効果的な方法だ。

「そんなやりかたをどこで覚えたんだ？」ヘイズが感心したように言った。

「傭兵を取材したことがあるのよ」ミネットは答えた。「ああ、あなたの手錠はどうやってはずしたらいいの？」

「鍵はメンデスの手下が持っていっちまったんだ」ヘイズがぼやいた。「これは金で買える最高級の手錠なんだよ。ぼくが支払ったからわかるんだ」

「ヘアピンであかないかしら」ミネットはまたきょろきょろした。「ピッキングなんてやったことないけど、でも――」

「いいから立たせてくれ。いまは手錠のことはいい。

やつらが戻ってくる前にここから逃げなくては」

「そうね」

ミネットはポケットから宝石をはめこんだペーパーホルダーの芯棒を取りだし、ヘイズの足と手首をつないでいるナイロンの紐をこすりはじめた。

「それはいったいなんなんだ?」ヘイズが言った。

「虚栄心のかたまりだわ」ミネットはなんとか笑ってみせた。「結局、虚栄心がおのれの足を引っぱるのよ」

紐が切れた。

ヘイズは立ちあがったが、体をぐらりとよろめかせた。「ごめん。まだちょっとふらふらする」

「いいのよ。わたしにつかまって、おじいちゃん」ミネットはからかった。

「早く逃げないと」

「わかってるわ」

「セニョリータ、俺の家族が!」ペピートはもう手放しで泣いていた。「俺も殺されちまうが、女房と子どもたちはリドにいたぶられる!」

「リド?」ミネットは聞きかえした。

「ここにいた男だ。金ぴかの銃を持ってたやつだよ」ペピートが情けない声で答えた。「リドはペドロ・メンデスとその親戚でコティージョ市長のチャロの手下なんだが、女に悪さするのが大好きで……」

ミネットはヘイズと顔を見あわせて眉根を寄せた。

「仕方がない」ヘイズは彼女に言った。「ただし、銃はぼくに渡してくれ。手錠をかけられたままでもなんとか扱える」

実際、そのとおりだった。ミネットがペピートを立たせているあいだ、ヘイズは銃を構えていた。

「手はそのままでいてもらうわ」ミネットはペピートに言った。「もし騒ぐとか、わたしたちを裏切ろうとしたら、そのときは迷わず撃ち殺すから。わかったわね？」

ペピートは口ごもった。「わかったよ。しかし、俺の家族は……」

「ペピート、わたしたちだけで武装した敵地に突撃していくなんて、そんなむちゃはできないわ」ミネットは指摘した。「あなたを救うことはできても、今日それ以上の人を救うことは不可能よ。気の毒だけど、それがわたしの限界だわ」

ペピートは悲しげに吐息をもらし、うなずいた。

「行こう。早く！」ヘイズが言った。

「食糧を」ペピートが言った。「食べ物と水を持っていかなくちゃ」

ミネットは小声で悪態をついたが、ペピートの言うとおりだった。ここは文明の地から遠く離れているし、寒い季節でも砂漠は乾いている。

ミネットはキッチンにあったものをバックパックに放りこんで背負った。古びたベッドから二枚の毛布を引きはがし、ペピートの肩にかける。

「さあ、捕まる前に出発しましょう！」

ミネットが先に立ち、そっと外に出る。銃を持っていることがヘイズの負担になっていると気づいて、彼女は自分が預かった。彼の肩がこの予想外のきつい旅で回復不能のダメージを負ったのでなければいいが。それでも逃げなければならないのだ。チャンスは一度だけ。そのチャンスがいまだった。

ミネットはペピートに目をやった。「あなたを信用して聞くけれど、国境はどっち？」

ペピートは唇をかんだ。頭の中で、選択肢を検討していた。いや、選択肢など実際にはないけれど、彼はこの国を知っていて、彼ら二人は知らない。もし道を教えなければ、さまよい歩いているうちにボスが優秀な手下を使って彼らを見つけだす可能性が高くなる。そのときには自分は被害者とみなされ、許してもらえるだろう。

「もし捕まったら……」ミネットがかたい声で言った。「あなたが逃亡を手助けしたのだと名誉にかけて誓ってやるわ」

「ぼくも彼女に同調する」ヘイズの声も冷たかった。

ペピートは歯ぎしりした。「俺の妻子が殺されちまう！」むせび泣くように言う。

「無事に逃げおおせれば、まだ家族を助けられるかもしれないわよ」

ペピートは涙のにじんだ目でミネットを見つめた。

「どうやって？　俺には金も武器もない。何もないんだ！」

ミネットは素早く頭を回転させた。「ペピート、わたしが誘拐されたのはなぜだか知ってる？」

「そりゃ、彼らのお目当ての保安官のそばに、あんたがたまたまいたからだろう」

「違うわ。逆よ」彼女はぐいと顎をあげた。「わたしの父親はエル・ジェフなの」

ペピートは声をあげて笑った。「冗談だろう？」

「ほんとうよ。わたしを殺すところをビデオに撮って父親に送りつけるってボスが言ったのを聞いたでしょう？　わたしの父親は彼の最大の敵、エル・ジェフなのよ」

もし手を動かせたら、ペピートは十字を切っていただろう。「エル・ジェフなら、その気になれば俺の女房を助けられる」

「子どもたちもね」ミネットはうなずいた。「わたしが逃げるのに協力してくれたら、あなたは彼にどんな報酬でも要求できるわ。そうじゃない？」

ペピートはすぐに決心がついたらしく、うなずいて言った。「こっちだ。急ごう。ボスが戻ってくるまでそんなに時間がない。このあたりをうろうろしていたら、見つかって捕まっちまう」

「それじゃ、しゃべるのはやめて、歩きだすべきだ」ヘイズが言った。

「いい忠告だわ。行きましょう」ミネットは言った。

それから一行は藪《やぶ》の中、干あがった小川を何度も渡って長時間歩きつづけた。山に入り、あるいは山を迂回《うかい》して、何時間も歩いているような気がした。ヘイズは消耗し、体を震わせていた。

「あとどのくらい先なの？」ミネットは心配になって尋ねた。

ペピートはため息をついた。「まだずっと先だよ、セニョリータ。何十キロも先だ。保安官がこんなに弱ってちゃ、一日では着かないね」

ミネットはうめき声をもらした。が、ヘイズを見ると、ペピートの言うとおりだとわかった。むろん、彼がボスに見つかるまでの時間稼ぎをするために嘘《うそ》をついている可能性もあるけれど。

「ほんとうにそんなに遠いの？　車に乗せられてきたときにはそれほど遠く感じなかったわ」

「いや、遠かったよ」ヘイズが重苦しい口調で言った。「国境から五十キロは走っただろう」

「そんなに？　それじゃ、いつまで歩いても着かないわ！」

「車でも盗まないかぎり歩くしかないな」ヘイズはそう言って周囲を見まわした。「砂漠で車に行きあったらそれだけで幸運だ」

ミネットは声に出してうめいた。ヘイズはそんなに遠くまで行けないかもしれない。すでに不自由な歩きかたになっている。長時間の移動や手荒な扱いで、目に見える以上の問題が起きているのかもしれない。

一行はせりだした岩の陰でひと休みした。

「火をたいても大丈夫かしら？」ヘイズの具合が悪そうなので、ミネットはペピートに尋ねた。

「ああ、なるべく煙をあげないようにすればね」ペピートは答えた。「だけど、この状態では薪《まき》を集めてこられない」

ミネットはためらった。いましめを解いてやったら、彼は逃げてしまうかもしれない。

ペピートは彼女に両手を差しだして促した。

「もし裏切ったら、わたしの父親が必ずあなたを捜しだして報復するわ」

彼は唾をのみこんだ。「わかってるよ、セニョリータ。信じてくれ」

ミネットはヘイズを見た。彼は岩に寄りかかって座りこみ、身動きもままならないほど疲れているようだ。「わかったわ。絶対逃げないと約束して」

「約束する。誓うよ」ペピートは言った。

ミネットは深々と息をつき、宝石つきのペーパーホルダーの芯棒で彼の親指を縛っている粘着テープを切った。

「すぐに戻ってくるよ。ほんとうだ」ペピートはちよっと逡巡《しゅんじゅん》した。「あんたの父親は、ほんとうに俺を助けてくれるんだろうね？」

「もちろんよ」彼女は答えた。「お願いだから急いで」ヘイズを心配そうに見やってせきたてる。

「わかった。すぐに戻ってくる」

ペピートは闇の中に姿を消した。ミネットはヘイズの横に腰をおろすと両手で彼の体を抱きかかえ、自分の体温であたためた。

「心配いらないわ」ささやくように励ます。「きっと国境まで行きつける。わたしが保証するわ！」

ヘイズはため息をつき、自由のきくほうの腕を彼女の肩にまわした。「きみの活躍はのちのちまで語り草になるな」低く笑いながら言う。

「すごいインスピレーションを受けたの。何も恐れず銃弾が降りそそぐ中を突き進む保安官の姿よ」

ヘイズは彼女の髪に唇を触れた。「ありがとう。ちょっと元気が出てきたよ。きみに助けてもらわなければならないなんて、プライドが傷ついていたんだ。ぼくがきみを助けたかったんだよ」

「次回は助けてね」ミネットは言った。「さあ、横になって休んで」かたい地面に彼を横たわらせ、自分もまるくなってぴったりと寄りそう。

「ミス・レイナー、いったいなんのつもりかな？」耳もとでヘイズがささやいた。「ぼくはそんな男じゃないよ！」

「あら、そんな男よ」ミネットはくすりと笑った。疲労と不安にさいなまれながらも、いまほど幸福を感じたことはなかった。

ヘイズも彼女の体を包みこむようにまるくなった。

「確かに、そうかもしれないな」いいほうの手をヒップにまわしてジーンズの中にすべりこませる。

「柔らかい」そうささやいたあとにうめいたのは、手錠のせいで傷ついたほうの肩の筋肉が引っぱられたからだ。「クラッカーとミルク！」いまいましげに言い、手を引っこめる。

「このほうが簡単じゃない？」ミネットはヘイズの手をブラウスの胸もとに入れさせた。「これなら筋肉が引きつれなくて……。ああ、すてき！」ヘイズは頭をさげてブラウスの下の柔らかな胸に唇を這《は》わせていた。かたくなった先端を含み、優しく吸いつく。それから彼女の上にのって唇にキスしながら、脚で彼女の長い脚を開かせた。二人とも痛いほど欲望をつのらせ、周囲が見えなくなっている。

「ああ、だめだ……肩が！」手錠のせいでやろうとしていたことができないと気づき、彼はうなった。

ミネットは二人をのみこんでしまいそうな狂おしい渇望をなんとかこらえ、彼にしがみついた。「あとで必要とあらば銃を使ってでもこの手錠をはずしてあげるわ。そしてあなたに襲いかかるの！」唇にキスをして、かすれ声でささやく。

「ミネット」彼はうめいた。

「ごめんなさい」ミネットはなんとか体を引いた。

「ほんとうにごめんなさい。あなたの純潔を汚してしまって」

「純潔を……汚して……」ヘイズは笑いだした。彼女の隣にころがり、目をのぞきこむ。「その状況をきみのためにぜひとも改善したいな」

「ほんとうに？」

「ああ、ただし、その前に結婚してくれなきゃだめだ」彼は口をとがらせた。「なんといっても、ぼくは有名人だからね。自分の評判に傷をつけたくない。人の模範にならなくちゃいけないし」

ミネットは眉を動かした。「いいわ。それじゃいつ結婚する？」

「公務員を買収すれば、すぐに――」

「あなたは保安官でしょう。そんなことをしちゃいけないわ」

「ちくしょう。それじゃ結婚許可証をもらってきて、週末に結婚しよう。それでどうだい？」

ミネットはほほえんで彼に軽くキスした。「わたしたちがそれまで続いていたらの話ね」

そのとき遠くで大きな物音がして、二人の注意を引いた。すぐに二度めの音が続く。爆発音に似た音だ。ミネットは捕虜がまだ薪を持って戻ってきていないことに気がついた。彼が仲間に自分の存在を知らせる方法を見つけたということだろうか？ 火薬を隠し持っていて、ボスたちに合図したの？

ミネットはあたりを見まわした。「いまの爆発音を聞いたでしょう？ ペピートだわ！ わたしたちを裏切ったのよ！」

ヘイズは眉根を寄せた。「銃声のようには聞こえなかったな。手榴弾《しゅりゅうだん》を爆発させたような音だった。それも一発ではなかった」

「ペピートが隠し持っていたんだわ。いまのでボスに合図したのよ」ミネットはため息をついた。「彼が約束を守るなんて期待したほうが間違っていたのね。いまに仲間を引きつれてここに現れるわ」

ヘイズは深刻な顔でＡＫ四七ライフル銃を指さした。「ここがぼくたちの踏ん張りどころだな。踏ん張って援軍を待つんだ」

ミネットは彼の目を見つめ、ゆっくりとうなずいた。「最後のひと踏ん張りね。二人で」

ヘイズは微笑した。「それでこそぼくの彼女だ」

夜は急速に迫りつつあった。寒かった。ミネットはヘイズと寄りそってうずくまっていた。夜に砂漠をさまようのは何が待ち構えているかわからず、危険きわまりない。合衆国が北東方向にあることはわかっていた。知っている星座を見つけられたら、方向を知る手がかりになるかもしれない。

彼女がそう言うと、ヘイズは残念そうに答えた。

「天文学は勉強しなかったんだ」

「わたしもなの」

「振り出しだな」

「木の北側には苔《こけ》が生えるわ」

「闇の中じゃ、苔を見つけられない。苔どころか木を見つけるのもたいへんだよ」ヘイズは指摘した。「ここにはほとんど木がないんだから」メスキートの木がところどころあるだけの広大な土地へと顎をしゃくる。

ミネットは気落ちしてうなずいた。

こごえそうな寒さの中、毛布を自分たちの体に巻きつけ、最後の水のボトルをあける。大事に飲まなくてはならない。食べ物はビーフが少しあった。二人はそれもちょっとだけ食べた。いまにも武装した集団に取り囲まれるのではないかと警戒しつづけているが、これまでのところ追っ手が迫ってきた気配はない。

「ペピートなんかを信用しちゃって、ごめんなさい」ミネットは言った。

　要するに、二人は罠《わな》にかかったようなものだった。ここがどこだかわからないから、どこにも行けない。ライフル銃と数発の弾はある。だが、ペピートのボスは武装集団を連れているのだ。それに対してこちらは二人だけ。しかも、ひとりは負傷している。

「ぼくも信用したんだ」ヘイズは言った。「あのときは信用する以外になかっただろう？　ぼくたちを裏切るよりも、きみの父親に会いたがるんじゃないかと思ったんだ。いま思うと、希望的観測だったんだろうな」

　ミネットは彼の体を優しく抱きしめた。「それでこれからどうするの？」

「少し眠って、また歩きだすんだ。運がよければ、もっといい隠れ場所か、ぼくたちを助けてくれる法執行機関の誰かが見つかるかもしれない」

「そうね」ミネットは彼に寄りそい、深いため息をついた。「わたしたち、保安官事務所に行かなければよかったわね」

　ヘイズは目を閉じながらほほえんだ。「まったくだ。あのコンピューター技術者のことが心配だよ。エブ・スコットはこけにされて黙っているような男ではない。自分の部下がさらわれでもしたら草の根分けても捜しだし、誘拐犯にきっちり落とし前をつけるだろう」

「うまく犯人を見つけてくれるといいわね」

「そうだな。起訴できるよう、身柄はこっちに引き渡してもらいたいがね」ヘイズは不気味な口調で言った。

「それでこそ、わたしの保安官だわ」そう言いながら、ミネットも目を閉じた。

14

「もしペピートが家族を助けるために逃げたのだとしたら？」ミネットは目をあけ、声に出しながら考えた。

「ぼくが彼だったら、確かにそうしたかもしれないな」ヘイズは言った。「知りもしない他人の命をわが子の命より優先するのは難しいだろう」

ミネットはほほえんで、毛布を二人の体にいっそう引きよせた。「わたし、シェーンとジュリーのことを考えていたの。わたしたちが生きて帰れなかったら、あの二人は苦労するわ。すでに両親とも亡くなって――」

「そんなに先走るなよ」ヘイズがさえぎった。「きみのおかげでぼくたちは自由の身になったんだ。まったく、トイレットペーパーのホルダーの芯棒を使っていましめを解くとは驚いたよ！」

ミネットはにっこりした。「ペピートのボスのおかげだわ。屋外トイレにあんなとんでもないものを備えつけるなんて！」

「帰ったら部下に話してやらなくちゃ。きっと受けるぞ。ぼくたちが取りあげた銃にも金張りが施され、ダイヤがはめこまれていたんだからね」そこでヘイズは眉根を寄せた。「ＦＢＩ捜査官たちもこれまでに似たような銃を押収している。きっとそれを有効活用して、そうした銃を買った連中を突きとめてくれるだろう」

「そうだといいわね」ミネットは深呼吸して周囲に目をやった。細長い月が出ていた。火の気はどこにもない。どこか近くでコヨーテの吠《ほ》える声がする。

「コヨーテは人を襲ったりしないわよね？」

「たぶんね。先住アメリカ人のあいだでは、荒野でひとりぼっちの負傷した人間をコヨーテが守ってくれたという話が伝わっているくらいだ」

　ミネットは唇をとがらせた。「わたしたちもコヨーテに手を貸してくれるよう頼んでみるべきね。手というより前足かしら」そう言って笑う。

　ヘイズは彼女の指に自分の指をからませ、いっそうそばににじり寄った。「夜の砂漠は冷えこむ。前に逃亡者を追って国境の先の屋外で夜を過ごしたことがあるんだ」

「あなたの仕事って危険がいっぱいなのね」ミネットはつぶやいた。

「うん。これまで考えたことがなかったけど、確かに危険だ」ヘイズはちらりとミネットを見た。「この仕事は大好きだが、ひょっとしたらそろそろ部下に現場を任せて、自分は管理に専念することを検討すべき時期なのかもしれないな」

　ミネットの心臓がどきどきした。「ほんとう?」

「うん」

　ミネットは彼に顔を寄せ、そっとキスした。「あなたにはできるだけ長生きしてほしいわ」

　ヘイズは笑いながらキスを返した。「わかった。努力しよう」それから優しくミネットの向きを変えさせ、かたい地面に彼女と並んで身を横たえた。

「ぼくたちの子どもを孤児にしたくないしね」

　ミネットはヘイズの感触や味を求めて彼を引きよせた。キスを受けながら体をゆっくり撫《な》でられると、欲望がますますふくれあがっていく。

　彼をそそのかすように重なりあった唇を開き、シャツの下に手をくぐらせていくつもの傷痕がある背中を愛撫《あいぶ》する。この傷痕がいとおしい。彼の勇気の証《あかし》だ。

　ヘイズは彼女の優しい手の動きにうっとりして肩の力を抜いた。ミネットは彼の傷に嫌悪感を抱いてはいないようだ。それがほんとうに嬉《うれ》しい。まずいと知りつつ脚で彼女の脚を開かせ、できるかぎり体を密着させる。

ミネットは下半身を押しつけて、彼の渇望を感じとった。「お願い」自分からもいっそう体を密着させ、身震いする。「ああ、ヘイズ、お願いよ……」

ヘイズはミネットと同じ望みに駆りたてられて身動きした。だが、彼女のジーンズのファスナーに手をかけたちょうどそのとき、コヨーテがまた近くで吠えた。さっきよりも近く、恐怖を感じさせる声だ。

ヘイズは起きあがった。

「なんなの？」いっしょに上体を起こしたミネットは満たされない情熱になおも身を震わせながら、ぼんやりと尋ねた。

「コヨーテだ。ほら、聞こえる」

その声はひどく大きかった。

ミネットは武器を取ってヘイズに渡した。「万一に備えて」

ヘイズは彼女の頬に顔をこすりつけた。「言っておくけど、やめたくてやめたわけではないからね」

ミネットは笑い声をあげた。「わたしもよ」

「時間はいくらでも作れるんだ。これからの二日間を生きのびさえすればね」

「生きのびる目的がそれだなんて」また笑った。

ヘイズも含み笑いをもらした。「自分でもそう思うよ」

ミネットは遠くにメスキートの木が点々と見える暗い風景に目を凝らした。ペピートはあそこで薪《まき》を集めているのだろうか、それともボスのもとへと逃げたのだろうか？

その疑問を口にすると、ヘイズは静かに言った。

「肝心なのは、ここに戻ってくるかこないかだ。彼がぼくと同様、約束を守る男であることを祈るしかないな」

「彼は家族を愛しているわ。メンデスが家族をいたぶり、殺すのを何より恐れていたもの」

「ああ。だが、きみの父親が助けると約束してやったんだ。彼にとってその言葉は重いはずだ」

「そうだといいんだけど」ミネットは答えたが、ヘイズと離れて寒さを感じているいま、悪夢のように不安がよみがえってきた。

「おいで」ヘイズはそっと言って再び彼女と横になった。「待っているあいだ、お互いの体をあたためあっていよう」

ミネットは微笑して彼に寄りそった。「あなたの服を脱がせてもいい？」

「だめだ」ヘイズはからかうように言った。「コヨーテが目のやり場に困るだろう」

ミネットは彼の胸に頬をすり寄せた。「いいじゃないの。危険を恐れずに生きましょうよ」

「そういう生きかたならすでに実践している。それでどうなったかは見てのとおりだ。メキシコで道に迷い、ぼくたちを殺しに来る連中を待っている」

「わたしが言ったのは、そういう意味の危険ではないわ」ミネットは彼のシャツをあけ、胸毛に包まれた筋肉質のあたたかな胸に唇を這《は》わせた。「ああ、いい気持ち」

ヘイズはわずかに呼吸を乱した。「もっと気持ちのいいことを知っている」両手でミネットのシャツを頭の上までたくしあげ、さらにブラジャーも押しあげる。あらわになった肌に自分の胸をこすりつけると、喜びが炎のように燃えあがり、口からうめき声がもれた。

「ほんとうに……気持ちいいわ」

思わず両腕に力をこめると、撃たれたほうの肩が痛み、ヘイズは身をすくませた。「ミネット、だめだよ」彼女がさらに抱きつこうとするのを制して、そうささやく。「ちくしょう、痛い！」

ミネットははっとした。「あなたの肩！　ごめんなさい、忘れていたわ」

起きあがった彼女の白い胸やそのとがった先端が三日月に照らされてうかびあがった。

「すてきだ」ヘイズはささやくと頭をさげ、片方を口に含んで味わった。

ミネットは背をそらし、身震いした。「ええ、すてき」そうささやきかえした声は震えを帯びている。

ヘイズは彼女を横たわらせ、長いことその柔らかな胸を貪った。やがてしぶしぶ体を引き、かすれ声で言った。「場所もタイミングも悪い。こんな調子じゃ、こごえてしまうよ。しかも、ぼくはあまり具合がよくない」

「肩が痛むのね？」

「ああ、かなり」彼は起きあがって腕を動かし、顔をしかめた。「そのうえ、まだ手錠がかかったままだ。ごめんよ」

「わたしこそごめんなさい」ミネットは彼のまぶたにキスした。「でも、それだけの価値はあったわ」

ヘイズはくすりと笑った。「そのとおりだ」

彼女は服を直し、彼ににじり寄った。「わたしは恥知らずなの。そしてそれを誇りに思ってるわ」

ヘイズは機嫌よく笑った。「恥知らずか。ついにぼくたちがほんとうに互いを知るときがきたら、恥知らずなおかげで、きっと甘美な時間になる」

ミネットはうなずいた。「わたしって、待つだけの価値はある女だと思うわ」

ヘイズは彼女の額にキスした。「わかってる。それに、ぼくという男も待つだけの価値はある。ほんとうだ」

ミネットはヘイズが震えたのを感じて、毛布を二人の体に巻きつけた。彼の体はあたたかいけれど、ひょっとしたら発熱しているのかもしれない。肩が心配だ。

「あなたにのませる薬があったらいいのに」彼女は言った。「せめて痛みをやわらげる薬が」

「大丈夫だよ。体があたたまれば楽になる」

ミネットはあきらめたように闇を見やった。「ペピートはもう戻ってこないでしょうね。暗闇の中じゃ、薪は集められないわ」

「月明かりがあるさ」ヘイズは言った。「論理的に考えてごらん。かりにもしコティージョの家族のもとに戻れたとしても、彼ひとりでは救出できないだろう？」

「チャロ・メンデスが警戒してるでしょうしね」

「ぼくたちが逃げたことをチャロに知られては、彼のもとに戻ることもできない。だとすれば、ここに戻ってくるしかないんだ。妻子を救うには、きみの父親にすがる以外ないんだし」

「ペピートの家族はもう死んでいるかもしれない」ミネットは声に同情をこめて低くつぶやいた。「チャロ・メンデスはまたいとこのエル・ラドロン同様、血も涙もない化け物だわ。それに、わたしをカメラの前で痛めつけ、殺すと言ったリドという男もね」

「ほとんどのメキシコ人は親切で家族思いなんだけどね。ぼくたちの目はつい麻薬王とか売人とか運び屋とかの犯罪者に向いてしまうが、この国には教会に通い家族を愛する、犯罪とは無縁の善良な人がたくさんいるんだ」

「ええ。それを忘れちゃいけないわね」

ヘイズは深々と息をついた。「それにしても寒いな！」

「そんな体だもの。よけい寒さがこたえるわよね」ミネットは優しく言いながら彼の体を毛布でくるんだ。「でも、必ずうちに帰れるわ。わたしにはわかるの」

「今夜は無理だとしてもね」ヘイズはため息まじりに言った。「少し眠ろう。明るくなったら、少なくとも太陽の位置でどっちが東かわかるから、北に向かって歩きだそう。いずれどこかにたどり着く」

ミネットは笑った。「いい考えだわ。そうしましょう」

ヘイズは彼女の額にキスした。「眠るんだ」

ミネットは吐息をもらしてゆったりと目を閉じた。

コティージョの市長はことのほか不愉快な男だった。彼が麻薬取引への自分の関与を疑っているアメリカ人どもの愚かさについて長々としゃべっているあいだ、ガロン・グリヤとロドリゴ・ラミレスは彼の執務室で背筋を伸ばして座っていた。

「このわたしが麻薬王に見えるかね？」チャロ・メンデスは挑発的に二人を見やり、ようやく話を締めくくった。

ロドリゴはぐっと言葉をのみこんだ。「今回われわれは麻薬取引のことで来たわけではないんです」

「ああ、確かにそう言っていたが、わたしに何ができるというんだ？　きみたちの国の市民が二人行方不明になっている。その二人がわが国にいるとしたら、不法滞在ということで見つかりしだい逮捕されるだろう」

「彼らは誘拐され、自らの意思に反して連れてこられたんです」ガロンが言い、身を乗りだした。「われわれも外交問題にはしたくない。ただ彼らを見つけ、連れて帰りたいだけです。彼らの居所を誰か知らないか、ちょっと調べてもらえませんか？」

「ご協力いただけたら、貴国の元大統領もきっと感謝するでしょう」ロドリゴがひややかにほほえんで言った。自分がメキシコ政府、とくに麻薬取引に厳しいことで有名な男とつながっていることをこの政治家に思いださせているのだ。

市長は咳払《せきばら》いした。「なかなか興味深いコネをお持ちだな、セニョール」

「あちこちに親戚がいるんでね。彼も同じです」ロドリゴはガロンを指さして言った。

ガロンは無言で微笑した。

小男の市長は二人をにらんだ。

「それで」ロドリゴが辛抱強い調子で続けた。「誘拐された二人を見つけることにご協力いただけると思っていいんでしょうね？」

市長は素早く考えをめぐらした。これはへたをすると、とんでもないことになる。麻薬組織のリーダーがいまこっちに向かっているのだ。彼が合衆国の法執行機関に籍を置くこの二人とこのオフィスで鉢あわせしたらたいへんだ。

メンデスは立ちあがり、満面に笑みをたたえた。

「もちろん、できるかぎりの協力を約束しよう」急に愛想がよくなっている。

「それはありがたい」ロドリゴが言った。

「ホルヘ」メンデスは側近を呼んだ。

すぐにタブレット端末を持った若者が入ってきた。

「お呼びですか、セニョール？」その若者は自分より小柄な男に対して滑稽なくらい従順だった。

「こちらの紳士が、誘拐されてわが国に連れてこられたという二人のアメリカ人を捜しておられる。そうした犯罪について何か心当たりのありそうな人物を探してくれないか？」

ホルヘは目を白黒させた。「はい、もちろん」そこで口ごもる。「ええと、誰に聞けばいいですか？」

「まずは国境の検問所に問いあわせ、それから国境に近い町の警察に当たってみろ」市長は言った。

「ああ、はい！　すぐにやってみます！」

ホルヘは自分の小さなオフィスに戻っていった。

市長は両手をあげた。「わたしの甥《おい》なんだ」ホルヘが姿を消したドアをにらみながらつぶやく。「無能だが、姉はあいつをかわいがっている。家族の平和のために、できることはしないとね」

「わかります」ガロンは言い、ロドリゴに目をやった。ロドリゴもガロンと同様いらだたしげな顔をしている。この小男には本気でヘイズとミネットを捜しだす気はないのだ。

ロドリゴは立ちあがった。「それでは失礼します。ご協力……感謝します」

市長は愛想のいい笑顔で二人と握手をした。「どういたしまして。何かわかったら部下に電話させよう」

「ありがとうございます」ガロンは先に立って部屋を出た。

車のところまで戻ってから彼は言った。

「あの男、二人の居所を知っているな」

「同感だ。何か考えは？」ロドリゴは応じた。

ガロンはため息をついた。「われわれはこの地では客だが、今夜泊まっていけと言ってくれるやつはひとりもいないだろうよ」彼は閉めきられたドアや窓を見まわした。「好意的な目では見てもらえてないようだからな」

「となると、帰ってうまくいくように祈るしかなさそうだな」ロドリゴは沈んだ口調で言った。「あの二人をこっちに置いていきたくはないんだが。彼らが何か知っているために誘拐されたんだとしたら、きっと最後には殺されてしまう」

「いや、何か知っているためではない。誘拐されたのはミス・レイナーがエル・ジェフの娘だからだ。エル・ラドロンは彼女をなぶり殺しにして、そのビデオをエル・ジェフに送りつけるつもりだろう」ガロンが吐き捨てるように言った。

「ああ。しかしヘイズはかつてチャロ・メンデスを逮捕し、金張りの銃器を押収するという屈辱を与えているんだ。それだけでも復讐《ふくしゅう》の理由になる。きっとヘイズも殺されるだろうよ」

ガロンはうなずいた。「最近ここらで四つの遺体が捨てられているのが見つかった」周囲を見まわして続ける。「誰かが麻薬取引の邪魔をしたんだ」

「麻薬取引の邪魔をすることにかけては、ヘイズ・カーソンは有名だ」ロドリゴは言った。「結婚して子どもができる以前のぼくだったら、ひそかにこっちに来て自ら彼らを捜すところなんだが」

ガロンは残念そうにほほえんだ。「ぼくもだ。しかし、いまではそういう仕事は若い連中に任せている」

ロドリゴは口をとがらせた。「ミネット・レイナーの父親は、たぶんいまこの瞬間にも誰かにこの事件を調べさせているだろう。そしてミネットに一生恨まれたくなかったら、彼女だけでなくヘイズも助けなくちゃならない」

ガロンはくすりと笑った。「まったく驚きだな。悪名高い麻薬組織の首領が、自分をぶちこみたがっている保安官を助けようとしているとは」

「エル・ジェフは、ほかの麻薬王たちと比べたらまるで貴公子だ。それに合衆国内では彼を逮捕する理由が何もない――いまのところはな」

「戻ったら一度会いに行くべきかもしれないな」ガロンがひとりごとのように言った。

ロドリゴは微笑した。「そうだな」

ペピートは薪を集めていたが、気持ちは上の空だった。頭を占めているのは妻や幼い娘たちのことだった。二人のアメリカ人が逃げだすのに無理やり協力させられたけれど、上の連中は信じてくれないだろう。俺に気の優しいところがあるのを知っているから、俺が自発的に逃がしたのだと判断するだろう。

アメリカ人の二人は自分たちがどこにいるのかわからない。方位磁石もないし、国境がどちらか判断するすべはないのだ。俺が戻らなければ、ボスに再び捕まるまでさまよい歩くことになるだろう。

そうなってはまずい。彼らはもし捕まったら俺が逃亡を手助けしたと言うつもりなのだ。俺を救うためにそれを思いとどまってはくれないだろう。

だが、彼らは捕まる前に砂漠でのたれ死ぬ可能性もある。ひどく寒いし、保安官のほうは撃たれた傷が完治せずに弱っている。体をあたためるものがなければゆっくり休むこともできないし、砂漠には野生動物もいる。何が起きても不思議はない。

ペピートはまたメスキートの木ぎれを拾いながら、暮れてゆく空に目をやった。地平線を夕日が真っ赤に染めている。血のような赤だ。

家族のことを思い、彼はうめいた。捕虜が逃げたことをボスが知ったら、俺の家族は麻薬王のなすがままになってしまう。

裏切りが発覚する前に、家族が住む小さな村にこっそり忍んでいって連れだすことはまだできるかもしれない。ここからそう遠くないし、道はわかっている。どのみちアメリカ人たちは死ぬかもしれないのだ。死んでも俺のせいではない。それにもしあの二人がまた捕まったら、俺は家族といっしょにボスに見つからないよう身をひそめ、機を見て出国し、新たに人生をやりなおせばいい。

そうだ、きっとできる。

脅すように吠えるコヨーテの声が聞こえた。ペピートは身震いした。コヨーテは嫌いだ。家畜を襲う。もしや人も襲うのだろうか？　二人のアメリカ人がキャンプしているすぐ近くで吠えたように聞こえたが。

だが、そうだとしてもそれは俺の問題ではない。どうしても俺は家族を助けなければならないのだ！

コティージョの市長は北メキシコの巨大な麻薬組織の首領ペドロ・メンデスの到着を待って、ネクタイを直した。あの麻薬王を愚かなアメリカ人どもは屈辱的な名前で呼んでいる。盗っ人《エル・ラドロン》と。

ペドロはチャロが砂漠のぼろ家に監禁させている捕虜に会いに来るのだ。いよいよ面白いことになりそうだ。エル・ジェフの娘を一番の手下、リドに誘拐させ、身柄を押さえたのだ。保安官は計画のうちに入ってはいなかったが、ミス・レイナーといっしょにいたから置いてはこられなかった。

「そろそろ着くんじゃないか、ホルへ？」チャロは側近に声をかけた。

年下の男がドア口に現れた。「そうだと思います。大勢のおともがいっしょです。装甲を施したＳＵＶを四台も連ねてきますよ。合衆国連邦政府の捜査官どもが何か仕掛けてきたときのためにね」ホルへは言葉をついだ。「セニョール・メンデスに客が来たことを話したんです。よくもここに来る度胸があったものだと不愉快そうでした」

「その話は俺からするつもりだったんだぞ！」チャロは激昂《げっこう》した。「俺が市長なんだ。俺が責任者なんだよ。おまえではなく！」

「どうもすみません」ホルへはうなだれた。「考えもせずにしゃべっちゃって」

「おまえはいつも考えなしだ」チャロは近づいて、ホルへの頬を張った。「このばか者！」

「失礼、こちらが市長室かな？」深みのある男の声が割りこんできた。

チャロもホルへもドア口をふりかえった。二人の男が立っていた。ひとりは背が高く、豊かな黒髪をウエストまで伸ばしている。もうひとりはずんぐりした小柄な男で、口ひげをたくわえ、にやにや笑っていた。

「わたしが市長のチャロ・メンデスだが」チャロが威厳を取りもどして言った。「きみらは何者だ？」

「わたしはカーソンだ」背の高いほうが言った。オリーブ色の肌に黒い目をしているが、スペイン系ではない。ベルトにメンデスが見たこともないほど凶悪な感じの刀を差している。

「そっちは？」チャロはずんぐりしたヒスパニック系の男に目を移した。

　男はまだにやついていた。「エル・ジェフに雇われていた者だよ」誇らしげな口調だ。「あいつのことならなんでも知っている。取引の内情もだ。どうすればやつをへこませられるか、ペドロ・メンデスに教えてやれるぜ」

　チャロの目が飛びだしそうになった。「エル・ジェフに雇われている……」

「雇われていたんだよ」男は言った。「だが、やつは俺の働きに見あうだけの報酬を払ってくれなかった。この男には……」隣の長身の男を指さして続ける。「ペドロ・メンデスに雇われていたという友だちがいた。その友だちがセニョール・メンデスならエル・ジェフの情報と引きかえにたっぷり金を払ってくれるし、保護もしてくれると言ったんだ。エル・ジェフは秘密を握っている俺を殺そうとするだろう」

　チャロの頭の中では歯車がまわっていた。ボスの最大の敵を排除するための手段がころがりこんできたのだ。彼はにんまり笑った。「ようこそ」二人に言う。「ホルヘ、コーヒーだ！　さあ、こっちに入って。腰をすえて話そうじゃないか」愛想のいい笑顔で、チャロは執務室に入るよう促した。

　ルイ・コレオはたいした役者だった。エル・ジェフの麻薬取引の実情について、連絡係がどこに配置されているか、どんなルートが使われているか、果てはメキシコと合衆国における麻薬流通拠点の責任者の名前まで、チャロに洗いざらいぶちまけた。むろんすべて嘘《うそ》だが、説得力にあふれた彼の話に、チャロは有頂天になった。

「これは最高のニュースだよ」チャロはルイに言った。「きみの身がきちんと保護されることは、わたしが保証しよう。実際、あと数分もすればきみ自身がペドロ・メンデスとじかに話せるぞ。いまこっちに向かっているんだ。彼とわたしとリドで、エル・ジェフの娘とそのアメリカ人の友だちを閉じこめてある小屋に行くんだ」ひややかに笑って続ける。「二人はリンチにかけられ、その様子をビデオに撮影される。ペドロはビデオをエル・ジェフに送りつけ、自分の権力の大きさや非情さや狡猾《こうかつ》さを思い知らせてやるつもりなんだよ。エル・ジェフは何人もの男に娘を守らせていたが、それでも守れなかったんだ。娘の命はわれわれがこの手に握っているんだよ」

カーソンは壁に寄りかかってチャロとルイのやりとりを見守っていたが、考えこむように黒い目を細めた。「ペドロ・メンデスがここに来ると？」感心したふりをして尋ねる。「こんな小さな町に……」

「コティージョはメキシコ北部における麻薬取引の中心地なんだぞ」チャロは憤慨したように言った。「われわれにとっては一番重要な町なんだ。だから、わたしは前任の市長を自ら殺害したんだ」ベルトにさした四五口径のオートマチック拳銃を指さす。握りの部分は金張りが施され、宝石がはめこまれている。チャロは顔をしかめた。「以前、合衆国の連邦捜査官に銃を押収されちまった。わたしは、こういうきれいでべらぼうに高い銃をたくさん持っていたんだ。この礼は必ずさせてもらうつもりだよ。現にエル・ジェフの娘のほかに、ひとりを捕虜にしてあるんだ。やつはわたしに恥をかかせた傲慢さゆえに死ぬはめになるんだ！」

「うまくやったな」カーソンは言った。「メンデスもここに来るし」

「ああ、護送団を引き連れてね」チャロは低く笑った。「どんな弾も貫通できない装甲車だぞ。ガラスも防弾だ。わたしのボスは敵の襲撃に対してとても用心深いんだ」

「さすがだな」カーソンは目をきらめかせた。「彼を射殺しようなどと考える殺し屋はばかだな」

「それはわからん」チャロ・メンデスは言った。「かつて合衆国政府に雇われていた元狙撃手なら、やってみる気になるかもしれん」

　キャッシュ・グリヤのことを言っているのだ。カーソンは黙っていたが、心の中では笑っていた。

「きみにはわたしのまたいとこと直接話をさせてやろう」チャロがルイに言った。「情報提供の見返りとして、たんまり金をもらえるはずだ」

　カーソンは壁に寄りかからせていた上体をまっすぐに起こした。「ぼくはちょっと歩いてきたい。この町にバーはあるかな？」

「ああ、もちろん。女もいるぞ」チャロはせせら笑うように言った。「右側の丘のふもとだ」

「それじゃ、テキーラでも飲んでこよう。それに地元のうまいものを賞味してみるか」チャロに向かって思わせぶりに眉をあげてみせると、チャロはくすりと笑った。「それじゃルイ、またあとで」

「ああ、また」

　カーソンは出ていった。その足どりはのんびりしており、少しも威圧的ではなかった。いまはまだ。

「あの男をどこで見つけたのかね？」チャロ・メンデスは出ていったばかりの男のほうに顎をしゃくってルイに尋ねた。

「われわれの世界にコネのある男だということしかわからない」ルイは答えた。「それにひどく危険な男だそうだ」

「ああ、すごい武器を持ち歩いているな。わたしの武器ほどすごくはないがね」チャロは笑いながら腰の銃を撫でた。「さて、それじゃコーヒーを飲みながら話をしようか」

一方、外に出たカーソンはまず建物の陰に隠しておいたバックパックを取りに行った。コティージョに入る道は一本だけで、よく手入れされたその道路が不毛の地をナイフのように切り裂いている。護送団はその道を来るしかない。

カーソンは建物をまわりこみ、車道に出た。見られても構わなかった。見られようが見られまいが違いはない。ルイは適当な口実をつけて市長のもとを辞去し、国境に向かうことになっている。もうチャロの気をそらすという目的は果たしてくれたのだ。おかげでカーソンはペドロ・メンデスがやってくるという情報を手に入れ、彼を永久に廃業させることによって麻薬取引の世界の地ならしをするチャンスを得ていた。

車道からはずれ、カーソンは待った。気性が激しく、めったに笑わない男だが、彼は辛抱強かった。

数分後、護送団が遠くに見えてきた。カーソンは網と植物でできた一種の迷彩服の装備をしていた。スコットランドの狩猟家が考案し、ハイランドの兵士が借用した迷彩服だ。映画ではよく見るし、実際に使っているハンターもいるけれど、もう軍ではあまり使用されない。いまではコンピューターで計算された、どんな地形にもとけこむ新しい迷彩の制服があるからだ。もっともカーソンは元軍人だ。制服は持っていないが、狙撃手として、また医療兵として訓練を受けている。エル・ラドロンの装甲車が相手では狙撃キットはほとんど役に立たないだろうが、カーソンにはまだ奥の手があった。エブ・スコットの対テロチームの仕事で覚えたわざだ。あの麻薬王の車は確かに頑丈な装甲が施されているのだろう。だが、ほとんどの者は車の底部にまで同じ手間をかけようとはしない……。

先頭の車にペドロ・メンデスが乗っていることは容易に推察できた。屋根に金と宝石の飾りがくっついているのだ。バックミラーですら、やたらに金がかかっている。あんなお宝を吹っとばすのはもったいないな、とカーソンは思った。だが、あの怪物は罪もない人々を苦しめ、殺しているのだ。許されることではない。メッセージ——警告を送らなくては。カーソンは三発の手榴弾《しゆりゆうだん》を出し、最初の一発のピンを抜くと、ほとんど無造作に先頭車の通り道に放った。続いてあとの二発も同様にする。

それから脱兎《だつと》のごとく走りだした……。

市長室にいても、あまりに大きな爆発音で建物全体が揺れた。「いまのはなんだ？」チャロが驚いて叫んだ。「おい、ホルヘ！　聞こえただろう？」

ルイは彼らといっしょに外に出た。「なんだ、このざまは？」ぞっとしたふりをして言う。

「見ろ！」チャロが三台の車の残骸を見て息をのんだ。「わたしのまたいとこが……」

チャロは現場に向かって駆けだした。ホルヘがあとに続く。ルイはポケットに両手を突っこみ、爆音に何事かと集まってきた人ごみにさりげなくまぎれこんだ。

チャロがまたいとこの変わり果てた姿に気づいた。車に乗っていた者は全員死んでいた。

「ペドロ・メンデスが死んだ」彼は声を詰まらせた。「わたしのまたいとこが死んでしまった！」

「誰がこんなことを？」ホルヘが言った。「彼が来ることはわれわれしか知らなかったのに」

「われわれしか？」チャロはすかさずふりかえった。「あの男はどこだ、あのルイというやつは？　それにカーソンは……。すぐにバーに行って、カーソンを捕まえてこい！」

「はい！」

市民が恐ろしげにチャロのまわりに集まってきた。

「彼が死んだ！」ひとりが小声で言った。「組織のリーダーが死んでいる！」

「いや」チャロはさっと身を起こし、人々に向き直った。「いまはわたしが新しいリーダーだ」

誰も異を唱えない。

ひとりの男が頭をさげた。「おおせのとおりだ。新しい地位につかれておめでとうございます」

チャロはにっこりした。もう得意満面だ。

ホルヘがすぐに戻ってきた。「二人とも見つかりません。バーテンダーによると、アメリカ人なんかひとりも来てないって」

チャロは気分が悪くなった。「あいつらがやったんだ！」

「そのようですね」ホルヘは言った。「どうします？」

チャロの目つきが険しくなった。「エル・ジェフの娘を殺し、ビデオを送りつけてやる。わたしが行こう。おまえもついてこい！」

ホルヘはごくりと喉を鳴らした。「ぼくよりリドを連れていったほうがいいんじゃないかな？ リドはリンチが得意だから」

チャロはちょっと考えた。「そうだな。それじゃリドを連れてこい。それと誰かに遺体を片づけさせ、葬儀の準備をさせるんだ」

そう指示すると、チャロは監禁されているアメリカ人の女のことを考えた。彼女の写真は見たことがある。きれいな女だ。チャロは口をとがらせた。カメラの前であの女を堪能し、それから喉を掻《か》っ切ってやろう。エル・ジェフはペドロ・メンデスを殺した報いを受けるのだ。俺が必ず受けさせてやる。

15

ヘイズとミネットはうたた寝から覚めて二人とも寒さに身震いした。ペピートが薪《まき》を集めに行ってから長い時間がたっている。どちらももう彼が戻ってくるとは思っていない。裏切られたのだとあきらめている。

「さっきの爆発音はなんだったのかな」ヘイズがつぶやいた。

「ガスタンクが爆発したのかもしれないわ」ミネットは言った。

「手榴弾《しゅりゅうだん》のような音だった」ヘイズは静かに言った。「それも何発も爆発したような」

ミネットは彼の顔を見やった。「わたしたちには永久にわからないかもしれないわね」暗い声で言い、毛布を引きよせる。「あと二、三時間もすれば明るくなるわ。そうしたらまた歩きだして——」

闇の中で足音がし、唐突な動きがミネットの注意を引いた。とっさにライフル銃をつかんで肩にのせる。ヘイズは、肩があんな状態では銃を持ちあげることもできないだろう。

「撃たないでくれ。ペピートだよ」

ミネットはライフル銃を持つ手に力をこめ、息づまるような恐怖を胸に、彼がひとりかどうかを確かめようとした。

ペピートが薪を腕いっぱいにかかえて近づいてきた。

「遅くなっちゃってごめん。燃やしてもほとんど煙の出ない木を探して遠くまで行ってたんだ。メスキートの木はこのあたりには少ないからね。アメリカ人はバーベキューをやりたがってむやみと薪をほしがる。だから木が売れすぎて年々減っているんだ」

「ありがとう、ペピート。裏切らないでくれて」ミネットは心から言った。

「約束したじゃないか」ペピートは微笑した。「俺は約束は守るんだ」

「おかげで薪が手に入ったわ」ミネットは答えた。

「あと必要なのはマッチだけね！」

「それについては、ぼくが協力できるかもしれない」深みのあるゆったりとした声が張りだした岩の向こう側から聞こえてきた。

　ミネットはライフル銃を握りしめた。横でヘイズがさっと体を起こした。ペピートはその場でかたまっている。三人全員が待った。

　固唾《かたず》をのんで待ち構える彼らの前に、見覚えのある長い黒髪の長身の男がゆっくりと姿を現した。ヘイズはミネットの家でその男と言いあいになったのを思い出した。

　男はジーンズのポケットを探った。「いや、やっぱり無理か。手榴弾は全部使ってしまった」闇の中で白い歯をきらめかせて笑う。

「手榴弾で火をつけるなんてむちゃだ」ヘイズが言った。

「むちゃじゃないさ。薪の中に投げこんだらすぐにさがればいいんだ」彼はペピートにちらりと目をやった。「きみのボスのエル・ラドロンにどれだけ効果的か聞いてみるといい。ばらばらになった彼の体をつなぎあわせることができたらね」かたい表情で続ける。「彼のあとはチャロ・メンデスが引きついで、すぐにも彼女を殺しに来るだろう」ミネットを指さしてそう言うと、またペピートに視線を戻した。

「それにきみのこともね」

　ペピートは胸で十字を切り、ひざまずいて祈りはじめた。

「なんなんだ？」カーソンはペピートのほうに顎を

しゃくって尋ねた。

「奥さんと子どもを人質に取られているのよ」ミネットが説明した。「もし裏切ったら、彼らを惨殺されてしまうの」

「ああ、どうしよう！」ペピートがはっと気づいて、動転したように叫んだ。「ペドロ・メンデスが死んだとなったら、家族が殺されちまう！」

カーソンが背後に合図し、新たに四人の男が岩陰から出てきた。ひとりはペピートとよく似ている。

「きみの家族は殺されない。連中がどこにいるのか、彼に……」カーソンはヒスパニック系の男を指さした。「言うんだ」

「俺の家族を助けてくれるのか？」ペピートが声をうわずらせた。「そのためならなんだってする！」

「彼に教えるだけでいいんだ。もう時間がない」

「ああ、わかった、ありがとう！」

カーソンは岩の下でうずくまっている二人に向き直り、片膝をつくと小さな包みをとりだした。ヘイズが歯を食いしばっているのを見て言う。「痛みがあるはずだとコルトレーンが言っていた。それでこれを持ってきた」

「薬なんか打たれたら歩けなくなる」ヘイズは苦笑まじりに言った。「痛みはなんとか我慢するよ」

「ぼくは野戦医なんだ。おとなしく従え」カーソンはヘイズの腕に注射した。「ほかに熱などの症状は？」

ヘイズはかぶりをふった。「八十キロの重さを押して動かせるか？」

「たぶんね。なぜだ？」

「ぼくの体重がそのくらいで、鎮痛剤を打たれては歩けなくなりそうだからだよ」

カーソンは不気味な笑みをうかべた。「大丈夫だよ。ミス・レイナー、きみは大丈夫かな？」

ミネットは眉根を寄せた。「ええ、ちょっとささくれができちゃったけど……」

　カーソンは顔をしかめた。

「彼女とかわってやってくれ」ヘイズが言った。「AKを手に大活躍だったんだ。ぼくたちが助かったのは彼女のおかげだ。彼女がひとりでがんばったんだよ」にっこり笑って締めくくる。

「まあ、そういうことになるのかしら」ミネットはおずおずと言いながらライフル銃をカーソンに手渡した。「じつは弾がこめられているのか、安全装置がかかっているのかどうかさえわからなかったんだけど」

「なんだって？　はったりだったのか？」ヘイズが叫んだ。

　ミネットは唾をのみこんだ。「だってチェックする時間もなかったし。もたもたしてたら銃なんか撃ったことがないってペピートにばれてしまったでしょうから」

　ヘイズはふきだし、片腕を彼女のほうに伸ばした。ミネットはその腕の下に身を寄せ、彼に抱きついた。

「きみとは絶対ポーカーをやらないことにしよう」ヘイズはそう言って、彼女にキスした。

　彼女はにっこりと笑った。「そのほうがいいわ」

　カーソンはやれやれとばかりに首をふった。「いちおう言っておくが、弾はこめられているし、安全装置ははずれているぞ」

「言わないで。知りたくないわ」ミネットは身震いした。「銃なんて大嫌い」

「それでも我慢できるようになってもらわないと」ヘイズが言った。「保安官の妻になるなら少しは慣れなきゃ」

「彼と結婚するのか？」カーソンが言った。

「そのようだわ」ミネットは笑いながら答えた。

　カーソンは肩をすくめた。「ぼくは結婚式には行かないよ」

「断るのは招待されてからにして」ミネットは言った。

「どっちにしても行かない」

彼女は声をあげて笑った。「わかったわよ。それはともかく、助けてくれてありがとう」

「きみが先に助けていたじゃないか」カーソンの目が笑いを含んでミネットを見つめた。「きみ自身と彼を」

「単に監禁場所から逃げだしただけだわ。国境までまだ遠い。道に迷って行き暮れていたの」

「もう大丈夫だ」

「ぼくはそんなに歩けそうにない」プライドが傷つくけれども、ヘイズはそう言わざるを得なかった。

「心配無用だと言っただろう？」カーソンは片手をあげて大きく円を描くような仕草をした。夜空にぱっと光が広がった。数秒後、ヘリコプターが近づいてくる音がした。「ほらね」ヘイズに向かってそう言うと、カーソンは声をあげて笑った。

一行はくたくたになってミネットの家に帰りつき、涙ぐんで心配そうな顔をした家族に迎えられた。子どもたちは泣きながらまずミネットに、ついでヘイズに抱きついた。サラおばさんは涙を拭いて二人を抱きしめた。

居間の椅子に座っていた二人の男が立ちあがってそばに来た。ガロン・グリヤもロドリゴ・ラミレスもほほえんでいる。

「無事でよかった」ロドリゴが言った。「われわれがコティージョの市長と実りのない話をして町を出ようとしたとき、何者かが……」玄関を入ったところでたたずんでいるカーソンのほうに目をやりながら、言葉をつぐ。「麻薬取引の大物が乗っている車列の中に手榴弾を投げこんだようなんだ」

「ちょっと訂正を」カーソンが人さし指を立てて言

った。「ただの手榴弾ではなく、三発の手榴弾だ」

「むろん誰がやったのかはわからない」ロドリゴがカーソンをにらんで言った。「もしわかっていたら、吊《つ》るし首にしてやりたいところだ」

「そんなことをしたら、彼の友人たちがぼくのいとこの亭主に何か言うかもしれないな」

「きみのいとこの亭主だって？」ガロンが聞きとがめた。

「ああ、彼はサウスダコタの先任上院議員なんだ」カーソンはにっこり笑った。

ガロンは低くうめいた。「われわれの予算申請は、彼が属する委員会に承認してもらわなければならないんだ」

「うちもだ」ロドリゴが渋い顔で言った。

「それじゃ痛み分けってことでいいかな？」カーソンは言った。

ガロンは両手をあげてそっぽを向いた。

「われわれはきみを救出するためにできるかぎりのことをするつもりだった」ロドリゴがミネットに言った。「国境の検問所でメキシコに入国させてもらうため、ぼくはいとこに電話をかけねばならなかったんだ」

「いとこに？」ヘイズが言った。

ロドリゴはうなずいた。「いとこは、このあいだの選挙のときまでメキシコの大統領だったんだ」

カーソンがロドリゴをにらんだ。「すぐに有名人のコネを持ちだす。野暮なことだ」

ロドリゴはにんまり笑った。

「車が爆破されたとき、われわれは町を出て、市長への対処のために交渉係の助けを借りに行くところだったんだ」ガロンが言った。

「だが、お役所仕事というやつは時間がかかる」ロドリゴが言った。

「時間がかかりすぎてじれったい」カーソンが言っ

た。

「あんたが連邦刑務所に送りこまれてないのはラッキーだったんだぞ」ガロンは言った。

カーソンはしかめっつらをしてみせた。

「ぼくも諸君と同様、法を何より尊重しているけどね」ヘイズが口をはさんだ。「しかし今回は正規の外交交渉を待っていたら、ミネットは殺されていただろう。それにぼくも」

「確かに」ロドリゴが静かに言った。「ぼくはきみの同僚に助けられたことがあるんだ。数年前、ぼく自身が誘拐されたときに」

「それで思い出した」ガロンが言った。「麻薬取締局の捜査官でありながら国境の向こうの麻薬組織に雇われている者について、きみが何か情報を握っているんじゃないかと思うんだが」

ヘイズはうなずいた。「拉致されたときにはコンピューターの技術者に会いに行くところだったんだ。彼がスパイの正体を暴こうとハードドライブにアクセスし……なぜそんな目でぼくを見るんだ？」顔をしかめて尋ねる。

ロドリゴは吐息をもらした。「彼から何か聞いているんじゃないかと期待していたんだ」

「いや、聞きに行くところだったんだよ。だが、彼に聞けば――」

「彼は一時間ほど前に発見された」ガロンが暗い顔でさえぎった。「死体でね」

「なんだって？」カーソンの声が高くなった。

「惨殺され、遺棄されていた。そして肝心のコンピューターは持ち去られていた」

「なんてことを！　ちくしょう」ヘイズはうめいた。

「いいやつだったのにな」カーソンが歯ぎしりした。

「やったやつを見つけだしてやる。必ず」ヘイズは言った。「ともあれ、助けてくれたことには礼を言うよ。ありがとう」片手を差しだし、カーソンと握手する。「もしぼくにできることがあったら、なんでも言ってくれ。最善を尽くすよ。違法なことでないかぎりはね」苦笑してそう言い添える。

「ジョーイを殺したやつを捜しだしてくれ」カーソンは言った。「むろんこっちでも捜すがね」ほかの男たちが抗議しかけたのを片手で制して続ける。「手榴弾は使わないよ。誓う」

あとの三人がうなずいた。

「少なくとも国境のこちら側ではね」カーソンは小声でつぶやいた。

興奮はおさまった。ヘイズは若いコンピューター技術者の死に打ちひしがれたが、ミネットを無事に帰せたことには心底ほっとしていた。彼女の父親も大喜びで電話をよこした。

「あの男が協力を申しでたときには半信半疑だったよ」スピーカーホンで彼はミネットに言った。「だが、彼は万事のみこんでいたようだ。娘を助けてくれたんだから、彼には生涯ほしいものをなんでもやるつもりだ。それにあのペピートという男――彼はいまわたしの下で働いているよ。いや、違法な仕事じゃない」急いで付け加える。「彼の家族もいまはこの国で暮らしている、わたしの牧場でね。彼に馬の扱いかたを教えこんでいるんだ。なかなか素質がありそうだ」

「でも、あの男はまたやろうとするでしょうね？」ミネットは悲しげに言った。「またわたしを誘拐し、ヘイズを殺そうと――」

「ああ、エル・ラドロンのことかい？」エル・ジェフは驚いたように言った。「まだ聞いてないのか」

「聞いてないって、何を？」ミネットはとまどってヘイズと顔を見あわせた。

「エル・ラドロンはきみを誘拐できたことに興奮し、きみがいたぶられるのを見たがって、手下といっしよに市長のもとに向かったんだ。その車に何者かが――それが誰かは考えたくない――手榴弾を投げつけて爆破させたんだ」

「それでエル・ラドロンは死んだと？」

「ああ、やつのためにきみをいたぶるつもりでいた連中といっしょにね。やつの組織にわれわれは大きな打撃を与えてやったんだよ。これであのあたりを仕切る組織はうちだけになった」エル・ジェフは笑いながら言った。

「こっちで法に触れることをしたら、あなたを逮捕しなければならないってことはわかってるでしょうね？」ヘイズが言った。「そのときにはどれほど不本意でも逮捕せざるを得ない」

「わかっているよ。心配いらない。合衆国内で法を破るつもりはないんだ。娘の幸福と評判を守ってやりたいからね」

「ありがとう」ミネットはそっと言った。「それに、わたしを助けるために、あの常軌を逸したすこぶるつきの変人を送りこんでくださったことにも感謝しています」

「聞いた話では、きみがきみ自身と保安官を助けだしたんじゃないかな」

「わたしひとりではとても無理だったわ」ミネットは謙虚に言った。

「ペピートが全部話してくれたよ。宝石のはめこまれた、なんというんだっけ……トイレットペーパー・ホルダーかな？　その話も含めてね。しばらく笑いがとまらなかったよ。わたしの娘がアマゾンの戦士だったとは！」

ミネットははにかんだように笑った。「いざとなると思いもよらないことを考えつくものだわ」

「きみを誇りに思うよ」父は言った。「きみの母親も生きていたら誇りに思うだろう」

「ありがとう」

「保安官、肩の傷は今回の事件で厄介なことになってないだろうね？」

「ええ、大丈夫です」ヘイズはそう答え、いとおしげな目でミネットを見た。「ところで、ぼくはあなたの娘と結婚しますから」

「そうらしいね」エル・ジェフはくすりと笑った。「嬉《うれ》しいよ。こうなったら、わたしの部下たちにもきみの管轄内では必ず法を守るよう、周知徹底しよう。約束する」

「それはありがたい」

「それに当分わたしたちの関係は誰にもはっきりと明かさないほうがいいと思うよ。今後もわたしには敵ができるから」エル・ジェフはひっそりと続けた。「こういうめちゃくちゃな時代に、わたしがやっているようなことをビジネスにしていたら、それは避けられないことなんだ」

「充分気をつけます」ヘイズが言った。

「頼んだよ」

「ほんとうにわたしと結婚したいの？」サラや子どもたちが寝てしまい、ヘイズの寝室で二人きりになると、ミネットは言った。「わたしは新聞社を経営してるけど――それに来週の一面にはすごいスクープ記事を載せられるわ！――でも、わたしの父親は悪名高い麻薬王なのよ」

「ぼくの弟は悪名高い麻薬常用者だった」ヘイズは答えた。「ぼくたち二人とも、ずっとかかえていかねばならない、あるいは背負っていかねばならないものがあるんだ」ミネットを抱きよせて続ける。「だが、ぼくたちにはお互いがいる。肝心なのはそこだ」

ミネットの顔にゆっくりと笑みが広がった。「そうね」

ヘイズは彼女の口もとに唇を寄せた。「言ったことがあったかな」唇を重ねてささやく。「きみを気も狂わんばかりに愛しているって」

ミネットの心臓が飛びはねた。「ないわ」

ヘイズはほほえんだ。「愛しているんだ。気も狂わんばかりに」

ミネットは彼の首に両手をまわした。「わたしも愛しているわ」恥じらいながら言う。

ヘイズの笑みが大きくなった。「感じていたよ。こっちにおいで……」

彼は反対側にミネットをそっと寝かせた。彼が身に着けているのはパジャマのズボンだけだ。ミネットはスラックスにTシャツという格好。だが、数分後にはそれらの衣類は床に放りだされていた。

「こんなことをしては……いけないんじゃないかしら」ミネットは彼が身をすべりこませられるよう脚を開きながら、声をかすれさせた。

「ぼくたちは結婚するんだ……許可証をもらったらすぐに」ヘイズはうめくように言い、自由のきくほうの手で彼女の腰をすくいあげた。「それをもう……公言……している……。ああ！」死んでしまうのではないかと思うくらい苦しげな声だ。

その声を聞いたのとほぼ同時に、ミネットは硬直した彼自身が自分の中に入ってくるのを感じ、突然の鋭い痛みに歯を食いしばった。

「ごめん」ヘイズはかすれ声でささやきながらも、まだ動きつづけていた。「自分でも……とめられないんだ！」

「わかってるわ」彼にとって久しぶりのセックスだということは聞くまでもなかった。禁欲期間が長すぎたために、ほとんど抑えがきかないのだ。ミネットの唇にキスをしながら、片手を二人の体のあいだにすべりこませ、どきっとするような、だが、すぐにうっとりするようなやりかたでミネットに触れる。

「楽にして」彼はささやいた。「きみもできるだけ……気持ちよくさせてあげるから」

「いいのよ」彼の愛撫《あいぶ》で痛みが消え、かわりに体内の緊張感がどんどん高まって、白熱した火花を散らしながらミネットをのみこんでいく。

ヘイズが絶頂をめざしてやみくもに疾走するあいだ、二人の体が糊《のり》のきいたシーツにこすれるリズミカルな音が聞こえ、天井が彼の肩越しに近づいたり遠のいたりした。時間がない、とミネットは思った。彼が達する前に追いつくことはできそうにない、と。だが、体は彼にあわせて勝手に動き、ヘイズが苦しげにうなって身震いすると同時にミネットの中でもすべてがはじけ飛んだ。ヘイズは二度、三度と身震いを繰りかえし、ミネットの中に熱い力のすべてをそそぎこんだ。

ミネットは彼にしがみつき、胸に、喉もとに、唇を押しあてながら、強烈な熱の波に押し流されていった。

「早すぎたな」ヘイズが息を切らしながら申し訳なさそうに言った。「ごめん……」

「いいえ、わたしも感じたわ」ミネットは顔を上気させてささやきかえした。「ほんとうに感じたの」

ヘイズは頭をもたげ、彼女のとろけそうな目をのぞきこんだ。「痛い思いをさせてしまったね」

「痛みはやむを得ない付随的被害《コラテラル・ダメージ》だわ」ミネットは軍事用語を使って言った。「ああいう集中砲火のあとなら予測はできたもの」

「衝撃と畏怖か」ヘイズもイラク戦争の際の作戦名を持ちだして笑った。

「ええ」

彼は笑みを消し、ミネットの目を見つめながらゆっくりと腰を動かした。ミネットはあえいだ。ヘイズはもう一度、彼女の反応を見守りながら動いた。

この新たな冒険に陶然とし、ミネットは視線を下にさげた。ミネットの好奇心に気づいたヘイズは、彼女に見えるように腰をあげ、再び優しく彼女を突いた。

「こんなふうに見えるのね」ミネットがかすれ声でささやいた。

ヘイズは微笑した。「そう、そしてこんなふうに感じるんだ」

ミネットはヘイズの顔に視線を戻し、彼が自分の胸を見ているのを見た。その先端はかたくとがり、ヘイズの動きにあわせてかすかに揺れている。

「こんなに濃密なものだとは想像できなかったわ」

「初めてのときがこんなに完璧だとは想像できなかったよ」ヘイズは言葉を返した。「ただひとつ気に入らなかったのは、きみを痛がらせなくちゃならなかったことだ」

「ちょっと痛かっただけよ」ミネットは先刻までよりも大胆になっていた。腰をうかせて動かし、彼の顔がゆがむのを見る。「それに埋めあわせをしてもらえるわ。いま、こんな……ふうに……」

彼女の動きにヘイズは身を震わせた。

「我慢しないで」ミネットはうわずった声でそそのかした。「何もこらえないで。できるだけ強く、できるだけ深く……わたしとひとつになって！」

その言葉がヘイズに火をつけ、情熱を燃えあがらせた。狂おしい目と、思いつめたような険しい表情で、激しく体を結びあわせる。

「ぼくを見てくれ」彼はささやいた。「見てくれ。見ててくれ！」

言われるまでもなく、死んでも目をそらせそうになかった。ヘイズは身震いし、気絶しそうな快感に咆哮《ほうこう》した。

そのあいだミネットは高まる波に乗り、激しい奔流に押し流されて想像もつかない、信じがたい喜びのふちへとどんどん近づいて……。

はるかな高みから落下するように、それはいきなり訪れた。ミネットは息をのみ、幾層もの感覚を突きぬけて果てしなく落ちていった。背をそらし、泣きながらヘイズに抱きつき、体をこすりつけ、めくるめく快楽にいつまでもしがみつこうと必死になる。だが、それはあっけなく遠ざかっていった。

ミネットはすすり泣いた。

ヘイズはまだ彼女とひとつになったまま、その背を優しく撫《な》でた。

「長続きはしないのね」ミネットが涙声で言った。

「ああ。だけど、記憶はぼくたちが年老いても残るんだ」ヘイズはかすれ声で言った。「これまでに見た最高に過激な夢の中でさえ、こんなに満たされたことはないよ」

「わたしは過激な夢って見たことがないわ。どんなものだか知らなかったし」ミネットは彼の胸にキスをした。「経験のないものは恋しがりようがないのね、きっと」

ヘイズはミネットの額に唇を押しあてた。「そうだね」彼女の顔を自分のほうに向かせる。「これでもうきみはぼくのものだ」

「そして、あなたはわたしのものよ」

ヘイズは彼女から離れようとした。

「だめ」ミネットは力なく抗議した。

「子どもたちが朝一番にぼくに会いに来たときに、こんな姿を見せるわけにはいかないだろう？」

ミネットは彼の体を大胆に見まわした。「あなたはきれいだわ」

ヘイズは声をあげて笑った。「きみもきれいだよ、ハニー」

ミネットは吐息をもらした。「わたしたち、フライングしちゃったわね」

「もう一回やりなおすかい？」

「ヘイズったら」ミネットは彼を軽く叩《たた》いた。「あっ、あなたの肩！」

「大丈夫だよ」ヘイズは言った。「ちょっと痛むが、いまの喜びを思ったら、このくらいどうってことはない。二、三日は痛むかもしれないが、心配するほどのことじゃないよ。ほんとうに」

「それならいいけど」

彼はゆっくりと起きあがった。「おいで。風呂に入って寝よう」

「お風呂に？　いっしょに入るの？」

「湯や石鹸《せっけん》の節約だ」

ミネットは笑った。「いいわ！」

二人はじゃれあいながらシャワーを浴び、服を着た。ヘイズにおやすみのキスをされ、ミネットは自分の部屋に戻って寝た。

ようやく数時間の睡眠がとれたところで子どもたちが部屋に駆けこんできて、ベッドに飛びのった。

「ミネット、おなかがすいた！」二人は叫んだ。

ミネットは機嫌よく笑った。「いま準備するわ」

「わたしはオートミールがいいな」ジュリーが言った。

「ぼくは卵！」シェーンが叫んだ。

「両方作ってあげるわ。だから階下《した》に戻って、わたしに着がえをさせて」

「はーい」ジュリーが先頭を切って下りていった。

ミネットはおそらくゆうべの行為が原因と思われる不思議な痛みを体に感じながら着がえた。そして朝食を作っているときには、ヘイズとそっと目を見かわした。

「みんなに知らせておきたいんだけど、ぼくとミネットは今日結婚許可証をもらいに行くよ」ヘイズが全員に言った。

「結婚するの？」ジュリーがはしゃぎ声をあげた。「すごいわ、ヘイズ！」

ジュリーは椅子から飛びおり、ヘイズに抱きついた。シェーンもジュリーにならった。

「これからずっといっしょに暮らして、いっしょにアニメも見られるのね！　それにヘイズが二度と撃たれないよう、わたしたちで守ってあげられる！」

「そうだよ、それにいっしょにレスリングも見られるね！」シェーンが言った。

ヘイズはこらえきれなくなるまで涙を隠しながら彼らを抱きしめた。「もっとＤＶＤを買ってあげるよ」

サラも立ちあがり、彼を抱きしめた。「わたしの気持ちはわかるわよね」笑いながら言う。「あなたを家族に迎えられて、どんなに誇らしいことか」

「ありがとう、サラ。さあ、あとは牧師を捕まえるだけだな」ヘイズはミネットに向かって言った。

二人の結婚式は一大社交イベントになった。招待されていない人まで、ひとり残らず集まった。幸福なカップルは祭壇で愛を誓いあい、キスをかわし、教会から気持ちのよい日ざしの下に出たときにはライスシャワーや紙吹雪を浴びた。

ミネットの新聞社のカメラマンが、ブーケやベールにあった繊細なパステルカラーの刺《し》繍《しゅう》つきのウエディングドレスに身を包んだ花嫁の写真を撮った。

ミネットはブーケを投げ、それが口ひげをたくわえた長身の外国人らしい男性の手で受けとめられるのを見て驚いた。父親だった。

ミネットは唖然《あぜん》としてヘイズを見た。ヘイズはにっこり笑って肩をすくめた。

ミネットは父に駆けよって抱きついた。「結婚祝いのプレゼントをありがとう。でも、あんな高価なものを！」

「ジャガーは市販されている車の中では一番安全なんだ。特注で装甲も施してあるよ」エル・ジェフはにやっと笑った。「運転中もきみの身が守られるようにね。きみの家族はすばらしいね」優しく言葉をつぐ。「子どもたちのかわいいことといったら」

「ええ、確かに」ミネットは伸びあがって父の頬にキスした。「来てくださって嬉しいわ」

彼は肩をすくめた。「娘の結婚式だからね。だが、もう行かなくちゃならない」後ろに控えている数人のスーツ姿の男に目をやる。

「どこの人たち？」思わずミネットは尋ねた。

「政府機関の男たちか、それとも変装したエイリアンか」エル・ジェフはにこやかに答えた。「ひょっとしたらね」彼が片手をあげて男たちに手をふると、意外なことに彼らも笑顔で手をふりかえした。「わたしがいなければ、彼らの仕事がなくなってしまう。そうだろう？」

「ええ」それは実際そうなのだろう。「トラブルに巻きこまれないでね」

「もちろんだよ」彼はウインクしてサングラスをかけ、ボディガードに合図すると出口に向かった。スーツ姿の男たちが律儀にあとに続く。

「これは結婚式なの、手入れなの？」ミネットはヘイズに尋ねた。

「実のところ、両方が少しずつだな」背後で深みのある声がした。

ふりかえるとキャッシュ・グリヤがにっこり笑った。彼の腕には美しい赤毛の妻、ティピーが腕をからませている。グリーンのドレスが彼女を雑誌の表紙《カバー》を飾る美女《ガール》のように見せている。実際、彼女はカバーガールなのだ。

「この結婚式に来ないわけにはいかないよ。ただ、彼女を公的な場に連れてくるのがいやでね」キャッシュはため息をついて妻を指さした。「夕方までには、みだらなふるまいをしたかどでわが同僚を逮捕するはめになるだろう。おい、よだれが垂れそうだぞ！」彼は戸口のそばの制服警官をにらみつけた。

若い警官は、はっとして慌てたようにその場を離れた。

「ほらね」キャッシュはいらだたしげに言った。

「今度からはぼろをまとうわ」ティピーがそう言って、夫の頬にキスをした。

　キャッシュは彼女をぐっと抱きよせた。「だめだよ。きみを見せびらかすのは好きなんだ。いろいろ面倒なことがあってもね」ティピーに見とれている別の警官をまたにらむ。警官は咳払《せきばら》いをしてパンチの並んだテーブルにそそくさと向かった。

「ヘイズはそういう面倒なことに悩まされる心配はないわ」ミネットは笑いながらヘイズに寄りそった。「わたしはしごくふつうの女だから」

「ふん！」ティピーが鼻を鳴らした。「ＡＫ四七で麻薬の運び屋を脅した女性のどこがふつうなのかしらね」

「あら、そういうあなたは鉄のフライパンで殺し屋に反撃したことがあるのよね」ミネットは言いかえした。

「いまじゃ語り草だな」キャッシュがすまして言った。

「二人ともね」ヘイズがミネットの肩を抱きよせて言った。

「そのとおりだ。乾杯！」

　キャッシュはパンチのグラスをかかげ、みんなの注意を引いた。「保安官と彼の奥方に。二人がたくさんの幸せとたくさんの子どもに恵まれますように！」

「乾杯！」

　みんながパンチを飲んだ。

「たくさんの子どもに恵まれますようにっていう部分はどうなの？」フロリダ州パナマシティーのホテルのベッドで満ち足りた喜びにひたってヘイズと横たわりながら、ミネットは眠そうな声で言った。

「努力するよ」ヘイズは答えた。「でも、いまは勘弁してくれ。疲れているんだ」

「疲れている！　ふふん！」ミネットは嘲った。

「ふふんだって？」ヘイズはベッドの上で体を起こした。

　ミネットは肩をすくめた。「クラッカーとミルクのほうがいいかしら？」

　ヘイズは笑い声をあげ、再び横になるとミネットを抱きよせた。「新婚旅行は外国に行ってもよかったのに」

「あなたの行きたいところは無理よ。カーソンは少なくとも二カ国で指名手配されているようだから」

　ヘイズはしかめっつらになった。「だいたい、なぜ彼がぼくたちのハネムーンについてこなくちゃならないんだ？」

「まあ、わたしたちにべったり張りついているわけじゃないんだから」ミネットは言った。「最後に見たときには、ビーチで彼にちょっかいをかけた若いブロンド美人をにらんでいたわ。彼のベッドのおともはマルガリータなのよ」

「復讐《ふくしゅう》を誓った麻薬王たちに取り囲まれたときには、確かに彼の存在が助けになるだろうがね」ヘイズはつぶやいた。

「彼の友人二人もいっしょだわ。わたしの父親が彼らをよこしたのよ」ミネットは首をふった。「奇妙な結婚生活になりそうね、ヘイズ」

　ヘイズは彼女の鼻にキスをした。「幸せな結婚生活になるさ」

　ミネットは目を閉じて吐息をもらし、彼に寄りそった。「メリー・クリスマス」

「クリスマスは来週だよ。そのときには、ぼくたちもうちに帰ってる」

「ひと足早く祝っているのよ。メリー・クリスマス」

ヘイズは彼女を抱きしめた。「メリー・クリスマス、ハニー」

ミネットは彼の腕の中で体をまるめて眠った。

翌朝二人は朝食をとると、ビーチを散歩し、白いしぶきをあげて寄せては返す波のうねりを眺めた。

波打ち際を裸足《はだし》で歩くには水が冷たすぎたので、ミネットは波が来るたび踊るように飛びのいた。

「あたたかい季節に子どもたちを連れてまた来よう。きっと喜ぶぞ」ヘイズが笑顔で言った。

「わたしが子連れの身であることは、ほんとうに気にならないの？」

「あの子たちはぼくの子だよ。愛している」

「あの子たちもあなたを愛しているわ。もちろん、わたしも」

ヘイズは背をかがめてミネットにキスした。「ぼくも愛してる。いつまでもね」

「いつまでも」

ミネットはメキシコ湾に目をやった。愛と喜びに輝くその目は思いもよらなかった未来を見ている。ヘイズの指に指を巻きつけ、彼女は彼を引きよせた。

「人生って予測のつかない旅なのね」哲学的につぶやく。

「予測のつかないほうびがつく旅だ」ヘイズは彼女の頭のてっぺんにキスをした。「さあ、今日はもう哲学的な話はいい。どっちが先にコーヒーにありつけるか競争しよう！」

「いいわ！」ミネットはそう叫ぶと、はっとしたようにヘイズの背後を指さした。「ねえ、あれはペリカン？」

ミネットはヘイズの気がそれたすきに走りだした。彼が追いついてきたときにも、ミネットはまだ笑っていた。

16

クリスマスの直前、五人の男がテキサス州ジェイコブズビルのレストランの奥まった一室に集まっていた。保安官以外の全員がスーツを着ている。そして、例外なく全員が腰に武器を携帯していた。

一番年かさの無口な男がひとりひとりの顔を見まわした。「コンピューター技術者が殺された事件の手がかりが見つかった」ガロン・グリヤは静かに言った。

「犯人は死んだエル・ラドロンとつながっているやつだろう？」ヘイズ・カーソンが言った。

「ところが違うらしい」ロドリゴ・ラミレスが言った。

「執念深い下級の政治家とつながっているやつだった。議会の政治家とね」ジョン・ブラックホークが言葉を割りこませた。「そいつは一、二年後にはもっと上級の連邦政府機関の職に立候補するつもりだと噂《うわさ》されている」

「まさか、あの男のことではないだろうな」ロドリゴが声を張りあげた。

「いや、彼のことだ」ジョンは不気味な口調で言った。「彼と麻薬取引業者の関係はわかっているんだ。彼が賄賂と脅しでほかの議員を思いどおりに動かしていることもわかっている。そんな特異な人材が政府の最高レベルに食いこんでいくとはね」

「われわれにはまだ報道の自由を持ったマスコミがついている」ヘイズは言った。

「記者たちにも家族があるんだ。報道機関の経営陣たちにもね」ジョンが言った。「自国でジャーナリストを殺しまくった連中が国境のこちら側では遠慮するなんて、本気で思っているのか？」

「そう願っていたんだが」ヘイズは答えた。「しかし現実的な願いとは言えないだろうな」

「それで、われわれはどうするんだ？」ロドリゴが言った。

「待つ」ジョンが言った。「注意を怠らず、証拠となるつながりを見つけだす。そしてエブ・スコットの技術者が探っていたコンピューターを捜すんだ」

ラシターは口を閉ざしていた。ほかの者たちとは少し離れたところで両手をポケットに突っこんで立っていた。「エル・ラドロンがあなたに差しむけた殺し屋はどうする？」ヘイズに問いかける。

「じつは、ぼくの新しい義父《ちち》に雇われていたという殺し屋かい？」ヘイズはくすりと笑った。「彼は国に帰ったよ」

「そいつは残念だ」ラシターは言った。「うまくすれば使えるかと思ったのに」

「何にだ？　おとりにか？」ロドリゴが尋ねる。

ジョンが首をふった。「麻薬組織の中にはばかなやつもいる。あきれるほどばかなのがね。だが、いま縄張りを仕切っているやつ――コティージョの市長はばかではない。そのうえ過去に例を見ないほど緊密な情報網を持っている。しかし、あの手榴弾《しゅりゅうだん》による攻撃でも死ななかったとは驚きだよ」

「あのときはわれわれを歓待してくれていたんだ」ガロン・グリヤがロドリゴのほうに顎をしゃくって言った。「われわれが辞去して間もなく爆発が起きたんだ」

「そう、われらが地元の傭兵《ようへい》のひとりが、装甲車を吹っ飛ばすのに使える余分な手榴弾をいくつか持っていたというわけだ」ロドリゴがほんの少しだけユーモアをまじえて言った。「その男もそのとき市長を訪ねていたんだ。チャロ・メンデスが外で護送団を迎えなかったのは、ほんとうにラッキーだったよ。

もし出ていたら……」そこで言葉をとぎれさせる。

「まったくカーソンはたいしたやつだ」ヘイズは言った。

ロドリゴは眉をあげた。「しかし、あの男の態度は問題だ」

「そうかもしれないが、ミネットとぼくは彼に命を助けられた」

「そうだな」ロドリゴは顔をしかめた。「彼は外国で誰かを鰐《わに》の餌にしたんじゃなかったか？」

ガロンは低く笑った。「本人は自分の手柄にしているが、確かな筋から聞いたところによれば扇動したのはロークだそうだ。カーソンは彼に手を貸したんだ」

「鰐の餌にされたのは何者だ？」ヘイズが尋ねた。

ガロンの表情が険しくなった。「バレラの内戦を取材していた若い女性ジャーナリストを拷問した男だ。彼女とロークは古くからの知りあいだったようだ」

「ロークっていうのは何者なんだ？」ジョン・ブラックホークが言った。「名前には聞き覚えがあるが、誰だったか思い出せない」

「ときどきエブ・スコットの仕事をすることもあるが、主にはK・C・カンターの下で働いている。彼がカンターの息子なのだという噂もあるが、真偽のほどは明らかではない」

「カンターか」ガロンが言った。「興味深い男だ。傭兵としてスタートしたが、どこかの会社の株を買い、二、三年で億万長者になった。いまでは南アフリカに本拠地を置き、どこかで革命らしきものが起きると、必ず腐敗した政府に対抗する反乱軍の応援に行く」

「面白い男だな」ヘイズが言った。

「リハビリのほうはどうだ？」ロドリゴが尋ねた。

ヘイズはため息をついた。「長期戦になりそうだ。

拉致されたのが痛かった。だが、最終的にはほぼもとどおりになるだろう。悲しいことに、ショットガンを構えられるようになるまでは、まだ相当時間がかかるだろうがね。だから今後は銃撃戦になったら、ザックを最前線に立たせるしかない」しょんぼりと言う。

「われわれも、もう銃を発砲しながらドアを蹴破って捜索に踏みこむことはできないな」ガロンがロドリゴのほうに顎をふって言った。「妻子がいるし、管理職としての仕事に専念しているんだ。現場に出ていくのは若い者の役目だよ」

「ぼくは若いぞ」ロドリゴが言った。「熊のぬいぐるみを抱きしめられる」

ガロンはふきだした。「ああ、それはぼくも同じだ」

「ぼくもジュリーやシェーンのほかに子どもが増えてもいいと思ってるんだ」ヘイズが言った。「子どもはかわいい」

「そうか、ミネットには小さい弟と妹がいたんだな。気にならなかったか？」ガロンが言った。

ヘイズは首をふった。「ぼくのベッドでいっしょにＤＶＤを見たんだ。それに、ぼくを悪者から守ってくれるそうだ」そう聞いたときのことを思いだすと、いまでも胸がいっぱいになる。「いい子なんだよ。二人とも」

「それじゃ、自分の子が生まれるころにはすっかり慣れているな」ロドリゴが笑った。

ヘイズもにっこりした。「ああ」ふいにその笑みが消えた。「しかし手榴弾が爆発したときに、チャロ・メンデスがいとこを待って外に出ていなかったのは、かえすがえすも残念だな」

ガロンが眉根を寄せた。「メンデスはエル・ラドロンが来るのを知っていたのか？」

「そういえば手榴弾が爆発する前に、彼に客が来たと誰かが言っていたな」ロドリゴが思いかえして言った。

「そうだ」ガロンは言った。「ぼくの情報提供者が教えてくれたんだ。ウエストまで黒い髪を伸ばした長身の男が来たとね。エル・ジェフに雇われている人物らしいと」

ヘイズはくすりと笑った。「カーソンだ」

「そう、カーソンだ」ガロンは言った。「やたらに手際のいい男だ」

「そのとおりだ。彼は違法な武器を持ち歩いているが、きみの弟から許可は得ていると言ってたぞ」

「弟は狙撃手だったんだ」ガロンが言った。

「どういう意味だ？」ヘイズは尋ねた。

「同じような危険な仕事をしている男同士には友情が育ちやすい」

「おいおい、カーソンも狙撃手だったのか？」ヘイズは驚いた。

「それも弟の話によれば、すご腕の狙撃手だったそうだ。しかし、最近ではエブ・スコットやサイ・パークスの仕事を請け負っているようだ」

「サイ・パークスは事業をたたんだはずだが」ヘイズは言った。

ガロンが身を乗りだした。「まさか。奇襲作戦に加わっていないからといって、部隊の編成に手を貸していないとは限らないよ。少なくとも元傭兵を三人はかかえているはずだ。彼には敵もいるし」

「カーソンのことを知っている人間なら、サイ・パークスの手をわずらわせはしないだろうな」ロドリゴが言った。「それに、みんな忘れているかもしれないが、ぼくも麻薬取締局に入る前はそうした傭兵のひとりだったんだ。海外の何カ国かではいまだにお尋ね者なんだよ。幸いこの国では違うがね」

「そうだな」ガロンが言った。

ジョン・ブラックホークは吐息をもらした。「ともあれ、エル・ラドロンの座はチャロ・メンデスが引きついだんだろうな」

「ああ、そうだ。まあせいぜいその座にしがみつくがいい」ロドリゴが言った。「きみの奥方の父親はいまにもメンデスを追い落とす手段を見つけだそうとしているだろうからな」ヘイズに向かって言う。「別の問題もあるんだよな。ぼくの組織にまだスパイがいるんだ。それについてはコップ以外の同僚と話す気になれない。スパイの存在を知っているって宣伝するわけにはいかないからな。例のコンピューターを持ち去り、データを破壊したからにはもう安全だと本人は思っているだろう」

「そこが狙い目だな」ヘイズは言った。「自分の身は安泰だと思ったら、油断して正体をさらしやすくなる」

「しかし大きな組織だからな」ロドリゴが重苦しい口調で言った。「例の手入れに同行した捜査官が誰だったかも思いだせないんだ。そのせいで、まったく手がかりがつかめない」

ヘイズは考えながら言った。「あの手入れの日、途中でどこかに寄らなかったか？」

ロドリゴはつかの間考えこんだ。「寄ってないな、どこにも」そこで口ごもる。「いや、警察署にはむろん寄ったぜ。キャッシュ・グリヤと話したかったんだ。だが、彼は不在だった」

「同行した捜査官もいっしょに中に入ったのか？」

「そのはずだ」彼は首をふりながら言葉をついだ。「ああ、まったく当てにならない記憶だな」

「署内にいた誰かがきみと彼を見かけたのを覚えているかもしれない。キャッシュの秘書のカーリーはその日出勤していたか？」

「すまない」ロドリゴは申し訳なさそうにほほえんだ。「キャッシュの部下の名前は全然知らないんだ」

「中背で黒っぽい巻き毛をショートにしていて、ジーンズにＴシャツという格好で、愛想のいいタイプだ」ヘイズが説明した。

「小生意気な口をきく？」

「それだ」

「彼女なら記憶に残っている」ロドリゴは言った。

「そう、彼女は出勤していた」

「聞いたところによると、彼女はたいへんな記憶力の持ち主だそうだ。もしきみといっしょだった捜査官を見ていたら、きっと特徴を覚えている」

「ようやく突破口が見つかった！」ロドリゴは叫んだ。

「ああ。しかし、触れまわるなよ」ヘイズは言った。「麻薬取引業者たちがパニック状態に陥っているからといって、また死者を出すのはごめんだ」

「わかっている。何か行動を起こす前に、さりげなく署に立ち寄ってキャッシュと話をしてみるよ」

「そのときはぼくもいっしょに行こう」ガロンが言った。「兄が弟の顔を見に寄ったという体裁をとれば、怪しまれないだろう」

ロドリゴは微笑した。「なるほど、いい考えだ」

「ぼくもときには腹黒くなれるんだよ」ガロンは小さく笑った。「数年前にはＦＢＩの人質救出チームで働いていたんだ」

「たいしたものだ」

ラシターが腕時計に目を落とした。「ぼくは何本か電話をかけなきゃならない。だが、もし何かぼくにできることがあったら、いつでも言ってくれ」

ヘイズは彼をじっと見た。「きみはいったい誰の下で働いているんだ？」

ラシターはにっと笑った。「あなたの知らない人だよ」

「先日まではぼくの妻の父親に雇われていた」

「表面的にはね。エル・ジェフからメンデスを追いつめるのに充分な情報を入手したんだが、結局カーソンがやつをこっぱみじんにしたんだよな」そこで彼はため息をついた。「それで、もうあの任務は棚あげになったわけだ」

「メンデスはもうひとりいるぞ」ヘイズは指摘した。「エル・ラドロンのまたいとこで、コティージョ市長のチャロ・メンデスだ」

「やつは国境のこちら側には足跡を残してない。少なくともわれわれが見つけられるような足跡はね」ラシターは言いなおした。「残念だよ。リコ法のおかげでわれわれはたっぷり予算をとってあるのに」

「われわれ？」ジョンが聞きとがめた。「われわれとは誰のことだ？」

「悪いが、それはあなたたちが知らなくていいことだ」ラシターは両手を広げて言った。「みんなといっしょに仕事ができて光栄に思ってる。いつかまた協力しあえる日が来るかもしれないな」

「マサチューセッツ工科大学で？」ヘイズが思案顔で言った。

ラシターはくすりと笑った。「ああ、しかし、ぼくが教室で物理学を教えているところをほんとうに見られるかな？」

「あまり見たくはないかな」ヘイズは認めざるを得なかった。

「親父《おやじ》はぼくが高額の教育費を無駄にしたことを怒っている。それにぼくの仕事に反対なんだ。母親もね。二人とも危険すぎると思ってるんだよ。だが、ぼくは無言でほほえみ、自分の好きなようにするまでだ。親父は立派な男だけどね」

「そうらしいな」

「あなたが早く元気になるように祈ってるよ」ラシターはヘイズに言った。

「ありがとう。コルトレーンによると順調に回復しているそうだ。だが、しばらくはデスクの前に座って指示を出すだけになるだろうな」

「それも悪くはない」ラシターは言った。「それじゃまた。みんなも元気で」

ヘイズは興味深げな目で出ていくラシターを見送った。「〝そこにいない男を見た……〟」有名な詩の一節を口にする。

ほかの男たちは爆笑した。

カーソンがヘイズとミネットをメキシコから脱出させた直後のあの粗末な家では、宝石をはめこんだ金張りの自動拳銃を持った男が二人の部下に向かってどなり散らしていた。

「取り逃がしただと？」チャロ・メンデスはリドに怒りの目を向けた。

リドは怖がりではないが、チャロに逆らった者がどんな目にあうか知っていたので、汗をかきはじめた。

「ペピートをここに残しておいたんですよ。やつは女房と子どもがわれわれの監視下にあって、いつ殺されても不思議はないことを知っていたから」

「それじゃペピートはどこなんだ？」チャロはまたどなった。「それに二人の捕虜は？」

「わかりません」リドは唾をのみこんだ。「しかし必ず見つけて……」

チャロは銃を抜き、リドの胸に二発発射した。そしてリドが倒れるのを不愉快そうに見やった。

ホルヘは両手を胸の前にあげてあとずさりした。

チャロは彼をにらんだ。「おまえは殺せない」いらだたしげに言う。「殺したら姉貴に一生恨まれるからな」

「彼はどうするんですか？」ホルヘは倒れている死体を指さした。

「ほっとけ」チャロは蔑んだように言った。「ココーテに食わせてやればいいんだ」かがみこんでリドのベルトから銃を取る。「こいつはわたしの計画をめちゃくちゃにした。エル・ジェフは娘を取りもどし、復讐《ふくしゅう》に乗りだそうとするだろう」

「だけど、こっちのガードはかたいし」

チャロはひややかに笑った。「それに、少なくともペピートに裏切りの償いをさせてやるぐらいはできる。来い。やつの家族をわれわれが直接始末してやろう。ひるむな！　たまには男らしくなれ！」

「だけど、ぼくに子どもは殺せないよ」ホルヘは情けない声を出した。

チャロは腹立たしげに吐息をもらした。「それじゃ子どもでも殺せるやつを見つけるんだ」

二人がコティージョに戻ってみると、一軒の家が炎上していた。チャロはホルヘとともに、丘をくだって見に行った。

「あれってペピートの家じゃないよね？」ホルヘが言った。

「ペピートの家だ」チャロはそう答え、泣いている女に近づいていった。「いったい全体何があったんだ？」

「火事よ、セニョール」彼女は泣きながら答えた。「中には女の人と子どもたち、それにご主人もいたわ！　みんな死んでしまったのよ！」

チャロは肩の力を抜いた。それではペピートは報いを受けたのだ。組織の者たちには、これが裏切りの代償なのだと思わせてやろう。ペピートとその家族に制裁を加えるため、自分がこの手で火をつけたことにしてもいい。

彼はきびすを返し、ホルヘとともに立ち去った。泣いていた女はその後ろ姿を見て、突如冷たい笑みをうかべた。ポケットからアメリカの五百ドル分の紙幣を取りだす。たったこれだけのことでこんな大金を得たのだ。このお金でアメリカに行き、恐怖におののく生活とはもう縁を切ろう。これをくれた長い黒髪のアメリカ人の男が何者かはわからないけれど、彼女は何も聞かなかった。彼は家に火を放ち、市長になんと言うべきかを彼女に指示して立ち去ったのだ。ハンサムだったし、彼女も独身でルックスには自信があった。だが、彼は事務的だった。ちょっかいもかけてこなかったし、その目も口で言った以上のことは何も語ろうとしなかった。氷のように冷たい男だったけど、それでもいい、と彼女は思った。いまの自分にややこしいロマンスは必要なかった。麻薬戦争から解放されるというだけで充分だった。

　カーソンは携帯電話でエル・ジェフにかけた。

「完了」彼は言った。「やつは信じた」

　エル・ジェフは満足げな笑い声を響かせた。「これでペピートの一家も、わたしのところで安心して生活できるわけだ。もうチャロが殺しに来る心配はないとペピートに言ってやろう。きっと喜ぶだろう。きみのためにわたしでできることがあったら、なんでも――」

「お気持ちはありがたいが、何も必要ない」カーソンはそう言って電話を切った。黒い目で地平線を見やる。あのどこかに彼の友人でありコンピューターの技術者だったジョーイを殺したやつがいるのだ。身寄りのない若いジョーイに対し、カーソンは保護者のような気持ちを抱いていた。彼に死なれ、弟を失ったような気がしている。

　彼は携帯電話をしまった。なくなったコンピューターには起動したらそれが伝わるようなコードが仕込んである。それを考えついたのはカーソンだが、実際に仕込んだのはジョーイだった。エブ・スコットの訓練所ではコンピューターの電源が入れられ、その信号を受信するのを待っている。ジョーイが苦労して復元したデータをどこかの技術者が読みとろうとするかどうかはわからないが、たぶんハードドライブを読みとろうとするくらいの好奇心は持つだろう。そうしたらカーソンは隠された信号をたどって発信元を突きとめ、報復するつもりだった。

「それで何がわかったの？」その午後、帰ってきた夫にミネットは尋ねた。

「ええと、ラシターはぼくたちの知らないどこかの機関で働いているってことと、メンデスは見た目より利口だったってことだ。それに麻薬取締局の謎の捜査官がどんな男だったか、ついに突きとめられそうだということだね」

「そうなの？　どうやって突きとめるの？」ミネットは声を張りあげた。

ヘイズは答えようとして周囲を見まわし、ほほえんだ。「いまのは冗談だよ」口ではそう言いつつ、目は訴えていた――この部屋が盗聴されていないとは言いきれないと。危険は冒したくなかった。麻薬組織とつながっている政治家はきわめて危険な存在だから、災厄を避けるためにまたミネットの父親の助けを借りる必要が出てくるかもしれない。それに麻薬取締局内のスパイを見つけだしたら、チャロ・メンデスが報復してくるのではないかという心配もある。だが、ザックに盗聴器の探知をさせていないこの部屋でそうしたことを話す気はなかった。彼はミネットに笑いかけた。「コンピューター技術者が殺された事件に、少しは手がかりがあるといいんだけどね」

「ほんとうね。手がかりがまるで見つからないのは残念だわ」

ヘイズは彼女を抱きよせた。「ところで、きみへのクリスマスプレゼントを用意したんだ。きっと気に入ってもらえると思う」

「そうなの？」ミネットはにっこりした。「わたしももう用意してあるわよ」

「なんだい？」

「教えない」

ヘイズは彼女にキスをした。「教えてくれよ」

「だめ」

「どうしても？」彼は再びキスをした。

ミネットは彼の首に両手をまわし、キスを返した。

「どうしても」

ヘイズはため息をつき、またキスをした。


クリスマスの朝、子どもたちはもう世界が終わってしまうかのような勢いでプレゼントをあけはじめた。サラはミネットと子どもたちが贈ったあたたかなソックスとセーターに歓声をあげた。ヘイズは部下の妻たちから来た四本のネクタイに吐息をもらした。ミネットの父親からの思いがけないプレゼントには、ミネットもヘイズもまだ茫然《ぼうぜん》としていた。賞を取った父の競走馬の子どもに当たる馬が贈られてきたのだ。その馬からミネットなりにサラブレッドを増やしていけばいい、と。彼女とヘイズは彼にそれぞれパロミノ種の子馬を一頭ずつ贈り、いたく喜ばれていた。

ミネットは華やかに包装されてリボンがかかった箱をヘイズに手渡した。「あけてみて」


ヘイズは無言で彼女を見つめ、ついで箱を見おろした。箱は細長くて大きい。「なんなんだい？」

「あければわかるわ」


ヘイズは包装紙を破り、自由のきくほうの腕で箱の端をこじあけた。そして息をのんだ。「リール付きの釣り竿《ざお》だ！」

「最高級品よ。自分用のも買ったわ。来春いっしょに釣りに行けるようにね」ミネットはこぼれんばかりの笑みをうかべた。

「最高だよ！」ヘイズは身を乗りだし、彼女の唇に熱いキスをした。「ありがとう！」

「わたしたちからのもあけて、ヘイズ！」ジュリーが言った。

シェーンがにこにこしながら包みを差しだす。

包装を解くと、中身は三枚の新作アニメ映画のDVDだった。ヘイズは二人の子どもを抱きしめた。

「ありがとう。この三作はまだ見てないんだ！」

「ぼくたちもだよ」シェーンは笑った。

「ヘイズといっしょに見たいの」ジュリーはそう言ってヘイズの頬にキスした。「ヘイズがお兄さんになったなんて嬉《うれ》しくて。大好きよ、ヘイズ」

「ぼくも大好き」シェーンがうなずいた。

ヘイズはなんとか涙をこらえた。「ぼくも二人が大好きだよ」

子どもたちはまた彼に抱きついた。

「ほかのもあけてごらんなさい！」ミネットが子どもたちに言った。

二人は笑いながら、まだあけていないプレゼントのほうに戻っていった。

「涙もろい人」ミネットは優しく言ってヘイズにキスした。「わたしもあなたが大好きよ」

「ぼくはそれ以上にきみが大好きだ」ヘイズはキスを返し、小さな箱を差しだした。「ぼくからのプレゼントだよ」

「まあ！」

包装紙をはがすと、宝石用の小箱が出てきた。ミネットは興味をそそられてヘイズを見た。ヘイズは箱を顎でさして促した。

ミネットは蓋をあけて息をのんだ。中には見たこともないほど美しい手彫りのカメオが入っていた。繊細で優美な若い女性の頭部が彫りこまれている。ただの若い女性ではない。その女はミネットが十六歳のときに継母が依頼して描かせた肖像画の中の彼女にそっくりだった。制作した芸術家はその彼女にビクトリア朝時代のハイネックのドレスを着せ、髪をシニヨンに結い、ふっくらとした唇にひそやかな笑みを漂わせている。

「これって……ほんとうにきれい」ミネットは泣きだした。

ヘイズは彼女を抱きしめた。「ぼくのきれいなミネット。きっと気に入ってくれると思っていたよ。制作者には感謝祭のころから取りかからせていたんだ。かろうじてクリスマスに間にあったな」

「こんなに美しいものは、いままで何ひとつ持っていなかったわ」

「このカメオより美しいものがひとつだけあるよ」ヘイズはささやいた。

「そう？　何？」ミネットは涙に濡《ぬ》れた顔をあげてほほえんだ。

「きみだよ、ダーリン」その甘い声には深い思いがこもっている。「きみほど美しい人を、ぼくは見たことがない」

ミネットには言葉が見つからなかった。自分が美しくなんかないことはわかっている。でも、ヘイズは美しいと思ってくれているのだ。それがすべてだった。ミネットは彼の喉もとに顔をうずめた。

「愛してるわ、ヘイズ」かすれ声でささやく。

「愛してるよ。メリー・クリスマス」

「メリー・メリー・クリスマス」彼女は応じた。「あと百回でも二人でクリスマスを迎えたいわ」

ヘイズはため息をついた。「ぼくもだよ」

ミネットは伸びあがって、ざらついた彼の顎に唇を触れた。「あなたが銃弾が飛びかう中に突き進んでいくのをやめれば、その望みがかなうかもしれないわ」

ヘイズのまなざしが柔らかくなった。「じゃあ、こうしよう。これからは銃撃戦には加わらないって約束する。どうだい？」

「その言葉が聞きたかったの」

彼はミネットの鼻に鼻をこすりつけた。「ただし、条件がひとつある」

「どんな条件？」

「新聞社が爆破されるほど麻薬王たちを挑発しないこと」

「あら、そんなのつまらないわ」

「ぼくも約束したんだから、きみも約束してくれなくちゃ」

ミネットは彼と目をあわせて微笑した。「わかった、約束するわ」

ヘイズは再び椅子に腰かけ、ミネットを膝に座らせた。「さて、きみはどうだか知らないが……」ほかのみんなにも聞こえるような声で言う。「ぼくはアニメを見たいんだ」

子どもたちがはしゃぎ声をあげ、サラおばさんはくすりと笑った。

「わたしもよ」ミネットは答えた。「それじゃポップコーンを作ってくるわね」

「あなたはそこにいて」サラが腰をあげた。「ポップコーンはわたしが作るから。そばを離れたら彼が寂しがるわ」

ヘイズはにんまり笑った。「そのとおりだ。ありがとう、サラ」

「わたしはあなたの味方よ」サラは優しく言った。「さあ子どもたち、プレーヤーに最初のＤＶＤをセットしてあげるわ。はい、どうぞ！　急いでポップコーンを作ってくるわね。ついでにレックスに餌をあげてくる」

ミネットはヘイズに寄りそって目を閉じた。

間もなくサラおばさんが戻ってきた。あきらめたような顔で言う。「ヘイズ、手をわずらわせたくはないんだけど、アンディにガスレンジからおりるよう言ってもらえないかしら？」

「ガスレンジから？」ヘイズは目をぱちくりさせた。

「彼、バナナをフライにしてほしいんだと思うわ」

ヘイズはふきだした。ミネットといっしょにサラのあとからキッチンに入る。番犬のレックスはカウンターのそばで餌を待ってお座りしている。アンディはサラがスライスしたバナナののっているガスレンジの琺瑯《ほうろう》びきのテーブル面にいた。何週間も餌をもらっていなかったかのように、バナナをがつがつと食べている。

「大食いだな」ヘイズがつぶやいた。

アンディはヘイズをじろりと見て、鼻からぷっと塩をふきだすとまた食べはじめた。

「ぼくのイグアナだったのに」ヘイズはため息まじりに言った。

「それはいまも同じよ。ただ、わたしのことが一番好きになっただけ」ミネットは陽気に言った。

「彼にやるバナナのスライスに何をのせているんだい?」

「秘密」ミネットは笑いながら答えた。「食べてしまいなさい、アンディ。ガスレンジのテーブル面は拭けばきれいになるわ」最後はサラに向かって言う。

サラは首をふった。「それじゃポップコーンは電子レンジで作るわね。いくらなんでも電子レンジにはアンディも入れないでしょうから!」

「いまのところはね」ミネットは言った。

サラは両手をあげ、レックスに餌をやりに行った。

ヘイズはミネットの肩を抱きよせたが、アンディは威嚇もしなければものを壊そうともしない。じっとミネットを見ている。「焼きもちやきがなおったようだな」

ミネットはかぶりをふった。「慎重になっているだけよ。キッチンでの特権を失いたくないんだわ」

ヘイズは笑いながら彼女にキスした。「まあ、きみがそう言うなら」

ミネットは彼の胸に頭をもたせかけた。「長い道のりだったわね」

彼女が何を言っているのか、ヘイズには理解できた。「ほんとうに長い道のりだった。だが、行きついた先には美しい虹がかかっている」

ミネットはうなずいた。「虹ね」

アンディが二人をちらりと見やり、爬《は》虫《ちゅう》類なりのやりかたで肩をすくめると、再びバナナの皿に首を突っこんだ。もしイグアナに表情があるとしたら、いまのアンディは満面に笑みをたたえているはずだ。

17

テキサス州サンアントニオの小さなカフェでの取引は、時間はかかっても着実だった。赤いビニールシートのボックス席で、いま二人の男がブラックコーヒーを飲んでいる。ひとりは国境の向こう側、メキシコの小さな市の市長だ。もうひとりは選挙民の知らない裏の顔を持つ、テキサス州の上院議員だ。

「当選するには莫大《ばくだい》な金がかかるんだ」政治家は麻薬王にそう言っていた。「わたしが当選すべき理由はわかるだろう？　権力を手にすれば、きみに便宜をはかってやれるんだ」

「ああ。しかし、あんたが選挙に勝てるという保証はない」チャロ・メンデスは肩をすくめた。「ただの夢で終わるかもしれない」

「あるいは夢では終わらないかもしれない。わたしには地位の高い友人もいれば、社会の底辺に生息する知りあいもいるんだ。彼らがわたしの勝利を保証してくれるだろう」マイク・ヘルムは微笑した。選挙期間中に使う計算ずくの表面的な微笑だ。「金と脅しをうまく使いわければきっとうまくいく」

「現職議員が高齢で、いろいろ病気を持っているのもプラスに働くだろうな」チャロは皮肉っぽく言った。「ひょっとしたら今度の選挙までもたないかもしれない」

「そうなれば楽勝だ。わたしの友人が残りの任期の代理として、わたしが指名されるように手をまわしてくれる」

「自信満々だな」

政治家は声をあげて笑った。「政治の世界の仕組みはわかっているんだ。しろうとではないんだからな。大学を出てからずっと公選職についてきた」

　そして私腹を肥やす以外のことはろくにしてこなかった。そう思いつつも、チャロは黙っていた。

「いいかね、わたしが当選したら、メキシコとの行き来の際に国境でわずらわされないようにしてやれるんだよ」ヘルムは熱をこめて言った。「きみは投資するだけでいいんだ。そうだ、きみの拳銃の一丁もあれば、わたしは当選できる。あれはものすごい価値があるからな」

　チャロは誇らしげに顔をあげた。「わたしは農家の生まれなんだ。朝から晩まで畑に出て、背骨が折れそうになるほど働いた。そのうちフエンテス兄弟のひとりがあわれに思って使い走りの仕事をくれた。わたしはその仕事でがんばり、どんどん出世して、いまでは亡きエル・ラドロンのあとを継いでいる」

「ああ、きみはたいしたやり手だ」

「ああいうしゃれた武器を持つ資格を自分の手で勝ちとったんだよ」チャロはひややかに続けた。「金張りの銃はわたしの財力を知らしめる、富と知性の象徴なんだ」

「ああ、わかる」

「わたしは前任者以上に金を稼ぎ、よりよいパトロンになるつもりだ。縄張りももっと広げたい。邪魔なのはエル・ジェフだけだし、やつを片づける方法は必ず見つけだす」

「信じるよ。それで金のことだが……」

　チャロは相手をじろりと見た。「協力しよう。ただし約束したことを忘れるなよ」唇をゆがめて冷たく笑う。「裏切りは許さないからな」

　ヘルムはチャロの手下のリドに関する話を耳にしていた。目の前の男はリドを無慈悲に殺害したのだ。噂《うわさ》によれば、リドよりさらにたちの悪い用心棒を新たに雇ったらしい。

「リドの件を知っているようだな」チャロは低く笑

った。「結構。わたしは言ったことは必ず実行する男だということだ。リドのかわりはもういる」戸口に立っている長身でブロンドの、片方の目が見えない男のほうに顎をしゃくる。「腕の立つやつだ。スタントンと名乗っている。ほかにも名前があるのかどうかは知らないが」

「見るからに怪しげだな」ヘルムはつぶやいた。

「むろん、そうだ」チャロは笑った。「その道のプロだからな」

「その道とは……？」

　チャロはほほえんだ。「殺しだよ」

　ヘルムはカップを取り、さめたコーヒーを飲んだ。これからこんな連中と細い道を歩いていかなければならないのだ。だが、彼らの経済的支援がなかったら永久に州議会から抜けだせない。それはいやだ。ヘルムはインテリで、野心家だった。だが彼が一番ほしいのは金だった。それも巨額の金だ。この男は力になってくれる。だからたとえ彼の言うことに嫌悪感を抱いても、愛想よくしなければならない。長い目で見れば、そうするだけの価値はあるのだ。

　戸口のところでスタントン・ロークはしたり顔になってしまわないようこらえていた。彼は友人に自分を経験豊富な殺し屋としてチャロに推薦させ、その結果チャロに呼ばれたのだった。ロークは必要に応じていかようにも身分を偽れるが、今回は殺し屋に扮《ふん》しているというわけだ。コンピューター技術者のジョーイを誰が殺害したのか突きとめなくてはならない。ジョーイはエブ・スコット率いる傭兵《ようへい》グループの面々から愛されていた。だから彼ら全員がかたきを取りたがっているが、まずは相手を特定し、麻薬取締局内のスパイに関する情報が入ったコンピューターを見つけださなければならない。

　いまロークは価値ある新たな情報を得ていた。へルム議員が連邦政府の上院選で当選するための資金をめぐり、すぐそこで自分のボスと取引しているのだ。小男の市長と背の高いいかがわしい政治家。まったくなんというコンビだろう。この二人をきっとなんとかつぶしてやろう。ロークは心に誓った。だが、その前にジョーイを殺したやつらを突きとめたい。それにはこうする以外ないのだ。

ヘイズ・カーソンがオフィスで座っていると、見知らぬ男が入ってきた。ヘイズの肩はもうずいぶんよくなっていた。寒いと痛むこともあるが、理学療法のおかげで日ごとに動きがよくなっている。結婚したのもよかった。ミネットはヘイズが女性に望むすべてを備えていた。彼女のことも、彼女の家族も愛している。いまの彼はかつてないほど幸福だった。

ブロンドで片方の目が見えない男が近づいてくると、ヘイズは頭を傾け、眉根を寄せた。「知りあいだったかな？」

ブロンドの男はくすりと笑った。「そうかもしれない」南アフリカなまりのある英語で答える。

「ローク！」ヘイズは叫んだ。

「そうだ」ロークはヘイズのデスクの向かいにある椅子に座った。「ちょっと面白いニュースを伝えようと思ってね」

「どんなニュースだ？」

「州上院議員のマイク・ヘルムが、連邦政府の上院選の選挙運動資金の件で、ぼくの新しいボスと会っているんだ。麻薬王が連邦議会に自分の代弁者を飼うとはね。どう思う？」

「そりゃ、ひどい」ヘイズは言った。「しかし、ぼくに何ができるというんだ？　ジェイコブズビルは州都オースティンからは遠く離れている」

「わかってる。だが、このニュースはついででね」ロークは真面目な顔で身を乗りだした。「いまジョーイを殺したのは誰かを調べているんだ。ぼくの新しいボスもかかわっているはずだが、確証がほしい。やつにメキシコではなく、事件が起きたこのジェイコブズ郡で殺人の裁きを受けさせたいんだ」

ヘイズは眉をあげた。「新しいボスだって？」

「ああ、いまはチャロ・メンデスに雇われているんだよ」

「麻薬王の……」

「まあまあ」ロークは両手をあげた。「潜入捜査ってことだ。やつを叩《たた》きつぶす方法が見つかったら、すぐに実行してやる。しかし最優先すべきはジョーイを殺した連中を突きとめることだ」

ヘイズは深々と息をついた。「いったいどうやってその仕事についたんだ？」

「話せば長くなる。変わった立場の友人がいるんだよ。今日はきみに情報を提供したかっただけだ」

「ジョーイのことはほんとうに残念だった」ヘイズは静かに言った。「優秀なコンピューター技術者だったのに」

「彼はわれわれのマスコットみたいなものだった」ロークは言った。「みんな無念の思いに耐えている」険しい表情で続ける。「復讐《ふくしゅう》という動機は決していいものではないが、正義が動機なら問題ない」

「きみはカーソンが何者かを鰐《わに》の餌にするのに協力したのか？」ヘイズはやぶから棒に尋ねた。

ロークは片方だけの目でヘイズをじっと見つめた。言葉はひとことも発しない。

「雄弁な目だ」ヘイズは短く笑った。「わかったよ。詮索はしない」

「それがいい。ぼくは常に慎重なんだ」ロークは立ちあがった。「これで失礼するよ。ぼくが証拠を探しているってことを知らせたかっただけなんでね。もし犯人を、あるいは犯人どもを突きとめたら、起訴してくれるか？」

「もちろんだ」ヘイズは答えた。

ロークはうなずいた。「それだけ聞きたかったんだ」

「やつらを自発的に国境のこちら側に来させることができたとしても、本国送還がネックになるな」

「いや、ぼくが必ず出頭させる」ロークはゆったりとほほえんだ。「出頭しなかったら、やつらにとってはきわめて面倒なことになるからな」

「この近くで人を鰐に食わせるのはやめてくれよ」ヘイズはロークに向かって人さし指をふった。

「この近くに鰐はいないだろう」

ヘイズは肩をすくめた。「いた場合の話だよ」

ロークは笑うばかりだった。

帰宅すると、ヘイズはミネットにロークから聞いた話をした。

「カーリーには話したの？」ミネットは尋ねた。

「ああ、話したよ。そういえば彼女が見た男の顔を、キャッシュ・グリヤが知りあいの画家に描かせたそうだ。その絵はぼくの机の引き出しに入っている」

「その絵、あなたの記憶を刺激しなかった？」

「残念ながら」ヘイズはため息をこぼした。「ぼくも年を取ってきたのかもしれないな」

ミネットは彼に抱きついた。「あなたはいつまでも年なんか取らないわ、ヘイズ」

「そう思うかい？」

ミネットは伸びあがって彼の耳たぶをそっとかんだ。「子どもたちは学校だし、サラおばさんは食料品を買いに行ったわ。四十五分は誰も帰ってこない……ちょっとヘイズ！」

ヘイズはミネットの体を壁に押しつけ、腰から下の衣類をはぎとると、自分もスラックスを脱ぎ落としてためらいなく彼女の中に身を沈めた。

ミネットはたちまち情熱を燃えあがらせ、喜びと驚愕《きょうがく》に身を震わせた。

「本でこういうのを読んだんだ」体を動かしながら、ヘイズはあえぐミネットにささやいた。「あんなエロティックな描写を読んだのは初めてだった。だから思ったんだ、ぼくたちも……試してみようって」

欲望が狂おしく彼を駆りたて、声をとぎれさせた。こわばった顔で、ミネットの柔らかな体に激しく腰を打ちつける。

ミネットは背をそらして胸をはだけ、ブラジャーのホックをはずすと、ヘイズのシャツのボタンもはずした。裸の胸を彼の胸にこすりつけながら、壁にかけた絵が揺れはじめるほどの勢いで動くヘイズに絶頂へと導かれていく。

「ああ、ヘイズ……」すすり泣くような声だ。

「いいよ、ベイビー」彼はかすれ声でささやいた。

「そう、いまだ！」

ヘイズの動きがいちだんと激しさを増し、ミネットはあっという間に絶頂に達して身震いした。彼の体も筋肉を激しく震わせる。ミネットの耳にふきこまれたうめき声は苦しげだが、それが苦痛でなく喜びの声だということは彼女にもわかっていた。

二人は汗に濡《ぬ》れた体をからみあわせて余韻にひたったが、まだ渇望は癒やされていなかった。

「まだ足りない」ヘイズが歯を食いしばって言った。

「ええ、まだ足りないわ」ミネットの声はかすれていた。

彼女は散らばった衣類を拾い、上半身が裸のままで階段をあがっていった。すぐ後ろにヘイズが続く。

寝室に入ると、彼はドアをロックした。そしてミネットをベッドに横たわらせておおいかぶさり、かたくとがった胸の先端にむしゃぶりついた。

ヘイズを求めて体をうずかせていたミネットは彼とひとつになると声をあげたが、目を閉じはしなかった。ヘイズの情熱的な動きがもたらしてくれる喜びの深さが彼に見えるよう、ずっと目をあけていた。

「どんなに愛しあっても……まだ足りないわ」ミネットは震えながらささやいた。

「ああ、それに……もうだめだ」ヘイズの体も震えだした。

「いいわよ」ミネットも彼を助けるように動いた。「いいのよ、ヘイズ」

ヘイズは引きしまった体をそらし、紅潮した顔をゆがめて叫び声をあげ、身震いを繰りかえした。ミネットもずっとヘイズといっしょだった。彼に突かれるごとにさらに高く舞いあがり、ついにはじけてともに散った。

二人は汗ばんだ体を重ね、じっと横たわっていた。

「きみの体はどんなに抱いても飽き足りないよ、ミセス・カーソン」ヘイズがささやき、優しくキスをした。「それに、ぼくはきみを妊娠させたくてたまらないんだ」

ミネットは声をあげて笑い、キスを返した。「わたしたちには時間がいくらでもあるのよ。妊娠するときはするわ」

「それはそうだ」ヘイズは頭をもたげ、いとおしげな目で彼女を見おろした。「さっきの階下《した》での行為では無理だったとしても、今度ので妊娠するかもしれないな」

ミネットは目を見開いた。「今度？　立てつづけに三回は無理でしょう？」

ヘイズは再びミネットにおおいかぶさり、笑いながら言った。「賭けるかい？」

そして再び体を結びあわせたときにはミネットにもわかった。そう、彼なら立てつづけに三回できるのだと。だが、ミネットももうそれを言うどころではなくなっていた。

数週間後、ミネットは仕事中に吐き気に襲われ、トイレに駆けこんだ。それからルー・コルトレーンの診察室を訪れたあと、まっすぐ保安官事務所に行った。

ヘイズは書類を書いていた。ミネットが入ってくると、顔をあげてにっこりする。「やあ、よく来たね。いっしょにランチをとりに行こうか？」

ミネットはデスクをまわりこんで彼が座っている回転椅子の向きをずらすと、膝の上に座った。「ランチにはいけないわ。わたし、気分が悪いの」

「気分が悪い？」

「ええと、なんていうんだったかしら」ミネットは度忘れしたふりをして言った。「そうそう、つわり。つわりなのよ、わたし」

「つわり……」ヘイズはなんとも表現しようのない顔になった。その心には喜びと誇らしさと感動がせめぎあっている。「ぼくたちの子どもが三人になるのか！　夢みたいだ！」

ミネットはため息をついて彼に頬を寄せた。「ええ」

ヘイズはほほえんで彼女を抱きよせた。いままでいろいろあったことを考えると、これは嵐のあとの虹、切り傷のあとのキスみたいなものだった。

彼がそう言うと、ミネットは柔らかな優しいまなざしで彼を見あげた。「ここに至るまで長くて険しい道のりだったわ」

ヘイズはうなずいた。「だが、ここは目的地じゃないんだ。旅路の途中なんだよ」

ミネットはにっこりした。「すごい旅路ね」

「すごい旅路だ。さあ、〈バーバラズ・カフェ〉に行って、ピクルスとストロベリー・アイスクリームのランチをごちそうしよう」

ミネットはふくれっつらになった。「ひどい組みあわせね」

「それじゃ、何がいいんだい？」

「濃厚なチョコレート・シェイクとフライドポテトよ」

「だめだ。赤ん坊のためにたんぱく質をとらなくちゃ」ヘイズはミネットのおなかをそっと叩いた。

「シェイクにはミルクが使われてるわ。たんぱく質も含まれてるわよ」彼女は笑いながら言った。「でも、やっぱり具だくさんの冷たいサラダにするわ」

「それならランチに連れていってあげよう」

「嬉《うれ》しいわ」

ヘイズは立ちあがり、彼女の顔を両手ではさんだ。

「ぼくの最愛の妻にとっては、どんなものでも贅沢《ぜいたく》すぎることはない」そうささやいてキスをする。

「だけど、フライドポテトはだめだ」

ミネットは吐息をもらした。「わかったわ。ポテトはなしね」

ヘイズは彼女の手を引いて外に出た。頭の中は夢でいっぱいだった。やがて生まれる子どもの夢、家族との未来の夢……。

ミネットも同じ気持ちでいた。自分の子を産むなんて、人生最大の冒険だ。

「じつは隠れた動機もあって、ここにきみを連れてきたんだ」混んだカフェに着くとヘイズは言った。

「そうなの？　どんな動機？」

「まあ、見ててくれ」彼はドアをあけ、人でいっぱいの店内に入ると、笑顔で言った。「悪いが、ぼくの身重の妻のために道をあけてくれないか！」

誰もが歓声をあげて笑った。

ヘイズはミネットのおかしそうな顔を見てにやりとした。「これで出産通知を送る手間が省けた」

ミネットはふきだした。そして彼にキスをした。

その様子を彼らの友人や隣人たちがほほえましそうに見つめ、スタンディング・オベーションで拍手喝采した。

訳者あとがき

ダイアナ・ファンの皆さま、長らくお待たせいたしました。

今回のヒーローは、〈テキサスの恋〉略して〈テキ恋〉シリーズをずっと追いつづけてきた愛読者なら納得の、ジェイコブズ郡の人望厚き保安官、ヘイズ・カーソン、かたやヒロインは、彼にとって因縁の深い仇敵《きゆうてき》、ミネット・レイナーです。

ヘイズとミネットは二〇〇八年に刊行された『口づけの行方』（ハーレクイン・ディザイア）あたりから、いかにも「次はこの二人ですよ」的に読者の前にちらつかされながら、なかなか主役をやらせてもらえない気になるカップル（未満）でした。この二人がいよいよ、ついに、ようやく、ロマンティックな関係に発展するとなったら、これはもう絶対に見逃せません。必読の一冊です。

しかし〈テキ恋〉を読むのはすごく久しぶりなんだけど……というかただと、「えーっ、ヘイズ・カーソンって、まだ独身だったの？　いまだにヒーローになっていなかったわけ？」と驚かれるかもしれません。

そう、ヘイズは古くから登場していたわりには（しかも保安官という美味《おい》しい役どころなのに）なんとなく影が薄く、脇役として強い存在感を発揮しはじめたのもここ数作のことなのです。

が、本作では満を持しての堂々の主人公！　ヒロインに対して理不尽な憎しみと怒りをかかえたマイナスからのスタートが、さまざまな葛藤を経て美しいロマンスにと花開いていくプロセスは、ダイアナならではの読みごたえと面白さにあふれています。

〈テキ恋〉からしばらく遠ざかっていたあなたも、これからはきっとまた次作が待ちどおしくなるでしょう。必読の一冊です。

そして、これまで〈テキ恋〉はおろか、ダイアナ作品じたい一度も読んだことがないというかた。

この〈テキサスの恋〉は、テキサス州のジェイコブズビル（架空の小さな田舎町です）やサンアントニオ（実在の都市です）を主な舞台に、アメリカの誇るベストセラー作家ダイアナ・パーマーが二十五年の長きにわたって書きつづけているライフワーク的なミニシリーズです。いえ、〝ミニ〟シリーズとは名ばかりで、これまでこのシリーズだけでゆうに五十を超える作品が発表されており、その全貌はもはやダイアナ自身にもつかみきれないのではないかと思われるほどの壮大さです。シリーズを通してみると登場人物も膨大な数にのぼり、その人間関係は複雑に錯綜《さくそう》して、記憶力抜群のマニアの皆さまを喜ばせると同時に、記憶力の怪しい訳者や編集者を泣かせてもいます。

ですが、〈テキ恋〉初心者のかたも心配はご無用。シリーズ作品をただの一冊も読んだことがなくても、本書はこれだけで自立したロマンス小説として充分すぎるほど楽しめるのです。それがダイアナ作品のすごいところで、その魅力は限られた紙面ではとても語りつくせません。必読の一冊です。

ただ、本書をいっそう深く味わうヒントとして、一点だけ蛇足の解説を付け加えさせてください。
（以下の文章は読まずに本編にとりかかっていただいても何の支障もありません）

本書の舞台ジェイコブズビルは、小さな田舎町のくせに以前から犯罪、とくに麻薬がらみの犯罪が絶えませんでした。本書にも何人か麻薬王と呼ばれる人物が登場しますが、実際にテキサスという土地は、国境を接するメキシコからの組織的な麻薬の密輸に長いあいだ悩まされつづけています。

　現実に存在するメキシコの麻薬組織はほんとうに極悪非道で、組織同士の抗争も壮絶なら、組織内の裏切り者や取り締まりにあたる法執行機関の面々への報復行為も目をおおいたくなるほど残虐であるようです。二〇〇六年には当時のメキシコ大統領が「麻薬犯罪の撲滅」を宣言しましたが、いまなお暗躍――というより、むしろおのれの残忍さを誇示するように大手を振って跳梁跋扈《ちょうりょうばっこ》――する麻薬マフィアを前に、政府も軍も手をつかねているような状態で、国境近くでは完全に無法地帯と化しているところもあるそうなのです。

　治安のいい日本にいるわたしたちにはちょっと想像しにくいほどすさまじい世界ですが、現実のテキサスやメキシコでは本書に描かれているような凶悪事件は決して珍しくありません。そうした事実を頭に入れてお読みいただくと、本書のヒーローやヒロインを襲う事件の恐ろしさがいっそう身にしみるのではないかと思った次第です。

　かの国の麻薬犯罪の根深さからして、今後も〈テキ恋〉に出てくるヒーローたちは当分気を抜けそうにありません。

　次作もどうぞお楽しみに。

霜月　桂

ハーレクイン®

愛の守り人
2014年6月20日発行

著　　者　ダイアナ・パーマー
訳　　者　霜月　桂（しもつき　けい）

発 行 人　立山昭彦
発 行 所　株式会社ハーレクイン
東京都千代田区外神田 3-16-8
電話 03-5295-8091（営業）
0570-008091（読者サービス係）

印刷・製本　大日本印刷株式会社
東京都新宿区市谷加賀町 1-1-1

装　　丁　高岡直子
デジタル校正　株式会社鷗来堂

定価はカバーに表示してあります。
造本には十分注意しておりますが、乱丁（ページ順序の間違い）・落丁（本文の一部抜け落ち）がありました場合は、お取り替えいたします。ご面倒ですが、購入された書店名を明記の上、小社読者サービス係宛ご送付ください。送料小社負担にてお取り替えいたします。ただし、古書店で購入されたものについてはお取り替えできません。
®とTMがついているものはハーレクイン社の登録商標です。

この書籍の本文は環境対応型の植物油インクを使用して印刷しています。

ISBN978-4-596-80076-3 C0297

ケイト・ヒューイットが描く一夜の恋、その後

結婚式で出会った傲慢な実業家アーロンと一夜を共にし、妊娠したゾーイ。アーロンには反対されるが、ひそかに一人で産み育てることを決意して…。

『一夜の恋におびえて』

●ロマンス
R-2977
7月5日発売

キャロル・マリネッリの御曹司との宿命の再会

名家出身の友人の葬儀で倒れたミア。駆け付けたのは、7年前に誤解から別れた元恋人で友人の兄のイーサンだったが、またしても彼は金目当てとミアを疑い…。

『希望と名づけた愛の証』

●ロマンス
R-2980
7月5日発売

新3部作〈結ばれた赤い糸〉スタート!

助産師のアビィは目もくらむほどハンサムな医師ローハンに観光案内を頼まれ、楽しい一日を過ごす。最後にキスをされた瞬間、彼女は思わず口を滑らせて…。

フィオナ・マッカーサー作
『愛と犠牲の花』

●イマージュ
I-2329
7月5日発売

必読の人気シリーズ!　作家競作〈禁じられた恋のゆくえ〉第4話

有力者のスキャンダルをめぐり継父と共にヘイデンから疑われていたルーシーだったが、彼に惹かれ戸惑ってしまう。しかし興味を抱いたのは彼も同じで…。

レイチェル・ベイリー作
『スイートルームの恋愛報告』

●ディザイア
D-1617
7月5日発売

キャシー・ディノスキーの記憶喪失の夫

夫サムとの離婚が決まったブリア。その矢先、サムがけがを負い記憶を失ってしまう。責任を感じた彼女は、周囲に説得され離婚の件は伏せて看病をすることに…。

『記憶をなくした億万長者』

●ディザイア
D-1618
7月5日発売

悲運のレディと貴族の運命がロンドンの街で交錯するリージェンシー!

いわれなき罪を背負った彼女が、放蕩子爵の腕に飛び込んだ代償は?

ダイアン・ガストン作
『放蕩子爵とレディ』

●ヒストリカル・スペシャル
PHS-90
7月5日発売